Knaur®

Von Dean R. Koontz sind außerdem im Knaur-Programm erhältlich:

»... alias Mike Tucker/Mike Tucker und der Maya-Fries/
Mike Tucker auf Tauchstation« (Band 1699)
»Unter Beschattung« (Band 1775)
»Chase« (Band 1777)
»Nackte Angst« (Band 1779)
»Flüstern in der Nacht« (Band 1781)

Deutsche Erstausgabe 1989

Titel der Originalausgabe »Strike Deep«

Umschlaggestaltung Manfred Waller
Umschlagfoto Photodesign Mall
Satz IBV Satz- und Datentechnik, Berlin
Druck und Bindung Ebner Ulm
Printed in Germany 5
ISBN 3-426-01776-8

Dean R. Koontz: Codewort: Pentagon

Roman

Aus dem Englischen von Marcel Bieger

Knaur®

Für Gerda

26. Dezember – 27. Dezember

DER VORSCHLAG

1

Lee Ackridge war noch zwei Blocks von seinem Zuhause entfernt, als ihm eine plötzliche Bö Schneeflocken ins Gesicht schlug, die langsam auf seiner Haut schmolzen. Zum ersten Mal an diesem Morgen hob er den Blick und betrachtete kurz den schmutziggrauen Himmel über New York City. Heute wirkte er noch grauer als sonst. Tief und bedrohlich schoben sich Massen von Wolken über die Dächer der dunklen Gebäude nach Osten. Dies war nicht nur ein etwas stärkerer Wind. Hier braute sich ein Sturm zusammen. Der erste wirkliche Schneefall dieses Winters stand bevor.

Das paßt ja wieder einmal prima zusammen, sagte er sich verdrossen. In seiner momentanen Stimmung kamen ihm sogar die Launen des Wetters wie direkt auf ihn gerichtete Angriffe vor. Eine zusätzliche Unannehmlichkeit, mit der er sich herumschlagen mußte. Ein weiteres Problem, das sein Leben erschwerte. Zu Weihnachten, wo jedermann den Schnee als notwendig und schön empfand, war es zwar frisch, aber sonnig gewesen. Und heute, wo es weder einen emotionalen noch einen symbolischen Sinn für Schnee gab, braute sich ein heftiger Sturm zusammen. Es würde nicht mehr lange dauern, bis man auf den Bürgersteigen ausgleiten oder sich im Matsch Hose und Schuhe ruinieren würde. Schon kürzere Wege wären dann eine unzumutbare Angelegenheit.

Lee wischte sich die schmelzenden Flocken aus dem Gesicht und fluchte leise vor sich hin. Überall um ihn herum wirbelten die frostigen Daunen durch die Luft.

Als er das Apartmenthaus in der Twentieth Street erreichte, nahm er immer zwei Stufen gleichzeitig, um endlich an die Haustür zu gelangen. Er riß die stark abgenutzte Tür auf. Während der letzten drei Jahre hatte er sich sehr an dieses Haus gewöhnt, und normalerweise bemerkte er beim Hinausgehen oder Hereinkommen nicht mehr, wie heruntergekommen das Gebäude war. Aber weil er heute vom Pech verfolgt war, weil wieder einmal alles schiefging und weil er auf die ganze Welt zornig war, sprang es ihm jetzt überdeutlich ins Auge. Alles mögliche fiel ihm nun auf. Die Stufen, über die er geeilt war, waren ausgelatscht und aufgesprungen. An allen möglichen Stellen bröckelte der Zement. Verkratzt und voller Dellen war die Tür, mittendrin eine Glasscheibe voller Sprünge und Risse, die nur notdürftig mit schwarzem Klebeband repariert waren. Der Hausflur war trübe beleuchtet, wahrscheinlich, um den Dreck in allen Ecken nicht zu deutlich sichtbar werden zu lassen. Und die meisten Briefkästen waren aufgebrochen oder verbogen.

Lee suchte alle Taschen ab, mußte aber feststellen, daß er vergessen hatte, den Schlüssel einzustecken. Er drückte auf die Klingel unter dem Schildchen: APARTMENT F: ACKRIDGE/HOFFMAN.

Krachend ertönte eine Stimme im kleinen Lautsprecher neben den Klingeln. Lee erkannte zwar Carries Stimme, aber die statischen Geräusche waren so laut, daß er kein Wort verstehen konnte.

»Ich bin's, Lee!« brüllte er schließlich. Anscheinend funktionierte heute gar nichts mehr. Jetzt mußte er auch schon schreien, um in seine eigene Wohnung eingelassen zu werden!

Nach einem Summen öffnete sich die Innentür.

Wütend drückte er sie auf und stapfte auf das Treppenhaus zu. Er lief die sechs Treppen bis zum dritten Stockwerk hinauf und wurde sich dabei schmerzhaft bewußt, daß es im Treppenhaus mindestens so kalt war wie draußen.

Carrie erwartete ihn an der Wohnungstür und lächelte ihn freundlich an.
Wie stets, wenn sie zu Hause war, trug sie alte, ausgebleichte Jeans und eins von Lees T-Shirts. Doch in diesem Moment erschien sie ihm so bezaubernd, als trüge sie ein Abendkleid. Ihr dichtes, glänzend seidiges Haar fiel in sanften, bernsteinfarbenen Wellen bis auf die Schultern hinab. Das Haar umrahmte ein Gesicht, mit dem sich jeder Pepsi-Cola-Werbespot gern geschmückt hätte. Sie war dreiundzwanzig, aber mit ihren großen Augen und der frischen Hautfarbe hätte sie auch als Sechzehnjährige durchgehen können. Zu dem Blau der Augen paßte ausgezeichnet der cremefarbene Teint. Und ihr hochstehender, voller Busen war für Lee der aufregendste auf der Welt, auch wenn Carrie damit beim PLAYBOY nicht Playmate des Monats geworden wäre. Ihre Formen waren wunderbar und für Lee ungeheuer erotisch; allerdings hätte sie damit beim HUSTLER kaum ein Unterkommen gefunden, und das war Lee auch ganz recht so. Sie war schlank, hatte eine geradezu klassische Wespentaille, rundete das Ganze aber mit einem vollen, festen Hintern ab. Ihre Beine schienen endlos lang zu sein, und tatsächlich ragte sie bis auf wenige Zentimeter an Lees knappe ein Meter achtzig heran. In der Jeans und dem T-Shirt wirkte sie aufregender als alle Frauen in aufreizenden Cocktail-Kleidern.
Lee wußte, daß er mit ihr mehr Glück als Verstand hatte. Ganz gleich, wie furchtbar der Morgen gewesen war und welch niederschmetternden Anblick das Haus bot, allein die Aussicht, daß Carrie jetzt hier war, vergoldete diesen Tag. Sie konnte ihm den Himmel auf Erden bereiten. Nein, korrigierte er sich, im letzten Jahr hatte sie ihm den Himmel auf Erden bereitet. Carrie war es gelungen, ihn immer wieder aus seinen Grübeleien und seinem Selbstmitleid herauszureißen. Dabei waren solche Gemütszustände Lees ständige Begleiter gewesen, seit

er vor vier Jahren aus dem Krieg in Südostasien zurückgekehrt war.

Doch ebenso abrupt, wie seine Freude gekommen war, verschwand sie wieder und machte bohrenden Fragen Platz. Natürlich hatte sie ihm den Himmel auf Erden bereitet, und natürlich half sie ihm, aus seinen Depressionen herauszufinden, aber wie lange würde eine solche Superfrau es schon bei einem Mann wie ihm aushalten? Bei einem Mann, der mindestens einmal pro Nacht schreiend aufwachte, weil er wieder schreckliche Alpträume gehabt hatte. Der sich bei solchen, aber auch vielen anderen Gelegenheiten von ihr wie ein verängstigtes Kleinkind festhalten lassen mußte. Wie lange würde Carrie bei einem Mann bleiben, bei dem sich bei neun von zehn Malen im Bett nichts regte? Wie lange konnte Carrie bei einem Mann bleiben, dessen Gesicht voller Narben und dessen Kopf voller Neurosen war? Durfte er darauf hoffen, daß sie es noch ein paar Wochen bei ihm aushielt, oder durfte er, wenn er realistisch war, nur noch von ein paar Tagen ausgehen?

Als er die Wohnungstür erreichte, stellte sie sich auf die Zehenspitzen und küßte ihn. Carrie erschrak, als sie seine kalten Hände spürte, und fuhr zurück. »Draußen muß es ja furchtbar sein!«

Er nickte.

»Schneit es etwa?«

»Und wie!«

Er zog den Mantel aus und ließ ihn im Wohnzimmer auf den alten Sessel fallen. Er marschierte gleich durch zur Küche und öffnete dort eine Dose Budweiser.

»Schlechte Neuigkeiten?« fragte sie ihn.

»Was denn sonst?«

Er war einfach nicht in der Lage, ihr jetzt ins Gesicht zu sehen. Wie konnte er ihr erklären, daß die Dinge nicht nur schlimm standen, sondern immer noch schlimmer wurden?

»Lee?« drängte sie.

Er setzte die Bierdose an und nahm einen großen Schluck. Als die Flüssigkeit durch seine Kehle rann, begriff er, daß er eigentlich etwas zum Aufwärmen gebraucht hätte. Templeton im Amt für Veteranenangelegenheiten fiel ihm wieder ein. Von dem kam er gerade. Lee entschied, daß er nicht so sehr etwas zum Aufwärmen brauchte, sondern eher jemanden, der ihn auffing.

»Also war es eine Pleite, oder?« Carrie runzelte die Stirn. »Deswegen mußt du es aber nicht unbedingt an mir auslassen.«

Er ließ sich an dem billigen Formica-Tisch nieder. »Tut mir leid.« Er wäre nie fähig gewesen, ihr wissentlich weh zu tun. Aber irgendwie passierte ihm genau das immer wieder. Seine schlechte Laune war wirklich nicht gegen sie gerichtet. Vielmehr war sie für ihn wie ein Panzer gegen den Rest der Welt.

»Ich wette, du hast heute noch nicht gefrühstückt. Du siehst ganz so aus, als hättest du noch gar nichts zu dir genommen.« Sie war taktvoll genug, nicht auf Templeton oder das Veteranenamt zu sprechen zu kommen. »Möchtest du ein Sandwich?«

»Wär' nicht schlecht.«

»Mit Salami, Schmelzkäse, einem Blatt Salat und oben drauf eine Tomatenscheibe?«

»Ja, aber laß, das kann ich mir schon selber machen...«

Sie schüttelte den Kopf. In diesem Moment leuchtete ihr blondes Haar ganz wunderbar. »Nein, du bleibst schön, wo du bist. Niemand wird dich einen alten Chauvi schimpfen, bloß weil ich dir mal ein kleines Butterbrot mache.«

»Du tust so viel für mich.«

»Ich habe noch lange nicht genug für dich getan.«

Als das Sandwich fertig war, hatte er auch die Bierdose geleert. Carrie stellte ihm ein zweites Budweiser auf den Tisch. Sie nahm sich selbst auch eine Dose, trank aber aus einem Glas.

»Wie war denn dein Tag so?« fragte er zwischen zwei Bissen. Er saß vor dem Kühlschrank und hatte seinen Stuhl ein wenig vom Tisch weggedreht. Carrie konnte sich nun auf jeden der drei anderen Küchenstühle setzen, sie würde nie die Gesichtshälfte von ihm zu sehen bekommen, die nur noch aus Narbengewebe bestand. Carrie hatte ihm so oft erklärt, er solle sich darüber keine Gedanken machen. Sie hielte ihn weder für häßlich noch für entstellt. Sie nehme seine Narben überhaupt nicht wahr. Dennoch hielt Lee seine rechte Gesichtshälfte stets vor ihr verborgen, wenn sie zusammen aßen oder im Bett lagen.
»Ich bin nicht vor zehn aus dem Bett gekommen«, sagte sie. Carrie arbeitete in der Gestaltungs-Abteilung eines Verlages, dessen Büros mitten im Herzen von Manhattan waren. Aber heute hatte sie aufgrund des Weihnachtsfeiertages frei. »Ich habe Radio gehört und ein bißchen gelesen.«
Er schob sich das letzte Stück des Sandwiches in den Mund und spülte mit einigen Schlucken Bier nach. Als er sich dann auf dem Stuhl zurücklehnte, fühlte er sich endlich in der Lage, über seinen Morgen zu reden. »Die Veteranenunterstützung ist gestrichen.«
»Ganz gestrichen oder nur gekürzt?«
»Ganz gestrichen.«
»Mit wem hast du denn gesprochen?«
»Mit wem sollte ich schon gesprochen haben?«
»Templeton!«
»Wer sonst?«
»Dann mach doch eine Eingabe. Oder wende dich an seine Vorgesetzten!«
»Würde ja doch nichts bei rumkommen.«
»Templeton ist ein Sadist«, schimpfte sie.
»Und ein Riesenarschloch dazu. Aber so sind sie da alle. Und sie stecken alle unter einer Decke. Dort hackt eine Krähe der

anderen kein Auge aus. Nein, wenn Templeton etwas entschieden hat, kann man nicht mehr dagegen an.«
Sie trank einen kleinen Schluck aus ihrem Glas. Sorgenfalten gruben sich in ihr hübsches Gesicht. »Hast du ihm nicht das Schreiben von Dr. Slatvik gezeigt?«
»Doch!«
»Und was hat er dazu gesagt?«
Lee zuckte die Achseln. »Er hat sich nicht davon beeindrucken lassen.«
Sie schlug mit ihrer zarten, kleinen Hand wütend auf den Tisch. »Verdammt noch mal, dir steht eine Kriegsversehrtenrente zu!«
Er war immer wieder von neuem verblüfft, wenn er erlebte, wie fest sie an die ausgleichende Gerechtigkeit im Leben glaubte. Ganz gleich, was um sie herum passierte, sie ließ sich nie davon abbringen. Bevor Carrie das Licht der Welt erblickte, hatte ihr Vater sich schon aus dem Staub gemacht. Sie hatte ihn kein einziges Mal gesehen. Ihre Mutter war eine schwere Alkoholikerin, die man besser entmündigt hätte. Weil sie mit sich selbst nicht zurechtkam, geriet sie immer wieder an Männer wie Carries Vater, die sie ebenfalls nach einer Weile sitzenließen. Carries Jugend hatte nur aus Armut und Hungern bestanden. Als sie neunzehn war, kam ihr Verlobter, der gerade erst vier Wochen zuvor eingezogen worden war, bei einem Manöverunfall ums Leben... Aber als wäre das alles nie geschehen, war Carrie durch und durch Optimistin und erwartete nur schöne Dinge vom Leben. Geschah dann doch einmal etwas weniger Schönes, war sie im ersten Moment überrascht und hilflos. Richtig in Wut geriet sie aber, wenn sie Zeugin einer Ungerechtigkeit wurde. So etwas verzieh sie dem Schicksal nicht.
»Dir steht das Geld zu«, erklärte sie.
Lee holte sich ein neues Bier aus dem Kühlschrank.

»Möchtest du auch noch eins?« fragte er und hielt die Tür auf.

»Nein, danke, ich habe noch.«

Er setzte sich wieder auf seinen Stuhl und vergaß nicht, Carrie die linke Gesichtshälfte zuzuwenden.

»Dann erzähl doch mal, was Templeton genau gesagt hat.«

»Willst du das wirklich hören?«

»Ja, ich brenne darauf.«

Er seufzte. Dann öffnete er den Mund und äffte Tempelton nach: »Die Vereinigten Staaten von Nordamerika gewähren eine Kriegsversehrtenrente nur Personen, deren Verletzungen, die der oder die Betreffende sich während seiner Dienstausübung zugezogen hat, fortbestehen, und zwar in dem Ausmaß, daß seine Arbeitskraft dergestalt beeinträchtigt ist, daß er einer normalen Berufstätigkeit nicht mehr in dem Maße nachgehen kann, wie er sie unter dem Umstand keiner kriegsbedingten Versehrung hätte leisten können.«

»Gott, das hast du dir anhören müssen...«

Lee hob eine Hand zum Zeichen, daß er noch nicht fertig war. »Die plastisch-chirurgische Operation, die übrigens zu einhundert Prozent von der Regierung erstattet wurde, hat fünfundsechzig Prozent der Narben auf der rechten Gesichtshälfte entfernt.« Er zitierte immer noch den Beamten. »Damit haben Sie vielleicht verminderte Chancen, ein Filmstar zu werden, aber ein Fall von abstoßender Häßlichkeit dürfte hier nicht gegeben sein... Ach, verdammt! Was macht es da schon, wenn die restlichen fünfunddreißig Prozent von der plastischen Chirurgie nicht zu bewältigen sind? Was macht es da schon, wenn in der einen Gesichtshälfte die Muskeln so geschädigt sind, daß sie wie gelähmt ist?« Seine Stimme klang mit jedem Wort bitterer. »Was macht es da schon, wenn die Haut auf meiner rechten Gesichtshälfte sich wie ein grober Karton anfühlt? Zumindest höre ich ja noch auf zwei Ohren, und blind bin ich auch nicht. Worüber um alles in der Welt will ich mich schon beschweren? Ich bin doch schließlich ein großer Glückspilz!«

Beide sagten für eine Weile kein Wort.
Die kleine Küche, die nur vom trüben Winterlicht von draußen beleuchtet wurde, schien die beiden einzuhüllen.
»Und der psychische Knacks?« sagte Carrie schließlich. »Verdammt, den kann man doch nicht übergehen!« Ihre Hand ballte sich zu einer Faust, und an ihrem schlanken Arm spannten sich die Muskeln.
»Darauf hat Templeton auch eine Antwort.«
»Wahrscheinlich wieder so ein Unsinn wie vorhin!«
»Nein, leider steckt ein Körnchen Wahrheit darin«, gestand Lee. »Ein verdammt kleines Körnchen, aber genug für ihn, um sich daran festzuhalten. Templeton meint, welche psychologischen Probleme auch immer mich plagen mögen, sie seien offenbar nicht schwerwiegend genug, um meine Arbeitsvermittlung ernsthaft in Frage zu stellen. Immerhin besuche ich ja die Universität von Columbia, erklärte er, und ich belege dort mehr Vorlesungen, als nach der Statistik und dem Curriculum erforderlich sind. Und meine Noten liegen auch über dem Durchschnitt. Wenn ich als Jurastudent schon so erfolgreich bin, was muß mir dann für eine glänzende Zukunft als Anwalt bevorstehen. Nein, auf die Hilfe vom Veteranenamt sei ich da ganz sicher nicht angewiesen, betonte er mehrfach. Alle meine psychischen Probleme stünden in keiner Weise meiner Fähigkeit im Wege, mir meinen Lebensunterhalt zu verdienen.«
Wenn Templeton jetzt im Zimmer gewesen wäre, wäre ihm Carrie an die Kehle gesprungen und hätte die Welt von einem Bürokraten befreit. »Wer, glaubt dieser Sesselfurzer denn, der er ist!«
»Keine Ahnung. Vielleicht macht er ja gerade einen Fernkurs in Psychologie und kann sich deswegen ein Urteil erlauben.«
Sie hielt das nicht für komisch. »Und was ist mit deinen Studiengebühren?«
»Och, der Staat will sie mir erstatten. Zumindest den größten

Teil davon. Und für die Bücher und so weiter soll ich eine kleine Beihilfe erhalten.«

»Und was ist mit Essen und Trinken? Mit der Miete? Mit Bekleidung? Mit den tausend kleinen Rechnungen, die einem das Leben versauern?«

Er rutschte auf dem Stuhl herum und sah sie direkt an. Im schwachen Dezemberlicht wirkte seine rechte Gesichtshälfte, als würde eine Brise über einen See fahren. Das Gewebe dort war tot und hing schlaff herab. Den rechten Mundwinkel konnte er nicht bewegen, so als hätte jemand die Lippenenden dort festgeschweißt. Lee lächelte sarkastisch mit der gesunden Mundhälfte. »Templeton ist zuversichtlich, daß ich eine Teilzeitarbeit finde, die meine Studien nicht beeinträchtigt. Das Schwein hat sogar angeboten, mir bei der Suche nach einem solchen Job behilflich zu sein.«

Ihre Augen funkelten wie ein Gewitter, und ihre Miene erinnerte an die eines wütenden Wolfs. »Er weiß doch genau, was du für einen Studienplan hast und wie lange und hart du büffelst! Ist ihm denn nicht aufgefallen, daß du montags bis donnerstags von der Früh bis zum späten Nachmittag in den Hörsälen hockst? Und dazu auch noch drei Stunden am Freitag? Übersteigt es denn seinen IQ, sich vorzustellen, daß du zusätzlich noch vier oder fünf Stunden täglich über deinen Büchern hockst? Und noch den ganzen Samstag in der Bibliothek zubringst?«

»Doch, ich schätze, das ist ihm alles bekannt«, antwortete Lee. Dann versuchte er, sie aufzuheitern, sie aus ihrer schwarzen Stimmung zu holen, so wie sie das so gut bei ihm verstand. Er blies seine Wangen auf, zog die Schultern hoch und setzte eine blöde Miene auf, bis er dem Boxer aus einem alten Film glich, der kurz vor seinem entscheidenden Kampf steht. »Aber Mr. Tempelton hat mächtig viel Vertrauen in mich. Er schätzt, ich schaff's bis ganz, ganz, ganz oben!«

»Ja, so schätze ich das auch ein«, entgegnete Carrie, lächelte aber keineswegs. Zwar war ihre Stimme jetzt nicht mehr so laut, aber der Ärger in ihr war nicht zu überhören. »Ich habe mehr Vetrauen in dich als hundert Templetons zusammen. Aber leider bist du nicht Superman.« Schlagartig wechselte ihre Stimme wieder zu Zornesbeben, denn ihr war etwas Neues eingefallen: »Was ist mit den wöchentlichen Sitzungen bei Dr. Slatvik?«

Er setzte die Bierdose an den Mund und nahm einen großen Schluck. Offenbar wollte er Carrie nicht mit einer weiteren schlechten Neuigkeit noch mehr verärgern. Als er nicht länger schweigen konnte, antwortete er: »Die sind auch gestrichen.«

»Sie wollen dir keinen Psychiater mehr bezahlen?«

»Zumindest keinen Dr. Slatvik.«

»Was soll das heißen?«

»Templeton hat erklärt, sein Etat für solche Kostenerstattungen sei zusammengestrichen worden. Deshalb, nun, deshalb kann er mir nur noch den Armee-Psychiater bezahlen, aber nicht mehr. Er fügte noch hinzu, daß er mich gern mit einem solchen Herrn zusammenbringen würde.«

»Aber du bist jetzt fast drei Jahre bei Slatvik. Er kennt dich und dein Problem. Und was ist das für ein Armee-Seelenklempner? Unterscheidet man dort überhaupt zwischen Therapeuten und Analytikern? Die sind doch nur dazu da, unwilligen Soldaten so lange das Gehirn zuzukleistern, bis sie gern an die Front gehen. Wenn ein Arzt im Zivilleben nichts erreicht, läßt er sich als letzten Ausweg von der Armee verpflichten. Ein Psychiater, der beim Militär Karriere machen will, scheint mir reichlich große eigene Probleme zu haben!«

»Macht doch nichts, Schatz«, erklärte er, obwohl es ihm sehr viel ausmachte. »Ich bin sowieso zu dem Schluß gelangt, keinen Arzt mehr aufzusuchen. Zur Hölle mit all den Medizinern!« Er grinste und machte eine abfällige Geste, um Carrie zu zeigen, wie wenig Tempeltons Worte ihm zu schaffen machten. »Meine Großmutter wußte sich mit allerlei Hausmittelchen zu helfen, wenn irgendeine Unpäßlichkeit sie plagte. Und das hat sie nicht umgebracht, ganz gewiß nicht. Ich denke, ich komme schon zurecht, und wenn man es genau bedenkt, ist eine Neurose um so hartnäckiger, je länger man einen Psychologen aufsucht.«

»Verdammte Mistkerle!« schimpfte sie. Carrie stand auf und trat rasch ans nächste Fenster. Sie starrte hinaus auf die wirbelnden Flocken und die graue Stadt, die der Schnee geduldig weiß anstrich. Stille senkte sich über die Küche. Nach einer Weile wurde die Ruhe von den Straßengeräuschen gestört. Dumpfes Rollen und Rumpeln von Autos und Transportern. Das entfernte Heulen einer Polizeisirene...

Lee erhob sich und stellte sich hinter Carrie. Er legte ihr die Arme um den Bauch und zog sie an sich heran. Angenehmer Shampoo-Duft drang in seine Nase.

»Es nützt doch überhaupt nichts, wenn wir jetzt tagelang darüber grübeln«, sagte er leise.

»Aber größeren Schaden würde es auch nicht anrichten!« fauchte sie.

»Langes Brüten führt nur zu neuen Depressionen. Wir können nichts mehr dagegen tun und sollten uns also damit abfinden.« Er sah an ihrem Kopf vorbei nach draußen. »Auf dem Heimweg ist mir klargeworden, daß es keinen Sinn hat, Templeton zu verwünschen. Er ist nicht die Regierung, sondern nur ein bürokratischer Arm. Er hat sich an Richtlinien zu halten. Aber weil wir uns mit ihm auseinandersetzen müssen, geben wir ihm die ganze Schuld. Dabei ist er nicht mehr als ein Rädchen im Getriebe, das sich dreht, weil es bewegt wird.«

»Sei nicht so verdammt vernünftig«, empörte sie sich. »Wir müssen uns jetzt überlegen, was wir tun können!«

»Du hast nicht zufällig schon eine Idee?«

Sie stand immer noch mit dem Rücken zu ihm, als sie erklärte: »Wir müssen uns überlegen, wo wir uns einschränken können. Ab heute gibt es keinerlei Extras mehr. Wir werden ein spartanisches Leben führen. Und wir werden sehen, wie weit wir mit meinem Gehalt kommen.«

»Dann sollten wir als erstes das Essen aufgeben«, antwortete er.

Sie seufzte. »Ach, ich weiß es doch auch nicht.«

»Ich suche mir einen Job«, sagte er plötzlich. »Ich verbringe eben ein paar Stunden weniger an der Uni und mach mein Examen eben ein Jahr später.«

»Nein!« fuhr sie ihn unnachgiebig an. »Wenn du einmal anfängst, das Examen hinauszuschieben, wirst du es nie mehr angehen.« Sie entzog sich seinen Armen, drehte sich um und sah ihm ins Gesicht.

»Hör doch«, begann er, »die einzige andere Möglichkeit wäre, sich irgendwo Geld zu leihen. Aber welche Bank würde schon einem arbeitslosen, kriegsversehrten Studenten, der sich auch noch in psychiatrischer Behandlung befunden hat, einen Kredit gewähren? Die Banken fallen also weg. Wer bliebe sonst noch? Mein Vater?«

Er und sein Vater hatten sich nie sehr nahegestanden. Ackridge senior hatte Lee nur einmal besucht, als er im Krankenhaus seine Verletzungen auskurierte. Und damals hatte es nur wenige Minuten gedauert, bis die beiden sich über den Krieg und die Politik von Präsident Nixon in die Haare geraten waren. Seitdem gab es zwischen ihnen kein Thema mehr, über das sie sich ruhig unterhalten konnten.

Carrie lehnte sich an ihn, als wäre ihr doch einmal die Last der Welt zu groß geworden. »Halt mich, bitte.«

Er legte wieder die Arme um sie. Ihm wurde bewußt, daß die Gelegenheit günstig war, mit Carrie ins Bett zu gehen. Doch dann wurde ihm ebenso bewußt, daß dieser Moment nicht zu den seltenen Gelegenheiten gehörte, in denen er seiner Carrie etwas bieten konnte. So beschränkte er sich darauf, sie festzuhalten.

2

Lee blickte auf sein Gesicht im fleckigen Badezimmerspiegel und versuchte sich zu erinnern, wie er einmal ausgesehen hatte ... lockiges braunes Haar, ein festes Kinn, gesunde Gesichtsfarbe und ein paar Sommersprossen. Doch, vor dem Krieg war er ein gutaussehender Junge gewesen, wie ihn sich jede amerikanische Mutter zum Schwiegersohn gewünscht hätte. Heute war davon im wahrsten Sinn des Wortes nur noch die Hälfte übrig. Heute würde keine Mutter einer Tochter mehr nach ihm Ausschau halten.

»Sei froh, daß die Knochen heil geblieben sind, daß du noch zwei Arme und zwei Beine hast«, sagte er sich. Er wußte von Kameraden, die wesentlich mehr als er verloren hatten. Lee war fast einen Meter achtzig groß, wog einundsiebzig Kilo, war schlank und muskulös. Er hatte noch beide Augen. Es hätte wirklich schlimmer kommen können.

Er hatte es sich zur Angewohnheit gemacht, sich mit seiner verletzten Gesichtshälfte zu konfrontieren, um so Ärger und Rachsucht zu erzeugen, die ihn aus seiner Niedergeschlagenheit rissen. Aber heute klappte es irgendwie nicht. Wenn es schon keine Möglichkeit gab, sich an der krankhaften, gesichtslosen Bürokratie zu rächen, sollte man auch keine Energie darauf verschwenden.

Die Türklingel läutete.

Carrie hatte gesagt, sie wolle allein über alles nachdenken, und war fortgegangen. So früh erwartete Lee sie nicht zurück.

Er schaltete das Badezimmerlicht aus und lief durch die Diele zur Gegensprechanlage. »Wer ist da?« rief er.

Als Antwort erhielt er nur statisches Rauschen, aus dem sich alles hätte heraushören lassen. Zum Beispiel ein Fixer, der sich am Ende fühlte: »He, da oben, ich brauch Knete für den nächsten Schuß. Dafür würd' ich sogar jemanden abmurksen.«
Nein, sagte sich Lee, es konnte nur Carrie sein. Wahrscheinlich hatte sie vergessen, den Schlüssel einzustecken, wie es ihm heute morgen auch widerfahren war.
Er drückte auf den Türöffner, zog dann die Wohnungstür auf und trat hinaus auf den Gang bis ans Treppengeländer. Schwere Schritte näherten sich von unten. Da kam nicht Carrie, sondern ein Mann. Vielleicht doch der Fixer?
»Ackridge, du bietest mal wieder ein Bild des Jammers!« rief der Mann, als er das dritte Stockwerk erreichte.
Lee starrte ihn an. »Doug? Mein Gott, du bist es, Doug!«
Douglas Powell, der einzige wirkliche Freund, den er je beim Militär gefunden hatte. Jener überbrückte mit wenigen Schritten den Abstand zu Lee und packte ihn an den Schultern. Doug war knapp einen Meter neunzig, wog aber nur unwesentlich mehr als Lee. Er war ein ausgesprochen muskulöser und sehniger Mann. Die anderen Kameraden hatten ihn »Draht« gerufen, was zu einem Teil daran gelegen hatte, daß er seinen Körper unglaublich zusammenfalten und sich in einer erstaunlich flachen Mulde verstecken konnte. Dougs Hände hätten jedem Football-Spieler zur Ehre gereicht. Sie lagen schwer auf Lees Schultern.
»Du siehst aus wie ein geprügelter Hund!« grinste Doug.
Lee lachte.
»Kein Witz, ich meine es ernst.«
»Sieht man es mir wirklich so deutlich an?«
Powell verlor augenblicklich sein Grinsen und wurde übergangslos ernst. »Warum erzählst du mir nicht alles?«
Lee schlug dem Freund spielerisch in den Bauch und sagte: »Du hältst dich nicht mit langen Vorreden auf, was?«

»Wär' nicht mein Stil.«
»Du bist noch keine drei Sekunden hier und schon bietest du mir an, mich durch die Untiefen des Lebens zu führen!«
Doug breitete die langen Arme aus. »Wer könnte das besser als ich?«
»Na ja, ich möchte mich da nicht festlegen«, lächelte Lee. »Aber, Mensch, ich kann es immer noch nicht fassen, daß du hier vor mir stehst. Was hat dich denn hergeführt?«
Doug Powell grinste gewinnend. Er hatte ein wettergegerbtes Gesicht, und die dunkelbraunen Augen lagen tief in den Höhlen unter der breiten Stirn. Seine gerade Nase ragte wie ein Adlerschnabel über perfekt dazu passenden dünnen Lippen heraus. Und seine Zähne waren wie aus einer Zahnpasta-Reklame: gerade, weiß und in ebenmäßigen Reihen. Bei ihrem Anblick mußte jeder daran denken, wie schade es war, daß man in seiner Jugend nicht einen etwas teureren Zahnarzt aufgesucht hatte.
»Was mich herführt? Komm, laß uns doch hineingehen, ein paar Biere köpfen und von den guten alten Zeiten reden. Dann erzähle ich dir alles.« Er wartete gar nicht erst ab, sondern schob Lee in die Wohnung und warf die Tür hinter sich zu.
»Also ein Bier?« fragte Lee.
»Nein, zwei, eins für jede Hand«, lachte Powell.
Sie liefen durch das kleine, vollgestopfte Wohnzimmer in die Küche.
»Hast du die Lichtrechnung nicht bezahlt, oder bist du ein Nachtanbeter?« fragte Doug und lachte immer noch.
»Bevor du gekommen bist, war ich in Stimmung für Finsternis«, antwortete Lee. Er schaltete die Küchenlampe ein.
»Nein, laß doch!« rief Doug. »Gefällt mir ganz gut so. Ist doch ganz angenehm mit der Musik und so.«
Im Wohnzimmer war immer noch das Radio eingeschaltet. Mantovani-Geigen spielten entschärfte Fassungen von Ever-

greens, dazu die länger werdenden Schatten des Spätnachmittags... Lee nahm die Hand vom Schalter, ohne ihn gedrückt zu haben.

Powell zog den schweren, knielangen Mantel aus und legte ihn über einen der Küchenstühle. Dann ließ er sich an dem Formica-Tisch nieder, während Lee aus dem Kühlschrank die Biere holte.

Als Doug dann vor dem Küchenfenster saß, sich vom Abendlicht in eine Silhouette verwandeln ließ und von seinen zwei Bierdosen getrunken hatte, fragte er: »Also heraus mit der Sprache, was macht dich so niedergeschlagen?«

»Ist im Moment nicht so wichtig.«

»Und ob das wichtig ist. Du hast mir schließlich damals das Leben gerettet. Da ist es doch das mindeste, daß ich mir deine Sorgen anhöre!«

»In Nam habe nicht nur ich dir geholfen. Das hat auch umgekehrt funktioniert.«

»Und hier und heute soll das nicht anders sein.« Powell legte den Kopf in den Nacken, setzte eine Dose an und hätte sie beinahe in einem Zug geleert. Danach atmete er erleichtert auf. »Später will ich dir nämlich von ein oder zwei eigenen Problemen erzählen.«

»So?«

»Aber du fängst an.«

Lee kannte den Freund gut genug, um zu wissen, daß Doug stur sein konnte, wenn er sich einmal was in den Kopf gesetzt hatte. Offenbar wollte er jetzt zunächst hören, was Lee so bedrückte. Lee tat ihm den Gefallen und erzählte ihm von Templeton, dem Veteranenamt, von der Kürzung, beziehungsweise Einstellung seiner Rente, von seinen ganzen finanziellen Schwierigkeiten, vom Abbruch der psychiatrischen Behandlung und von allen anderen Kümmernissen; nur die andauernde Impotenz behielt er für sich, denn die ging nur ihn und Carrie etwas an.

Während er berichtete, hatte Lee das eigenartige Gefühl, daß Powell insgeheim froh über das Unglück seines Freundes war. Lee konnte sich das eigentlich nicht vorstellen, denn Doug hatte zwar ein paar unangenehme Eigenschaften, aber ein Sadist war er ganz sicher nicht. Und schließlich waren sie einmal sehr gute Freunde gewesen...

»Und wann ist Carrie hier eingezogen?« fragte Powell.

»Hast du denn nicht von Carrie gewußt?«

»Das letzte Mal habe ich dich vor Weihnachten letzten Jahres gesehen. Du hast mir damals nur irgendwas von einer Verabredung erzählt.«

»Nun, danach hat es nicht mehr lange gedauert. Sie wohnt jetzt ungefähr ein Jahr hier.«

»Und, bist du glücklich mit ihr?«

»Sie ist das einzige in meinem Leben, über das ich glücklich sein kann.«

»Da hast du schon mehr als ich«, brummte Powell. Es sah ihm nicht ähnlich, eine Schwäche oder eine Niederlage einzugestehen. Lee entdeckte kurz Einsamkeit im Blick des Freundes. Doug leerte die zweite Dose wie die erste und wischte sich dann mit dem Handrücken über die Lippen.

»Willst du noch eins?«

»Klar, was für eine Frage!« Als er die dritte Dose in der Hand hielt, erklärte er: »Ich habe mich gerade von der Idee verabschiedet, ein brillanter Architekt zu werden.«

»Du hast wieder einmal eine Schule verlassen?«

»Ja, wieder einmal«, gestand Powell.

»Die wievielte ist das jetzt?«

»Seit meiner Rückkehr von Nam habe ich fünf Schulen geschmissen und vier Karrieren abgebrochen«, lachte Doug. »Zuerst habe ich es mit Computer-Design versucht, später mit Betriebswirtschaft, dann zog es mich zur Medizin, und danach bin ich bei der Architektur gelandet ... Ich bin jetzt sechsund-

zwanzig, und die einzige Laufbahn, die für mich geeignet scheint, ist die einer verkrachten Existenz.« Er grinste humorlos, und jetzt wirkten seine makellosen weißen Zähne wie das Gebiß eines hungrigen Raubtiers.
»Was ist denn mit dir los, Doug?«
»Keine Ahnung. Seit Nam krieg ich einfach kein Bein mehr auf die Erde.«
Lee nickte. »Ich denke, wir haben davon beide unseren Knacks weg.«
Powell leerte die dritte Dose und zerdrückte sie dann mit einem Hieb auf dem Küchentisch. »Aber bei Gott, ich denke, ich habe endlich das große Los in der Tasche!«
»Erzähl!« forderte Lee ihn auf und beobachtete ihn fasziniert. Wie rasch der Mann seine Stimmung ändern konnte.
Powell starrte ihn über den Küchentisch an. Dann blickte er vorsichtig nach allen Seiten und begann endlich: »Auf der einen Seite tut es mir wirklich furchtbar leid, was mit dir passiert ist. Es betrübt mich sehr, daß man dir so viele Knüppel zwischen die Beine wirft und du einfach nicht hochkommst. Und es empört mich, wie Templeton und all die anderen Bürokraten dich verarschen. Doch auf der anderen Seite ... ist es mir gar nicht so unrecht.«
Also hatte Lee sich das doch nicht eingebildet. Powell war sehr zufrieden über die Mißgeschicke seines Freundes gewesen. Warum nur?
Doug beantwortete die unausgesprochene Frage sofort: »Das hört sich sicher schlimm an, aber ich bin froh, daß es dir so dreckig geht. Denn so wirst du sicher eher bereit sein, dir den kleinen Vorschlag durch den Kopf gehen zu lassen, den ich dir gleich machen will.«
»Oh, was denn für ein Vorschlag?«
Powell lächelte und glich jetzt einem Wolf.
»Spann mich nicht auf die Folter«, drängte Lee.

»Es geht um Geld.«
»Hast du einen Job für mich?« fragte er sofort, wußte aber im selben Moment, daß Doug nichts dergleichen im Sinn hatte.
»Einen Job? Hm, vielleicht könnte man es so nennen.«
Lee wartete eine ganze Minute. »Ja und? Was ist damit?«
Powell beugte sich über den Tisch und faltete seine großen Hände um die eingedrückte Bierdose, so als wollte er sie auf Streichholzschachtelgröße zusammenpressen. Von draußen drang so wenig Licht in die Küche, daß Doug nur noch als Schatten zu erkennen war.
»Lee...« sagte er und hielt dann inne. Als er weitersprach, kamen die Worte langsam und eindringlich. »Lee, wie würde es dir gefallen, Millionär zu sein?«
Ackridge starrte ihn an wie einen Außerirdischen.
»Würdest du gern Millionär sein?« wiederholte Doug. »Nie mehr Geldsorgen? Nie mehr Streit mit Carrie um das Haushaltsgeld?«
Lee konnte nicht mehr an sich halten und brach in schallendes Gelächter aus. »Klar würde ich das gern sein!«
Powell sah ihn unentwegt an. »Du kannst Millionär werden«, erklärte er ganz ruhig. »Genauso wie ich. Und es dauert nicht einmal lange, bis es soweit ist.«
Plötzlich war es in der Küche eiskalt, so als habe jemand ein Fenster geöffnet, um den Winterwind hereinzulassen. Lee hatte seit Vietnam nicht mehr eine solche Intensität in Dougs Blick erlebt.
»Jetzt sag mir endlich, was Sache ist.«
»Ich bin da zufällig ... über etwas gestolpert«, antwortete der Freund geheimnisvoll. Er rutschte auf dem Stuhl ein Stück vor und tauchte damit völlig in die Dunkelheit ein. »Ich brauche dazu einen Partner. Einen Partner, dem ich mein Leben anvertrauen kann. Und da fällt mir kein anderer ein als du.«
»Und daraus läßt sich eine Million Dollar machen?«

»Nicht nur eine, mehrere Millionen!«
Beide schwiegen für eine Weile.
Endlich fragte Lee leise: »Ist wohl eine illegale Geschichte, oder?«
»Um ganz ehrlich zu sein«, antwortete Powell, »sie würden uns ins allertiefste Loch einsperren und dann den Schlüssel fortwerfen.«

3

Lee schaltete jetzt doch die Lampe über dem Herd ein. Die Dunkelheit war ihm mit einem Mal unbehaglich geworden.
»Wahrscheinlich wäre es das beste, ich würde auf der Stelle sagen, daß ich nichts mehr davon hören will«, begann Lee. »Wir könnten noch ein oder zwei Bier trinken, und dann würdest du gehen.«
»Das hängt jetzt ganz allein von dir ab«, entgegnete Powell. »Aber es würde dir bis an dein Lebensende leid tun, wenn ich es nicht einmal erzählt hätte.«
»Und was wäre, wenn ich danach ablehne?«
»Du mußt dich zu nichts verpflichtet fühlen.«
Lee beobachtete Powells langes, hartes Gesicht genau. Aber er entdeckte darin nichts, was ihm in diesem Moment weitergeholfen hätte. Etwas unidentifizierbar Fremdes fiel ihm jetzt in Dougs Zügen auf. Nein, das war nicht mehr ganz der Mann, mit dem Lee im Krieg gewesen war.
»Nun?« fragte Powell.
»Einige Millionen Dollar ... Wo außerhalb einer Münzanstalt könnte soviel Geld herumliegen, das man einfach nur einzustecken und fortzutragen braucht?«
»War das jetzt eine rhetorische Frage, oder willst du wirklich meinen Vorschlag hören?« fragte Doug und beugte sich wieder vor. Seine lässigen Bewegungen und das ewige Grinsen waren

verschwunden. Jetzt bewegte er sich langsam und strahlte Kraft und Energie aus.
Lee starrte ihn an, dachte an die lange Zeit, die sie miteinander verbracht hatten, und suchte darin nach einer Erklärung für Dougs Verhalten. Hatte Douglas Eugene Powell, ausgerechnet sein Freund, tatsächlich so etwas wie einen Bankraub vor? Wollte er ein Flugzeug entführen? Oder was mußte man tun, um an viele Millionen Dollar zu gelangen? Powell hatte es doch nicht schlecht. Seine Familie war vermögend, und er konnte es sich leisten, ein Studium nach dem anderen abzubrechen. Er brauchte nur die Hand aufzuhalten, um an Geld zu kommen.
Seine Mutter, Loretta Collinswood Powell, war in der Tradition des Südstaatenadels erzogen worden. Sie besaß Charme, Grazie, war ebenso vornehm wie bigott, verteilte regelmäßig Almosen und war alles in allem eine hübsche, aber strohdumme Südstaatenschönheit, die außer Doug kein Kind zur Welt gebracht hatte. Als Erbin von einem Viertel des Familienbesitzes war sie sicher nicht weit von einer Millionärin entfernt. Nach dem, was Doug über sie erzählt hatte, gehörte sie zu den Müttern, die ihre Kinder mit Affenliebe umhegen. Zwar bekam er von ihr jeden, wirklich jeden Wunsch erfüllt, andererseits erstickte sie ihn mit ihrer Forderung nach Liebe.
Sein Vater, General Norman Powell, war der Vorsitzende der Vereinigten Stabschefs. Er konnte an allen Fäden ziehen, so daß es Doug auch in dieser Hinsicht an nichts mangeln mußte.
Doug hatte nie viel von seiner Mutter erzählt, aber im Vergleich zum Vater war er bei der Mutter geradezu redselig gewesen. Als Doug und Lee in der Armee gewesen waren, hatte der Vater sein hohes Amt noch nicht innegehabt. Aber er war schon General gewesen. Lee hatte immer vermutet, Doug erzähle nur deshalb nicht so gern von seinen Eltern, weil er nicht vor anderen mit seinem Vater protzen wollte. Er hatte immer

danach gestrebt, ein ganz normaler Junge zu sein, der von den Kameraden als Gleicher akzeptiert wurde. Es sah Doug gar nicht ähnlich, sich durch die stille Hilfe seines Vaters beim Militär ein ruhiges und feines Leben zu machen. Aber ob er nun von seinem Vater erzählte oder ihn verschwieg, General Powell ließ sich nicht wegdiskutieren; und das war für den Sohn ein ebensolcher Trumpf im Ärmel wie bei anderen Gelegenheiten das Geld seiner Mutter Loretta. Doug wäre der letzte, der aus purer Not eine Bank überfallen müßte.

Aber aus welchem Grund saß er hier und redete allen Ernstes davon, auf illegale Weise an ein Vermögen zu gelangen?

»Und warum bin ich so verdammt neugierig auf seinen Vorschlag?« fragte sich Lee. Doug hatte sich wirklich geändert, aber offenbar war es ihm selbst nicht anders ergangen.

Er warf einen Blick auf die Küchenuhr. Carrie war jetzt schon eine Stunde fort. Sie mußte bald zurückkehren. Lee wollte nicht, daß sie in irgendeiner Form in diese Geschichte verwikkelt wurde. Powell sollte jetzt endlich sagen, was in seinem Kopf herumspukte. Sie durften keine Zeit mehr verlieren.

»Schieß los«, forderte Lee ihn auf.

Doug nickte. Seine Stimme klang tief und leise. Es war fast so, als hätte die Zeit einen Sprung zurück gemacht. Wie damals in Asien, im Dschungel. Wie so oft, wenn sie über die beste Taktik diskutierten, aus dem Hinterhalt zu entkommen, in den ein Trupp Vietcong sie gelockt hatte.

»Wenn ich nichts übersehen habe«, begann Doug, »dann halten wir bald eine Summe irgendwo zwischen vier und sechs Millionen in Händen. Und die werden sauber zwischen uns geteilt.« Er hörte sich an wie ein Kredit- oder Anlagenberater. Ein adrett gekleideter, höflicher junger Mann aus gutem Hause, der einem rät, welche Aktien man kaufen, welche Obligationen man abstoßen soll. Ein Außenstehender hätte niemals vermutet, daß Powell etwas Illegales vorhaben könnte.

Lee schüttelte den Kopf. »Soviel Geld. Ich kann es einfach nicht glauben.«
»Warte, bis du es in Händen hältst, dann wirst du keine Mühe mehr haben, daran zu glauben.«
Nahm Doug ihn vielleicht auf den Arm?
Lee sah ihn aufmerksam an. Nein, die Intensität und Entschlossenheit in Powells Augen ließen keinen Zweifel an seiner Ernsthaftigkeit zu.
»Nun zu den Einwänden«, fuhr Doug fort. »Nummer eins, wir nehmen kein Bargeld. Und dafür gibt es gute Gründe. Zum einen würden Banknoten in solcher Menge ein Transportproblem für uns darstellen. Zum anderen kann man den Verbleib von Bargeld zu leicht feststellen. Und schließlich war dein Einwand von eben durchaus berechtigt: Wo liegt schon soviel Kohle herum? Nummer zwei, wir stehlen etwas so verdammt Wertvolles, daß wir dafür jede gewünschte Summe als Lösegeld fordern können.« Er griff in die Brusttasche seines Hemds und zog Zigaretten und Streichhölzer hervor.
»Einen Moment mal!« entfuhr es Lee. »Du meinst doch wohl hoffentlich nicht Kidnapping?«
Powell zündete die Zigarette an und blies den Rauch des ersten Zuges aus. »Ich halte das auch für das Dümmste. Und glaub mir, ein solcher Dummkopf bin ich nicht. Nein, Kidnapping steht nicht auf dem Programm.«
»Was denn dann? Willst du vielleicht einen vollbesetzten Jumbo kapern? Das wäre doch auch Kidnapping!«
»Nur Geduld«, antwortete Powell. Er hielt die Hand mit der Zigarette hoch. Der Glimmstengel ragte zwischen den beiden Fingern heraus. »Die Geschichte ist etwas kompliziert.«
Lee sehnte sich nach einem Bier. Aber er hatte seine Grenze schon erreicht. Noch ein Bier, und er wäre blau. Dabei mußte er sich gerade jetzt konzentrieren.
»In Washington, D. C., erhebt sich am Potomac River das best-

bewachte Gebäude der Welt«, erklärte Doug und klang wie ein schlecht bezahlter Reiseleiter. »Dort halten so viele Männer Wache, daß man auf einen Soldaten pro zehn Meter kommen könnte. Vierundzwanzig Stunden am Tag laufen Hundepatrouillen rund um das Gebäude. Elektronische Alarmanlagen und andere hochentwickelte Sicherheitssysteme aller Art vermehren sich dort ständig. Weder du noch ich kämen auch nur zwei Meter in dieses Gebäude hinein ... Doch wir können den wertvollsten Schatz stehlen, den das Haus hütet. Uns beiden ist das möglich. Und wir müßten dem Gebäude dabei nicht näher als hundert Meilen sein.«

Ganz gleich, wie ernst es Doug mit seinem Vorhaben war, Lee verstand überhaupt nichts mehr. »Wie kann man denn etwas von einem Ort stehlen, von dem man hundert Meilen weit weg ist?«

Powell lächelte wieder. »Es ist möglich.«

»Ich komme nicht recht mit. Sprich bitte nicht mehr in Rätseln, sondern komm zur Sache. Was für ein Gebäude soll das denn sein?«

»Das Pentagon.«

Lee keuchte und brauchte ein paar Momente, um sich wieder zu fassen. Dann fiel ihm etwas ein: »Dein alter Herr sitzt doch dort. Du hast aber doch gerade gesagt, du kämst nicht einmal zwei Meter in das Gebäude hinein.«

»Natürlich könnte ich in Begleitung meines Vaters das Pentagon betreten. Doch vom ersten Schritt an stünde ich unter ständiger Bewachung. Einmal zu scharf eingeatmet, und schon wären ein Dutzend Maschinenpistolen auf mich gerichtet.«

»Ja, aber dein Vater ist doch so ein hohes Tier...«

»Der Sicherheitsdienst im Pentagon traut niemandem«, antwortete Doug. »Aber wir kommen vom Thema ab. Ich habe dir doch erklärt, daß wir ziemlich weit entfernt von diesem Gebäude die Sache durchziehen.«

»Also schön, ich bin interessiert. Aber du mußt mir schon genau erklären, was du eigentlich vorhast. Und ... ehrlich gesagt, ich kann mir nicht vorstellen, was wir vom Pentagon stehlen und dafür Millionen erpressen könnten.«
»Informationen.«
Dieses eine Wort erwischte Lee wie ein Eimer eiskaltes Wasser ins Gesicht. Die Unterhaltung verlor in diesem Moment alles romantisch Abenteuerliche. »Großer Gott!« stöhnte Lee.
Powell lachte laut.
»Du willst Geheiminformationen stehlen?«
In diesem Moment hörte er wieder die schluchzenden Geigen aus dem Radio im Nebenzimmer. »Was für ein seltsamer Background für ein solches Gespräch«, dachte er.
»Ich denke nicht an irgendwelche Informationen, die nur höheren Chargen zugänglich sind. Mir geht es um die ganz supergeheimen Akten, um das überlebenswichtige Material.«
»Das ist nicht nur Diebstahl, das ist Hochverrat!« stöhnte Lee.
»Nicht unbedingt. Um des Hochverrats schuldig gesprochen zu werden, müßten wir das Material einer fremden Macht überlassen. Natürlich werden wir der Regierung drohen, daß wir die Informationen weiterverkaufen, denn wir wollen ja reich werden. Aber natürlich drohen wir nur damit. Selbstverständlich werden wir die Informationen nicht den Russen oder Chinesen geben.«
»Du hast noch nicht gesagt, was du genau tun willst«, sagte Lee heiser. Sein Gesicht war von einem Feuchtigkeitsfilm überzogen, und unter den Achselhöhlen zeigten sich auf dem Hemd dicke Schweißflecken.
Powell blies einen Rauchring in die Luft. Er bemühte sich, ganz gelassen zu wirken. Aber Lee konnte er damit nicht täuschen. Er war so angespannt wie eine Stahltrosse. »In den Kellern des Pentagon steht die gigantischste Computeranlage der Welt«,

erklärte Doug und verfiel wieder in den Reiseleiter-Tonfall. »Die Anlage besitzt ein enormes eigenes Generatorensystem und wird ständig ergänzt. Ihre Datenspeicher umfassen fünfzehntausend Magnetbänder. Das entspricht sechzig Millionen Metern Magnetband oder 7,4 Billiarden Worten. Etwa ein Drittel dieser Informationsmenge ist top-secret, käme also für uns in Frage. Hast du so weit alles verstanden?«

Lee nickte ergriffen. »Woher weißt du das alles? Von deinem Vater?«

»Natürlich. Die einzigen zwei Themen, über die er je redet, sind Football und das Pentagon.«

Wie immer sein Plan genau aussehen mochte, Doug war deutlich erregt. Lee hingegen war an diesem Punkt nur voller Sorge und Furcht.

»Um es allen Benutzern aus dem Verteidigungsministerium leichter zu machen, an die gespeicherten Informationen zu gelangen und mit ihnen zu arbeiten«, fuhr Powell fort, »hat man die Daten in fünfzig Klassen unterteilt. Diese fünfzig Klassen enthalten wirklich alle Fakten über die militärische Kapazität dieses Landes. Wenn es einem feindlichen Agenten gelingen würde, auch nur einen kleinen Teil der Top-secret-Informationen anzuzapfen, würde das militärische Gleichgewicht auf dieser Erde über Nacht zuungunsten der Vereinigten Staaten verschoben. Und wenn ein Agent gar an die Informationen der obersten Klasse gelangen würde, stünde damit der Untergang unserer Nation fest.«

»Du meinst Krieg?«

Nur die fahrigen Bewegungen der Hände verrieten Dougs Nervosität, die ihm ansonsten nicht anzumerken war. Er drückte hastig seine Zigarette aus und zündete sich gleich eine neue an, bevor er weiter erklärte: »Eine feindliche Macht, die in den Besitz solcher Informationen gelangt wäre, würde einen Krieg wahrscheinlich nicht mehr für notwendig erachten. Versuch dir doch einmal vorzustellen, was einer feindlichen Macht alles möglich wäre, wenn sie in den Besitz, sagen wir, der kompletten Listen aller Tötungskommandos unserer Geheimdienste in Südamerika gelangen würde. Diese andere Nation könnte uns vor den Augen der Welt so bloßstellen, daß niemand mehr einem Vertreter unseres Landes auch nur die Hand geben würde. Du siehst also, solche Informationen sind weit gefährlichere Waffen als alle Panzer und Kanonen zusammen.«

»Ja, in den falschen Händen könnten solche Informationen den Lauf der Geschichte nachhaltig verändern«, stimmte Lee zu. Er klang nicht melodramatisch, sondern eher sachlich, dachte er und war ein wenig erschrocken über sich selbst. Er begriff zwar noch nicht, welche weiteren Daten von ähnlicher Brisanz der Computer des Pentagon enthalten mochte, aber es war ihm durchaus bewußt, daß sie hier über ein kolossales Vorhaben redeten.

»Aber selbstverständlich werden wir schon zu verhindern wissen, daß die von uns *ausgeborgten* Informationen in die falschen Hände geraten«, versicherte Powell ihm rasch. »Außerdem verschaffen wir uns ja nur einen Bruchteil der Top-secret-Daten. Vielleicht fünf oder sechs Bänder, natürlich ausgesuchtes Material. Zum Beispiel könnten wir schon ein gutes Lösegeld für die Daten über, na, vielleicht alle US-Forschungsprogramme, die mit Laser zu tun haben, verlangen. Man braucht nicht lange zu grübeln, um sich vorzustellen, was Staaten wie die Sowjetunion, China, aber auch Frankreich für solche Informationen geben würden. Und du kannst dir sicher vorstellen, was unsere Regierung tun würde, um zu verhindern, daß solche Informationen in die falschen Hände gelangen.« Er tat einen tiefen Zug von seiner Zigarette und beobachtete, wie ein Schimmer von Verstehen langsam, aber unaufhaltsam auf Lees Gesicht trat. »Und das wäre nur ein Band. Wir könnten uns zusätzlich noch ein Band besorgen, auf dem die Einsatz-

pläne der US-Streitkräfte für alle zukünftigen Kriege gespeichert sind. Oder das Band, auf dem das gesamte Wissen des Pentagon über den wissenschaftlichen Fortschritt in der UdSSR zu finden ist, verbunden natürlich mit den Namen aller Agenten und sonstigen Informanten, über die das Pentagon an diese Daten gelangt ist. Die Politiker können lange beteuern, die Zeiten des kalten Krieges seien längst vorüber, solche Informationen sind auch heute noch nicht in Gold aufzuwiegen.«
»Großer Gott!« Lee wurde schwindlig.
»Oder stell dir vor, wir gerieten an das Band, auf dem alle Codenamen, Kontaktpunkte, toten Briefkästen, Tarnfirmen und Agentenführer von jedem CIA-Mann in der Welt verzeichnet sind. Plus natürlich die richtigen Namen und die Adressen dieser Männer. Würde eine feindliche Macht in den Besitz dieser Liste gelangen, wäre das gesamte amerikanische Spionagenetz mit einem Schlag zerstört. CIA und so weiter brauchten dann mindestens zehn Jahre, um ein neues Netz aufzubauen.«
Lee war ganz schwummrig im Kopf, und seine Gesichtshaut brannte. »Selbst wenn es irgendwie möglich sein sollte, an solche Daten zu kommen ... wir müßten ja komplett verrückt sein, diese Bänder zu stehlen!«
»Und wieso?«
»Falls es uns tatsächlich gelingen sollte, an diese Bänder zu gelangen, und wir wirklich der Regierung ein Lösegeld abpressen können, dann würden wir für den Rest unseres Lebens keinen Frieden mehr finden. CIA, NSA, FBI und Gott weiß wer sonst noch würden Himmel und Hölle in Bewegung setzen, um uns zu fassen und uns dann das Wasser im Arsch kochen zu lassen!«
»Ich habe mir natürlich auch ein paar Schutzmaßnahmen einfallen lassen«, entgegnete Powell etwas verstimmt, »doch zu denen wollte ich später noch kommen. Im Augenblick kommt

es mir vor allem darauf an, daß du begreifst, wie wir an die Daten kommen. Es gibt keinen Zweifel daran, daß wir sie erlangen können. Ist das klar?«
»Ohne auch nur in die unmittelbare Nähe des Pentagon zu kommen?«
»Genau so, wie ich es gesagt habe.«
»Du willst über deinen Vater an die Bänder kommen!« triumphierte Lee.
Powell lachte schallend. Gegen seinen Willen mußte sich Lee eingestehen, daß das Lachen des Freundes ansteckend war. »Selbstverständlich nicht! Ich bin doch kein Vollidiot! Wir drohen der Regierung nur damit, die verdammten Bänder an China, Rußland oder meinetwegen Spanien zu verkaufen. Denn wenn wir nicht damit drohen, kriegen wir auch kein Lösegeld. Aber wir würden das Zeugs nie wirklich verkaufen. Wenn es zum Schlimmsten kommt und die Regierung uns kein Geld gibt, vernichten wir die Bänder eben oder schicken sie sogar mit der Post zurück!«
»Und woher sollen sie wissen, daß wir keine Kopien angefertigt haben?«
Doug drückte heftig die Zigarette aus und zeigte dann beide Handflächen. »Ganz einfach. Das Bändersystem des Pentagon ist vornehmlich nach Sicherheitskriterien entwickelt und angelegt worden und erst in zweiter Linie ist seine Effizienz überlegt worden. Man kann die Bänder nicht kopieren, solange man nicht über die Spezialanlagen des Pentagon verfügt.«
Warum höre ich mir diesen Wahnsinn eigentlich an? fragte sich Lee verblüfft. Wollte er nur aus Neugierde noch mehr von Dougs Geschichte hören? Nein, nicht aus Neugierde. *Ich höre ihm zu, weil ich noch nicht beschlossen habe, ihn den Job allein ausführen zu lassen!*
»Also gut«, bemerkte Lee pfiffig, »wenn du es nicht mit der Hilfe deines Vaters tust und wenn du nicht ins Pentagon hin-

einwillst, dann kennst du dort jemanden, der sich ein Zubrot verdienen möchte.«

»Im Pentagon wimmelt es von korrupten Menschen«, antwortete Doug. Seiner Miene war deutlich anzumerken, daß er seinen Vater dazurechnete. »Aber niemandem dort würde es gelingen, etwas aus der Computerabteilung zu schmuggeln, ganz zu schweigen davon, es auch noch aus dem Haus zu schaffen.« Powell zündete sich die nächste Zigarette an. »Kein Mitarbeiter des Verteidigungsministeriums hat Zugang zu Top-secret-Daten, ohne sich vorher einer strengen Sicherheitsprüfung unterzogen zu haben. Das nimmt reichlich Zeit in Anspruch. Zusätzlich muß er für jede betreffende Akte Dutzende Spezialanträge ausfüllen und einreichen. Und erst, wenn er das alles hinter sich gebracht hat, besorgt ihm der Chefprogrammierer, ein Mann namens Ives, die gewünschte Information. Der Antragsteller selbst kommt also nie auch nur in die Nähe der Computer.«

»Du hast dich mit diesem Ives zusammengetan?«

»Ives muß sich einer Überprüfung unterziehen, sobald er den Computerraum verläßt. Ob er das nun ein- oder dreißigmal am Tag tut. Und rund um die Uhr halten sich dort Wachen auf, die alle Vorgänge am Computer beobachten.« Powell drückte die Zigarette aus, bevor er den zweiten Zug gemacht hatte. Dann errötete er leicht und fuhr äußerlich ruhig damit fort, seinen Plan darzulegen: »Daten aller fünfzig Klassen können nur dann kopiert werden, wenn man ein bestimmtes Codewort eingibt, das nur die betreffende Klasse bedeutet. Diese Codewörter werden alle vierzehn Tage durch neue ersetzt. Nur neun Personen – sie alle verfügen über ihre eigene Computerkonsole, die direkt mit dem Pentagonsystem verbunden ist – erhalten die Codelisten. Und diese neun Personen gehören nicht zu denen, die sich von jemandem wie uns bestechen ließen: Ives, der Chefprogrammierer, der selbst den Code bestimmt; der Präsident der Vereinigten Staaten; der Verteidigungsminister; der Vorsitzende des Generalstabs; die Stabschefs von Heer, Marine und Luftwaffe; der Vizepräsident der Vereinigten Staaten; der Verbindungsmann des Pentagons im Kongreß, derjenige, der entscheidet, wer aus Repräsentantenhaus und Senat in welche Geheimhaltungsstufe eingeweiht wird. An keinen dieser Männer kommen wir heran, nicht wahr? Jeder andere, der nicht über die Codeliste und seinen eigenen Direktanschluß an den Pentagon-Computer verfügt, und jeder, der nicht zum obersten Geheimnisträger ernannt wird, erhält nur Zugang zu Daten, die unterhalb der fünfzig Klassen liegen. Und das ist genau das Material, das der Öffentlichkeit zugänglich ist.«

»Nun, wenn dein Vater sich nicht als Verräter entpuppt hat, dann vielleicht ein anderer aus der Neunergruppe.« Lee gefiel die Vorstellung, eine der Spitzenpersönlichkeiten dieses Landes stehe in Wahrheit auf der Gehaltsliste des Feindes.

»Ganz und gar nicht«, lächelte Powell nachsichtig. »Ich will dir jetzt erklären, wie ein Normalsterblicher an Daten vom Pentagoncomputer gelangen kann. Vielleicht kommst du dann von allein drauf, wie mein Plan aussieht.«

»Einen Moment noch«, sagte Lee, holte zwei Bierdosen aus dem Kühlschrank, stellte eine vor den Freund hin und riß die zweite für sich auf. »So, jetzt kann es losgehen.«

»Über das ganze Land verteilt gibt es vierhundert Kommunikationsstellen mit dem Pentagon-Computer. Eine solche Stelle findet sich zum Beispiel in jeder Universität, die irgend etwas mit militärischer Forschung zu tun hat. Und jede Rüstungsfirma verfügt ebenfalls über einen Außenanschluß. Des weiteren hat natürlich jeder Militärstützpunkt von hier bis Alaska einen Anschluß. Denn mehrere tausend Personen – Manager und Professoren, Wissenschaftler aller Art, hohe Militärs und so weiter – müssen jederzeit Zugang zu bestimmten Daten haben; natürlich nur zu solchen, die nicht unter die Geheimhaltungsvorschriften fallen. Jeden Tag machen diese Leute über ihren Außenanschluß Tausende von Anfragen. Dazu braucht es nicht mehr als einen Programmierer, der von seiner Kommunikationsstelle aus die Anfrage direkt an den Pentagon-Computer richtet. Die Antwort erscheint dann als Telefax-Ausdruck. Oder – je nach Anfrage – das Pentagon überspielt sein Band auf den Computer in der Außenstelle, damit die Daten dort gespeichert werden und der Programmierer ständigen Zugang zu ihnen hat.«

Lee starrte an Powell vorbei aus dem Fenster.

Erst kurz vor siebzehn Uhr, und schon war der Tag vorüber. Die Winternacht kroch in die Stadt.

Lee sah vereinzelten Schneeflocken nach, die an die Fensterscheibe geprallt waren und nun daran herabrutschten. Lee lächelte. Das Lächeln galt nicht der Schönheit des Naturschauspiels, sondern der Anmut von Dougs Plan. Lee verstand jetzt erst, daß es möglich war, einen so fantastischen Coup zu landen: »Du willst also an einen dieser Außen-Terminals und über den die Daten abrufen. Ha, ha, das könntest du von hier, von New York aus oder auch von Kalifornien aus, ganz wie es dir beliebt.«

»Endlich hast du es kapiert!«

Lees Blick wanderte langsam von den Schneeflocken zu seinem Gegenüber. »Aber diese Kommunikationsstellen werden doch sicher scharf bewacht, oder?«

»Kaum. Ein Nachtwächter, wenn es hoch kommt. Man verläßt sich ja darauf, daß ein Übelwollender ohne Codewörter sowieso nicht an das Top-secret-Material herankommt.«

»Aber du hast die Codes?«

»Worauf du dich verlassen kannst! Und ich kenne die Binärnummern, die für die exakten Standorte aller wichtigen Informationsblöcke stehen.«

»Ich glaube, ich habe nicht recht verstanden«, brummte Lee.

»Bei fünfzehntausend Magnetbändern braucht man ein Ordnungssystem. Ich kenne die Koordinaten für die einzelnen Standorte.«
»Und das weißt du alles von deinem Vater?«
Powell nickte. Die Zigarette in seiner Hand war bis an den Filter heruntergebrannt. Er versengte sich die Kuppe des Zeigefingers, als er sie rasch ausdrückte. »Allerdings weiß er nicht, daß ich es weiß. Der alte Herr hat am Tag vor Weihnachten die neue Code-Liste erhalten. Wenn er sie mit sich herumträgt, wird er stets von Soldaten begleitet. Aber wenn er zu Hause ist, schließt er die Liste einfach in seinen Safe im Arbeitszimmer ein. Und er war fast ganz Weihnachten über zu Hause.«
»Und du kennst die Safe-Kombination, nicht wahr? Da hast du in einem günstigen Moment die Liste geklaut?«
Doug schüttelte den Kopf. »Nein, wenn eine Liste verschwunden ist, wird der Computer sofort blockiert und erst wieder geöffnet, wenn eine neue Liste die Betreffenden erreicht hat. Wenn ich die Liste gestohlen hätte, würde sie mir nicht das geringste nützen. Nein, mein Teurer, ich habe mich eine Stunde lang mit dem Büchlein, es ist ja mehr als bloß ein Zettel, in eine stille Ecke zurückgezogen und dort die Stellen kopiert, die mir wichtig und wertvoll erschienen. Danach habe ich die Liste wieder im Safe eingeschlossen.«
»Und...«
»Du hattest recht. Ich werde mich zu einer Außenstelle begeben und dort mit deiner Hilfe den Nachtwächter ausschalten. Ich sezte mich an den Außen-Terminal und rufe die Top-secret-Informationen ab. Ich lasse mir auch das aktuelle Overall-Programm geben, denn dieses enthält die Schlüssel, mit denen man die Geheiminformationen erst lesen kann. Danach spazieren wir beide aus dem Gebäude hinaus und pfeifen ein Liedchen.«
Lee konnte es nicht fassen.

Es klang so einfach. Und so schrecklich.
Eine Stimme in Lee sagte, daß er jetzt die letzte Gelegenheit hatte, aus diesem Wahnsinnsvorhaben auszusteigen, daß er kein Wort mehr davon hören dürfte, daß er ... Aber vier Millionen ... sechs Millionen ... »Mir sind noch ein paar Punkte unklar«, sagte Lee.

4

»Bis jetzt habe ich dich nur mit einem groben Umriß versorgt«, sagte Doug. »Aber ich denke, daß die Details über die Arbeitsweise eines Computers dich nur langweilen würden. Also erspare ich sie dir.« Zum ersten Mal seit einer halben Stunde lehnte er sich zurück. »Doch ansonsten magst du alles fragen.«
»Hast du eine Vorstellung, wie sich die Computer in den Außenstellen bedienen lassen?«
»Wenn ich mich darüber nicht informiert hätte, könnte ich gleich den ganzen Plan ins Klo kippen. Außerdem habe ich ja, wie du weißt, ein paar Semester Computerwissenschaft studiert. Anderthalb Jahre lang, um genau zu sein, bevor ich eingezogen worden bin. Und nach der Entlassung aus der Armee habe ich noch ein Jahr Studium drangehängt. Ich gelangte dann zu der Einsicht, daß ich für diese Wissenschaft nicht geeignet bin. Aber ich habe genug gelernt, genug jedenfalls für unseren kleinen Coup.«
Lee erhob sich und begab sich zur Spüle. Dort drehte er das kalte Wasser auf, wusch sich die Hände und bespritzte sein Gesicht. Er rieb sich die Nase und die Augen mit einem Geschirrtuch ab. Doch als er wieder am Tisch saß, bedeckte ein neuer Schweißfilm seine Züge. »Wie willst du unsere Lösegeldforderung übermitteln?«

»Über denselben Außen-Terminal. Nachdem ich alle Daten erhalten habe, telefaxe ich meine Forderung direkt ins Pentagon.«

Der blanke Irrsinn.

Aber es konnte funktionieren.

»Gut. Aber wenn die Regierung bereit ist, die Summe zu zahlen, wie gelangen wir dann an das Geld, ohne am Übergabeort von einer Armee von CIA- oder FBI-Agenten empfangen zu werden?«

»Da habe ich mir schon was Passendes ausgedacht«, antwortete Doug. »Doch diesen Aspekt des Unternehmens wollen wir so lange zurückstellen, bis du dir ausreichend Klarheit über den ganzen Plan verschafft hast.«

»Sobald die Sache durchgezogen ist, werden sie die neun Personen, die berechtigt sind, ein solches Codebuch zu erhalten, auf Herz und Nieren überprüfen. Und dasselbe tun sie mit allen Familienmitgliedern der Betreffenden.«

»Ich verschaffe mir schon ein Alibi, keine Sorge.« Er wischte sich mit einer seiner großen Hände über das Gesicht; das erste Anzeichen seiner inneren Anspannung, aber auch seiner Erleichterung darüber, endlich seinen großen Plan ausgebreitet zu haben. »Ich schätze, sie lassen die neun bald wieder in Ruhe. Wer würde auch ernsthaft den Präsidenten in die Mangel nehmen wollen? Nein, sie vermuten sicher nach einer Weile, daß irgendein elektronisches Genie dahintersteckt. Oder sie tippen auf ein Manöver einer fremden Macht. Die Wahrheit wird ja auch so unglaublich sein, daß sich niemand ernsthaft damit befassen wird.«

»Na gut«, nickte Lee. »Du weißt also, wie man den Pentagon-Computer ausnimmt. Du erhältst die Daten. Die Regierung ist in heller Aufregung. Sie ist gewillt, dir alles zu geben, was du verlangst. Aber wie gibst du das Geld danach aus? Du glaubst doch wohl nicht im Ernst, daß man dir unmarkierte Scheine aushändigt. Und vom Tag der Übergabe an wird in jeder Bank im ganzen Land ein FBI-Mann an den Kassen stehen und darauf warten, daß die erste markierte Note eingezahlt wird.«

»Wir fordern kein Bargeld«, erklärte Powell, als sei es das Selbstverständlichste auf der Welt. »Wir verlangen etwas, was klein genug ist, um sich transportieren zu lassen, dessen Spur kaum aufzunehmen ist, was sich leicht zu Geld machen läßt, das zehn Millionen Dollar wert ist und was mindestens die Hälfte davon einbringt, wenn man es schnell veräußern muß.«

»Was könnte das denn sein?«

»Zum Beispiel Diamanten. Aber die CIA kann alle Diamantenmärkte auf der Welt leicht kontrollieren und observieren. Oder Heroin. Aber ich persönlich habe etwas gegen Drogenhandel.«

»Was bliebe denn dann noch übrig?«

Powell erklärte es ihm ganz genau. Lee mußte sich danach eingestehen, daß der Freund seinen Plan wirklich sehr gründlich durchdacht hatte. Er machte keinen Hehl aus seiner Bewunderung, und Doug sonnte sich darin.

»Ich hätte nie gedacht, daß etwas so Kleines so wertvoll sein kann.«

»Ha! Da wäre sicher noch mehr zu holen.«

Lee dachte ein paar Minuten über die Angelegenheit nach. Alles paßte zusammen. Doug schien keine Schwachstelle übersehen zu haben. Ein geradezu zu schöner Plan. Irgendwo mußte einfach ein Fehler stecken. Wahrscheinlich etwas so Simples, so Selbstverständliches, daß man erst mit der Nase draufgestoßen werden mußte. »Was ist mit dem Hehler? Mit demjenigen, dem wir das erpreßte Gut anbieten?«

»Natürlich wird der Hehler wissen, daß das Zeug geklaut ist, aber er wird wohl nie darauf kommen, daß wir die Stücke im Tausch für überlebenswichtige Daten erhalten haben. Daß wir für kurze Zeit das Schicksal der Welt in den Händen gehalten haben. Die Regierung wird zwar die größte Ermittlungsaktion des Jahrhunderts ins Leben rufen, aber sie wird auch hübsch den Deckel drauflassen. Mit anderen Worten, du wirst in den Zeitungen kein Sterbenswörtchen darüber finden. Und woher sollte der Hehler sonst erfahren, was wir getan haben? Er wird schon keine kalten Füße bekommen. Und davon ganz abgesehen, sobald er unsere Ware genommen und uns dafür Geld gegeben hat, steckt er genauso tief in der Sache drin wie wir. Sollte er also doch etwas über die wahren Hintergründe erfahren, wird er es vorziehen, wie ein Grab zu schweigen.«

»Kennst du denn jemanden, der uns die Stücke abnehmen würde?«

»Erinnerst du dich noch an Sergeant Dunio?« lächelte Doug. »Nun, er macht seit der Entlassung aus der Armee in Kunstschmuggel. Er organisiert den Transport und den Weiterverkauf von Objekten, die aus Kirchen oder Tempeln gestohlen wurden oder von sonst woher stammen. Er arbeitet auf internationaler Ebene, ist ziemlich dick da eingestiegen. Er kennt mittlerweile die richtigen Leute und hat sich einen Kundenkreis von reichen Privatsammlern zugelegt, die alles dafür geben, bestimmte Stücke in ihrem Besitz zu wissen. Seit er das Militär verlassen hat, betreibt er das hauptberuflich. Er arbeitet sogar gelegentlich für Regierungen, die es nicht kümmert, wenn ihre Museen mit Objekten vom schwarzen Markt bestückt werden.«

»Aber die Personen, denen er unsere Stücke verkauft...«

»Kennen weder seinen richtigen Namen, noch können sie sonstwie auf uns zurückschließen. Ich habe schon mit Dunio gesprochen. Er wird die fünf Stücke wohl nehmen und sie einer ausländischen Regierung anbieten, nicht aber einem Privatsammler. Und das ist gut für uns, denn ein solcher Kunde wird alles andere tun, als der CIA bei ihren Ermittlungen behilflich zu sein.«

Das Vorhaben sah von Minute zu Minute besser aus.
Aber immer noch suchte Lee wie ein Süchtiger nach einer Schwachstelle. »Fassen wir noch einmal zusammen: Die Regierung bezahlt das Lösegeld. Wir händigen die Stücke Dunio aus. Der gibt uns dafür einen Haufen Scheine ... Wie verhindern wir dann, daß jemand auf unseren plötzlichen Reichtum aufmerksam wird?«
»Ich weiß, was ich tue, und das will ich auch tunlichst für mich behalten«, antwortete der Freund. »Aber ich kann dir ein paar Tips geben. Ich könnte dich mit einem europäischen Anwalt, einem Schweizer, in Verbindung bringen. Er ist ein Freund von Dunio. Dieser Anwalt erfindet für dich einen entfernten Verwandten, einen guten Freund aus der Schulzeit, einen alten Verehrer deiner Mutter oder was auch immer. Auf jeden Fall eine Person, die sehr reich war und plötzlich verstorben ist. Der Betreffende hat dir eine Viertel Million hinterlassen. Natürlich hat es diesen Menschen nie gegeben, aber der Anwalt beschafft alles, was für eine solche Existenz notwendig wäre: Papiere, Impfbescheinigungen, Schulzeugnisse, Totenschein, eben alles, was erforderlich ist. Nach Abzug der Steuern hättest du damit zwischen ein- und zweihunderttausend Dollar ›geerbt‹. Damit eröffnest du eine Firma, in der du relativ einfach das restliche Geld unterbringen kannst. Von mir aus kannst du zwischendurch auch ein hübsches Sümmchen in Las Vegas oder Monaco ›gewinnen‹.«
Lee war sehr beeindruckt. »Du hast ja wirklich an alles gedacht!«
Aber Powell war jetzt nicht in der Stimmung, auf Komplimente einzugehen. »Ja, das habe ich«, erklärte er nur.
»Dann zum Punkt von vorhin. Wie gelangen wir an das Lösegeld?«
»Ganz einfach.« Powell grinste. In den nächsten fünf Minuten erklärte er seinem Komplizen, wie sie an die Beute gelangen

und auf welchem Wege sie die Daten der Regierung wieder zukommen lassen wollten.
Es hörte sich verdammt gut an.
Ach was! Es war perfekt!
Lee setzte mit zitternden Fingern die Bierdose an den Mund und ging in Gedanken noch einmal den Plan durch. Verdammt, es klang wie ein utopisches Märchen. Das konnte nur ein Traum sein, der sich am nächsten Morgen verflüchtigte. Oder bestand wirklich eine kleine Chance?
Doug beugte sich vor. Er lud sich wieder mit nervöser Energie auf. »Zugegeben, die Sache hat ihre Gefahren. Aber das Projekt ist sicher nicht gefährlicher als das Jahr, das wir in Asien verbracht haben, oder?«
»Bei dir geht alles so schnell und glatt«, wandte Lee ein. »Das Ganze erscheint mir immer irrealer!«
»Du solltest lieber davon ausgehen, daß es für uns Realität wird«, entgegnete Powell. »Unser Vorhaben ist nicht einfach nur eine Möglichkeit, rasch an das große Geld zu kommen. Das ist nicht ein einfacher Diebstahl, sondern eine politische Tat! All diese karrieregeilen Bürokraten im Pentagon, die am grünen Tisch Grenzscharmützel austüfteln, mißliebige Personen mit einem Federstrich auslöschen oder gar Kriege vom Zaun brechen ... Wir tun unserm Land einen großen Gefallen damit, wenn wir die hübsche kleine Welt dieser Herrschaften ein wenig durcheinanderschütteln, indem wir ihnen aufzeigen, daß auch im Zeitalter der maximalen Sicherheit ihr schwerbewachtes Büro nicht unangreifbar ist. Wir stoßen direkt ins Herz ihrer heiligen Kuh!« Lee erkannte den Freund kaum wieder. Soviel Leidenschaftlichkeit, soviel moralische Ergriffenheit hätte er ihm nie zugetraut. »Und nachdem wir ihnen die Daten zurückgegeben haben, werden diese Schreibtischhelden nie wieder vergessen, an welchen Abgrund wir sie geführt haben!«
Lee mußte zugeben, daß ihre Tat in gewisser Weise moralisch gerechtfertigt war.

Lee strich sich mit einem Finger über das Kinn. »Wenn man ein großes Tier verwundet, schlägt es in seiner Wut mit doppelter Kraft zurück«, bemerkte er. Er berührte seine rechte Gesichtshälfte. »Die Bestie hat mich bereits einmal getroffen. Ich möchte nicht ein zweites Mal...«

»Werd bloß nicht philosophisch«, brummte Doug. »Wir zwei haben nicht mehr und nicht weniger vor als ein hübsches kleines Geschäft, bei dem es für uns eine Menge zu verdienen gibt!« Er lachte. »Ein wahrhaft amerikanisches Geschäft; denn in diesem Land ist das Profitstreben heilig!«

Lee schloß die Augen und seufzte. »Wenn ich mich noch ein paar Jahre lang anstrenge, bin ich vielleicht ein ordentlich zugelassener Anwalt.«

»Dann bist du über dreißig. Ein etwas später Start für eine glänzende Karriere. Wenn du Glück hast, kommst du erst kurz vor deiner Pensionierung ans große Geld. Die Wahrheit ist doch die, Lee: Der Krieg hat dir ein paar Jährchen geraubt.«

»Warum willst du es tun, Doug? Dir fehlt es doch an nichts. Du könntest fast alles haben, was dein Herz begehrt.«

Powell runzelte die Stirn und schwieg einen Moment. Dann erklärte er leise: »Mein alter Herr gibt nur etwas, wenn er sicher sein kann, das Doppelte zurückzuerhalten. Und er hält den Daumen auf Loretta. Wenn ich etwas von den beiden nehmen würde, wäre ich auf immer in ihrer Hand.«

»Ich dachte, nach dem Krieg hätte sich dein Verhältnis zu ihnen gebessert?«

Powell verzog das Gesicht zu einem häßlichen Grinsen. »Meine Mutter ist Alkoholikerin. Und der General... Hast du dich eigentlich nie gefragt, wie es kommt, daß der Sohn von General Norman Powell als Schütze Arsch in den Krieg zieht?«

Lee zuckte die Achseln. »Ich habe mir gedacht, du wolltest soviel wie möglich ohne die Hilfe deines Vaters schaffen.«

Powell wollte losprusten, beschränkte sich dann aber auf ein sanftes Lächeln. »Guter Gott, nein! Als ich gemustert und eingezogen wurde, habe ich mir keine großen Sorgen gemacht, denn ich sagte mir, der General holt dich da schon wieder raus, verschafft dir ein hübsches, wenig arbeitsintensives Plätzchen irgendwo in der Etappe. Doch statt dessen hat er seinen Einfluß darauf verwandt, mich dahin zu schicken, wo es wirklich knüppeldick kam. Der gute Mann ist tatsächlich immer noch der Ansicht, daß die Kriegserfahrung gut für mich gewesen sei. Daß ich dort charakterlich gefestigt worden und zum ganzen Mann herangereift sei. Davon abgesehen konnte er mit einem Sohn an der Front natürlich Pluspunkte bei seinen Kumpels in Washington sammeln.«

Lee sperrte den Mund auf und hob die Hände, ließ sie dann aber wieder sinken. »Wie grausam ... Ich weiß nicht, was ich dazu sagen soll...«

Doug streckte eine Hand aus und drückte Lees Linke. »Jetzt weißt du, warum ich zu dir gekommen bin. Wir haben beide dieselben Beweggründe. Wir wollen eine Belohnung oder Entschädigung für das, was wir durchgemacht haben. Und wir wollen es denen heimzahlen, die uns das angetan haben.«

»Ja, wir wollen es ihnen tüchtig heimzahlen«, entfuhr es Lee.

»Bist du dabei?«

»Ich weiß noch nicht so recht...«

»Du mußt dich aber bald entscheiden. Innerhalb der nächsten Woche schlagen wir zu. Danach wäre es sinnlos, denn dann sind die Code-Wörter längst nicht mehr aktuell.«

»So vieles geht mir noch durch den Kopf.«

Was war denn mit ihm los? Lee erkannte sich selbst nicht wieder. Warum sagte er nicht in diesem Augenblick laut und vernehmlich nein? Wie konnte er auch nur eine Sekunde länger über seine Teilnahme an einem solchen irrwitzigen Unternehmen nachdenken?

»Bis morgen früh neun Uhr muß ich Bescheid wissen«, sagte Doug. »Ich bin im Algonquin abgestiegen. Zimmer 34. Ich habe mich dort unter dem Namen Walters eingetragen.«
»Falls ich wirklich mitmache«, erklärte Lee, »dann möchte ich den ganzen Plan von A bis Z noch einmal hören.«
»Klar, wenn du dich entschieden hast.« Powell erhob sich. Die Stuhlbeine kratzten unangenehm über den alten Linoleumboden. »Du machst mit. Ich kenne dich. Du hast im Grunde genommen schon akzeptiert. Du suchst nur noch etwas, womit du dein Gewissen beruhigen kannst. Und diese Suche wird nicht allzu lange dauern.«
»Ich habe noch nicht ja gesagt!«
»Das wirst du noch.« Er streckte sich vom langen Sitzen und stemmte dann die Fäuste in die Seiten. »Sonst noch was? Irgendeine kleine Detailfrage vielleicht?«
»Im Moment habe ich keine weiteren Fragen«, sagte Lee.
Powell schlüpfte in seinen Mantel und knöpfte ihn zu. Er wirkte wie ein Börsenmakler, der nach einem langen, hitzigen Arbeitstag nach Hause eilt. »Glaub mir, es wird wie in den alten Zeiten. Wir zwei gegen den Rest. Wir beide führen sie alle an der Nase herum. Nur gibt es diesmal einen entscheidenden Unterschied zu früher: Wir riskieren nicht unser Leben für ein paar Bürokraten. Diesmal fällt eine Menge für uns ab, und das brauchen wir mit niemandem zu teilen.«
Lee führte den Freund durch das dunkle Wohnzimmer zur Wohnungstür. »Bis morgen neun Uhr«, verabschiedete sich Doug.
»Geht klar.«
»Du sagst Bescheid, ganz gleich, ob du mitmachst oder nicht.«
»Ich rufe an und laß mich mit dem Zimmer von Mr. Walters verbinden.«
Sie gaben sich nicht die Hand.
Lee öffnete vorsichtig die Tür.

Sie tauschten einen letzten Blick aus.
Doug lief durch den Flur, erreichte den Treppenabsatz und war nicht mehr zu sehen.
Lee schloß die Tür und wollte den Sicherheitsriegel vorschieben, als ihm einfiel, daß Carrie jeden Moment zurückkehren konnte. Er ließ die Hand sinken und wollte sich mit dem Rükken gegen die Tür lehnen.
»Du kannst ruhig absperren«, sagte sie aus der Dunkelheit. »Ich bin schon eine ganze Weile wieder da.«
Er zuckte am ganzen Körper zusammen und spähte ins Wohnzimmer. »Carrie?«
Sie stand im Eingang zur Küche. Ein Schemen, dessen Ränder von der trüben Birne in der Küchenlampe bestrahlt wurden. »Du wirst es tun, nicht wahr?«
Seine Kehle war wie zugeschnürt. Er konnte nicht antworten.
»Ich bin vor etwa vierzig Minuten zurückgekehrt«, erklärte sie. »Ich hatte meinen Schlüssel dabei, und die Tür war auch nicht verriegelt. Ich bin so leise wie möglich hineingeschlichen. Das Radio gab mir dabei zusätzlichen Schutz. Fast hätte ich dich gerufen, damit du wüßtest, daß ich wieder da bin. Aber dann hörte ich euer Gespräch und habe geschwiegen.«
Er trat zu ihr und faßte sie mit Daumen und Zeigefinger am Kinn. »Du vergißt augenblicklich alles, was du gehört hast. Jedes einzelne Wort von seinem Plan!«
»Wirst du es auch vergessen?«
»Selbstverständlich. Ein wahnwitziges Vorhaben.«
»Ich kenne dich besser. Du wirst es nicht vergessen. Er hatte recht mit dem, was er über dich gesagt hat. Du versuchst im Augenblick noch, deine Teilnahme vor dir selbst zu rechtfertigen. Aber das spielt sich nur an der Oberfläche ab. Darunter hast du schon längst akzeptiert.« Sie seufzte, rang nach Worten. »Am besten setzen wir uns jetzt hin und überlegen in aller Ruhe, wie ich in die Sache hineinpasse.«

5

Die junge Frau hieß Pia James. Sie war fünfundzwanzig, wirkte aber jünger und benahm sich so, als besäße sie die Reife und Erfahrung einer Fünfundvierzigjährigen. Etwa einen Meter siebzig groß, besaß sie einen geschmeidigen Körper, trug langes schwarzes Haar und hatte grüne Augen. Ihre Haut hatte die Farbe von Milch und Honig. Sie trug ein zimt- und orangefarbenes Kleid, ein Dreihundert-Dollar-Stück mit hohem Kragen, das sich eng an ihren Körper schmiegte. Auf den ersten Blick wirkte sie wie eine Studentin, die über die Weihnachtsfeiertage nach Hause gekommen war. Obwohl ihre großen, festen Brüste sich deutlich unter dem feinen Stoff abzeichneten, wirkte sie nicht wie eine Hure. Doch genau diesem Gewerbe ging sie nach.

Sie war ein sehr teures Vergnügen.

Kurz nach neunzehn Uhr gesellte sie sich zu Douglas Powell an seinen Tisch im Spanischen Pavillon. Drei Minuten nachdem sie sich niedergelassen hatte, stand vor ihr schon ein JACK ROSE, einer der berühmten Longdrinks dieser Bar. Sie hielt das Glas mit beiden Händen fest und trank so vorsichtig davon wie ein Rehkitz, das das Wasser einer Quelle probiert. Selbst ihre kleinen Bewegungen waren voller Grazie. Von ihr ging etwas hypnotisch Anziehendes aus. Schon nach wenigen Minuten des Zusammenseins mit ihr fühlte sich Doug in eine andere Welt versetzt, so als stünde er auf einem Floß und würde ein Meer aus Farben und Geräuschen befahren. Und darin war Pia James der einzige ruhende Ort.

»Ich habe mich gefreut, als ich hörte, du wärst wieder in der Stadt«, sagte Pia zwischen zwei Schlucken. Ihr Blick wanderte über die besetzten Tische, die Bilder an den Wänden und die hohe Decke. »Mir war gleich klar, daß wir wieder hier landen würden.«

Er lächelte hinterhältig. »Du freust dich, mich zu sehen, weil ich dich zum Dinner in den Spanischen Pavillon eingeladen habe?«
»Du weißt genau, was ich meine. Du bist einer der ausgesucht wenigen in meinem ›Bekanntenkreis‹, der über ein Minimum an Stil verfügt. Und es macht Spaß, mit dir zusammenzusein.«
»Ich denke, das sagst du jedem.«
»Oh, heute in Masochistenstimmung?«
Er grinste. »Trifft sich ja gut, daß du heute die Sadistin gibst.«
»Ich nehme für dich doch jede Rolle an«, antwortete sie und lächelte ihn eindeutig an.
Doug mochte ihr Selbstbewußtsein. Es hatte eine besondere Qualität und verdarb nicht im mindesten ihre weibliche Ausstrahlung. Sie besaß eine rasche Auffassungsgabe, war witzig und machte sich keine allzu großen Sorgen darüber, einen guten Kunden zu verlieren. Sie wußte sehr gut, daß sie jederzeit neue finden konnte.
Doug verstand sie, denn er hatte schon eine Menge Huren kennengelernt. Seit seiner Rückkehr vom Krieg war er mit gut zwei Dutzend von ihnen ins Bett gestiegen. Eine feste Freundin besaß er hingegen nicht. Um ehrlich zu sein, er hatte seit der Entlassung keine Freundin gehabt. Doug war der Überzeugung, daß keine Frau den Aufwand an Zeit und Energie lohnte. Nein, Doug wollte sich nicht enger binden. Wenn er weibliche Gesellschaft wünschte, ging er zu einer Hure. Er sagte sich, warum ein Haus anzünden, wenn man sich nur einen Toast machen will. Davon abgesehen erregte ihn das sehr, was eine Hure ihm bieten konnte. Und er bezahlte gern dafür.
Pia James gehörte zu seinen Favoritinnen.
Schon von dem Moment an, als sie das Lokal betreten hatte und auf seinen Tisch zugesteuert war, war er scharf auf sie.
Sie verbrachten zwei Stunden mit Aperitifs und der Spezialität

des Hauses, *Solomillo al chef,* einer besonders süßen Sangria, zu der Ananaskuchen gereicht wurde. Später tranken sie Brandy und Kaffee, und Doug fragte: »Was würdest du von fünftausend Dollar für zwei Stunden Arbeit halten?«

Pia hielt den Kopf leicht gesenkt und rührte ihren Kaffee um. Nach einem kurzen Moment blickte sie auf und sah ihn durch ihre langen, dunklen Wimpern an. »Hört sich nach einer Plakkerei an.«

»Nein, es hat nichts mit Spezialwünschen oder so zu tun«, erklärte er rasch. »Ich benötige nur jemanden, der für mich einen Auftrag erledigt. In einer Woche wäre es soweit. Ein sehr, sehr wichtiger Auftrag.«

Pia sagte nichts. Sie sah ihn nur an und wartete auf eine genauere Erklärung.

»Also, du müßtest zu einer bestimmten Zeit in einen bestimmten U-Bahn-Zug steigen und dort einen Mann treffen, der ein Paket für mich hat. Du nimmst das Paket, steigst wieder aus und bringst es mir.«

»Warum nimmst du das Paket denn nicht selbst in Empfang?« Sie sprach noch leiser als gewöhnlich.

»Keine Angst, die Sache ist nicht illegal«, erklärte er. »Es ist nur so, daß der Betreffende und ich für zwei miteinander verfeindete Unternehmen arbeiten. Niemand darf von der Sendung etwas erfahren. Und vielleicht ist ihm ein Privatdetektiv auf den Fersen. Man darf ihn und mich nicht zusammen sehen.«

»Was ist denn in dem Paket?«

»Besser für dich, wenn du nichts davon weißt. Du mußt mir auch nicht jetzt sofort sagen, ob du die Sache für mich erledigen willst oder nicht. Laß dir ruhig Zeit und denk in Ruhe darüber nach. Vielleicht fällt dir ja noch eine Kollegin oder so ein, die dir dabei helfen könnte.«

Zum ersten Mal zeigte sie sich verblüfft. »Warum sollte ich

Hilfe brauchen? Was du von mir verlangst, hört sich recht einfach an.«

»Die Sache ist leider etwas komplizierter«, gestand er ihr. »Ich habe dir nur im groben erklärt, was zu tun ist, damit du ungefähr weißt, was auf dich zukommt. Überleg dir die Sache. Wenn du Interesse hast, können wir später noch einmal darüber reden.«

Sie verzog die Lippen zu zwei perfekten Halbbögen und senkte die Lider, bis er kaum noch etwas von ihren schönen Augen ausmachen konnte. »Fünftausend?«

Er nickte.

»Nicht mehr als zwei Stunden?«

»Allerhöchstens. Eher weniger.«

»Dann denk ich drüber nach.«

Doug wußte jetzt, daß sie es tun würde. Er hatte seinen ersten Strohmann gefunden, den ersten der zwei Zwischenträger, die er für die Entgegennahme des Lösegelds brauchte.

Als er eine Stunde später aus dem Bad des Hotelzimmers kam, hatte Pia schon die Bettdecke zurückgeschlagen. »Ich finde, es ist reichlich kühl hier drin. Ich habe die Heizung bis oben aufgedreht.«

Er umarmte sie von hinten. »Laß mich deine Heizung auch bis ganz oben aufdrehen.«

Sie lachte und lehnte sich an ihn.

»Laß mich...« begann er.

»Jetzt brauchen wir nichts mehr zu bereden«, sagte sie heiser und rieb ihren Hintern an seinem Geschlechtsteil auf und ab.

Er knöpfte ihr Kleid auf und zog es ihr über die schlanken Schultern hinab.

Sie senkte die Arme, damit das Stück leichter rutschen konnte. Im nächsten Augenblick waren ihre Füße von einem Meer von orangebraunem Stoff bedeckt.

Doug griff von hinten mit seinen Händen an ihre Brüste, streichelte ihre Brustwarzen und drückte sie sanft mit den Fingern, als sie sich aufgerichtet hatten. Sie bebte, drehte sich zu ihm und umarmte ihn. Er küßte ihre Augen, und dann verbrachte seine Zunge lange Minuten in ihrem Mund. Er ließ sich von ihr entkleiden und machte sich endlich daran, sie von den letzten Resten zu befreien.

Zwanzig Minuten später auf dem Bett sagte er rauh: »Jetzt!« Er war über ihr, und seine Knie hielten ihre gespreizten Schenkel in Position, während er selbst sich auf seinen muskulösen Armen aufstützte. Er sah in ihr ebenmäßiges Gesicht und blickte in ihre wunderschönen grünen Augen. »Sag es mir jetzt!«

Sie wußte genau, was von ihr verlangt wurde, so wie das alle käuflichen Frauen, die er aufsuchte, bald herausgefunden hatten.

»Dein Vater ist elendig umgekommen!« sagte sie und hob ihr Hinterteil etwas an, damit er leichter in sie eindringen konnte. »Deine Mutter ist am Suff gestorben!« Ihre Stimme war kaum mehr als ein Flüstern, klang aber scharf und hart wie eine Klinge. Sie wiederholte diese beiden Sätze wieder und wieder, dachte sich für seine Eltern die schlimmsten und jämmerlichsten Todesarten aus. Sie sagte es so oft, bis die eigentliche Bedeutung der Worte verlorenging und ihre Stimme an sich etwas Hypnotisches gewann.

Ein eigenartiger Mann, dachte sie. Er muß sehr kaputt, sehr krank sein. Tief unten war er vielleicht sogar ein brutales Schwein. Aber er hatte ihr nie weh getan. Deshalb dachte sie, trotz seiner abstoßenden Wünsche, nie länger darüber nach. Während er wie ein Kolben in sie hineinstieß, malte sie ihm die schrecklichen Enden seiner Eltern aus. Andere Männer hatten Schlimmeres von ihr verlangt. So gesehen war das Zusammensein mit Doug noch leicht verdientes Geld.

Er schloß die Augen. Seine Stöße wurden schneller und heftiger.

Als sich beide wieder angezogen hatten, reichte er ihr einen Umschlag, der zweihundert Dollar in Zwanzigerscheinen enthielt.

»Was diese Geschichte mit den fünftausend Dollar angeht«, erklärte sie, »so denke ich, daß ich interessiert bin.«

Er setzte sich auf die Bettkante. »Ich wußte, daß du ja sagen würdest.«

»Willst du mir jetzt erklären, was genau ich zu tun habe?« Sie stand vor dem Fernseher, schaltete ihn ein und drehte die Lautstärke so hoch, daß ihre Stimmen davon übertönt wurden. Niemand draußen oder in den Nebenzimmern konnte sie jetzt mehr belauschen. Pia überraschte ihn immer wieder, so auch jetzt, wo sie wie ein Profi wußte, was zu tun war. Anscheinend hatte sie nicht nur einmal Aufträge erledigt, die im dunkeln abgewickelt werden mußten, um das Gesetz zu umgehen, wenn nicht gar zu brechen. »Und warum brauche ich ein zweites Mädchen?«

Er erzählte ihr alles, was sie für diesen Job wissen mußte. Und was den Hintergrund dieser Aktion anging, so tischte er ihr ein Lügengespinst auf.

»Wann bekomme ich die Kohle?«

»Die Hälfte vorher. Die restlichen zweieinhalbtausend, sobald ich das Paket in Händen halte. Du bezahlst die Kollegin von deinem Geld. Gib ihr höchstens zweihundert.«

Sie stand wieder vor dem Fernseher, und das flimmernde, ständig wechselnde bunte Licht von der Mattscheibe umspielte eine Partie ihres Körpers wie ein Strahlenkranz. Plötzlich klopfte sie nervös mit einem Fuß auf den Boden. »Was ist in der Kiste?«

»Ich habe dir doch schon gesagt, es ist besser für dich, wenn du das nicht weißt.«

»Und wenn Schnee darin ist?«
»Nein, nichts dergleichen. Kein Heroin und keine anderen Drogen.« Er verzog das Gesicht. »Pia, ich habe dir doch schon erklärt, daß es etwas mit Industriespionage zu tun hat. Der Mann, der dir das Paket überreicht, hat einiges aus der Forschungsabteilung seiner Firma entwendet. Er händigt mir Unterlagen und Computerbänder über die neuesten Entwicklungen seines Hauses aus.« Doug erzählte ihr die ganze erfundene Geschichte noch einmal.
»Da stimmt doch was nicht«, erklärte sie.
Er seufzte und zuckte die Achseln. »Ich glaube nicht, daß du die ganze Wahrheit erfahren möchtest.«
Sie stand eine ganze Minute schweigend da, klopfte nur unentwegt mit dem Fuß und starrte an Doug vorbei auf die Wand. »Schön«, sagte sie schließlich, »selbst wenn Drogen in dem Paket sein sollten und die Bullen mich deswegen festnageln wollten, kann ich immer noch erklären, daß ich von nichts gewußt hätte. Wird vielleicht nicht ganz angenehm für mich, aber... Doch, es wird gehen.«
»Keine Drogen«, sagte Doug noch einmal.
»Fünftausend...«
»Exakt.«
»Okay«, erklärte sie mit plötzlicher Entschlossenheit. »Botenmädchen Pia steht zu deiner Verfügung.«
»Ich rufe dich in etwa einer Woche an, um dir Zeitpunkt und Ort zu nennen«, sagte er und half ihr in den Mantel.
Als sie die Tür hinter sich zugezogen hatte und er allein war, begann er laut zu lachen. Alles klappte wie am Schnürchen. Er würde seinen Plan durchführen.
Doug war in Hochstimmung und trank seinen zweiten Scotch, als das Telefon läutete. Er warf einen raschen Blick auf die Uhr. Viertel nach eins. Doug griff nach dem Hörer und setzte sich aufrecht hin. »Ja?«

»Mr. Walters?«
Er erkannte die Stimme sofort. Lee Ackridge! »Ja?«
»Ich habe gründlich über diese Computergeschichte nachgedacht, über die wir diskutiert haben.«
»Ich auch«, antwortete Powell. Er wußte genau, was jetzt kommen würde. Er stellte das Glas auf dem Nachttisch ab, hob dann die Flasche und schenkte noch einmal ein. Schließlich gab es etwas zu feiern.
»Tut mir leid, daß ich dich so spät noch störe«, sagte Lee. »Aber ich wußte, daß ich kein Auge zukriegen würde, solange ich dir nicht zusagt hätte. Ich bin an der Sache interessiert, sehr interessiert sogar. Kannst du morgen vormittag zu mir kommen? Es gibt da noch ein paar Kleinigkeiten, die wir klarstellen sollten.«
»Ja, so gegen zehn?«
»Paßt mir ausgezeichnet.«
»Dann bis morgen.«
»Da wäre noch eine Sache«, sagte Ackridge.
Lee klang so eigenartig, daß das Lächeln auf Dougs Mund augenblicklich erstarb. »Was ist denn?«
»Meine Flamme ist zurückgekehrt, als du noch hier warst, und hat alles mitangehört.«
»Was für eine Flamme?«
»Na, die Frau, mit der ich hier zusammenlebe«, antwortete Lee. »Nun, wie dem auch sei, sie will mitmachen.«
»Ausgeschlossen. Das ist nur etwas für uns beide«, sagte Powell hart. Er wollte keine Frau dabeihaben.
»Eigentlich bin ich ja völlig deiner Meinung«, fuhr Lee fort. Eigenartigerweise schien er jetzt in besserer Stimmung zu sein als am späten Nachmittag. »Aber wenn ich so etwas auch nur andeute, werde ich gleich als Macho gebrandmarkt. Deshalb ... Nun, es sieht ganz so aus, als müßten wir meine Partnerin mitmachen lassen. Und wenn das nicht geht, bin ich leider auch nicht dabei.«

»Das meinst du doch wohl nicht im Ernst, oder?«
»Ich fürchte, doch.«
Powell verzog das Gesicht und schüttelte heftig den Kopf, ehe ihm einfiel, daß Ackridge ihn ja nicht sehen konnte. »Herr des Himmels, ich weiß absolut nichts über sie. Hat sie was auf dem Kasten, oder ist sie auf den Kopf gefallen? Kann man ihr vertrauen, oder ist sie ein Klatschweib? Entschuldige bitte, aber du weißt, was ich meine.«
»Weißt du noch, wie wir über den Mittelsmann gesprochen haben?« erklärte Lee. »Über unseren alten Kameraden Dunio? Du hast gesagt, sobald er mitmacht, könnten wir ihm hundertprozentig vertrauen, denn dann müsse er seine Interessen schützen, und damit auch die unseren. Nun, dasselbe dürfte für meine Partnerin gelten. Sobald sie einsteigt, kann man, können wir auf sie bauen.«
»Verfluchte Scheiße«, murmelte Powell.
»Und über deinen Anteil brauchst du dir keine Gedanken zu machen«, sagte Lee rasch. »Es bleibt immer noch bei der alten Abmachung: fünfzig Prozent für dich und fünfzig Prozent für mich. Ich gebe ihr von meinem Anteil etwas ab.«
»Das ist nicht das Problem. Vielmehr stört mich der Umstand, daß eine Frau beteiligt sein soll.« Jetzt war es heraus. Aber Doug konnte nicht aus seiner Haut. Er hatte nie allzuviel von Frauen gehalten, aber seit dem Krieg waren sie für ihn nur noch zweitklassige Wesen.
»Wenn es dir nicht paßt«, erklärte Lee und nahm allen Mut zusammen, »dann müssen wir das Projekt eben abbrechen. Du kannst danach tun, was dir beliebt. Und keine Bange, von mir erfährt keiner ein Sterbenswörtchen.«
Doug zögerte. »Okay, dann eben eine Partie zu dritt.«
»Fein«, sagte Lee. »Dann bis morgen um zehn.«
»Bis zehn.« Powell hängte ein.

Nach dem Gespräch mit Ackridge war Doug ganz und gar nicht mehr in Hochstimmung. Alles war so gut angelaufen, genau so, wie er es sich vorgestellt hatte. Und jetzt das. Er würde den ganzen Plan ändern müssen, weil jetzt die verdammte Frau dabeisein wollte. Herrgott noch mal, begriff Lee denn nicht, wie exakt und umsichtig man bei dieser Sache vorgehen mußte? War ihm denn nicht klar, daß sie sich keinen Fehler erlauben durften? Schon bei der geringsten Panne würden sie bis an ihr Lebensende ins Loch wandern.
Einen Moment lang hatte er ernsthaft den Gedanken erwogen, Lee fallenzulassen. Wenn sein alter Kumpel sich jetzt schon so anstellte, wäre es vielleicht das beste, sich einen neuen Partner zu suchen. Nein, das war ausgeschlossen. Er würde zuviel Zeit mit der Suche nach einem Ersatzmann verlieren, gar nicht zu reden von der Zeit, die dabei draufging, ihn auf Herz und Nieren zu überprüfen. Und im Grunde genommen gab es nur Lee, auf den Doug sich verlassen konnte.
Verdammt! Verdammt! Verdammt!
Eine Frau!
Er starrte auf den Fernseher, ohne etwas zu sehen.
Er trank in dieser Nacht entschieden zuviel Scotch.
Nach einer Weile fühlte er sich allmählich besser. Ob das nun am reichlichen Alkohol lag oder ob er wieder einen dieser merkwürdigen Stimmungsumschwünge durchmachte, die ihn seit dem Krieg häufiger plagten, wußte er nicht zu entscheiden.
Also gut. Nun war eine Frau im Team. Eine solche Entwicklung hatte er vorher nicht bedacht. Aber sei es drum, er war immer noch derjenige, der bei diesem Vorhaben die Fäden zog. Auch eine Frau konnte ihn von dieser Position nicht verdrängen. Außerdem hatte Lee sich einverstanden erklärt. Und Lee würde sicher auf sie achtgeben. Er würde ihr schon ihre Grenzen aufzeigen, sonst wäre er doch wohl gar nicht erst auf die

Idee gekommen, sie mitmachen zu lassen. Alles würde gut werden. Ein exzellenter Plan. Eine mindestens perfekte Ausführung.
Bei diesem Punkt angekommen, erkannte Doug einen weiteren Vorteil. Von nun an brauchte er überhaupt kein schlechtes Gewissen mehr zu haben, daß er Lee angelogen hatte.
Ackridge glaubte ja, sie würden niemals die Daten einer fremden Macht aushändigen. Aber Powell hatte bereits Kontakt zu bestimmten Herren aufgenommen. Ob sie nun das geforderte Lösegeld von der US-Regierung erhielten oder nicht, Doug wollte die Geheiminformationen auf jeden Fall einem ausländischen Agenten verkaufen.
Eingedenk all der gemeinsamen Erlebnisse, all der Zeit in den Gräben, im Dschungel und in den Städten Vietnams, hatte sich Doug nicht besonders wohl gefühlt, den alten Freund belügen zu müssen. Andererseits war die Lüge unumgänglich gewesen. Doug hatte gewußt, daß Lee bei einem solchen Coup mitmachen würde, durch den er endlich zu Geld kommen könnte. Aber er kannte Ackridge gut genug, um zu wissen, daß er niemals so etwas wie Landesverrat in Erwägung ziehen würde. Außerdem war dabei für Lee nichts zu gewinnen. Nein, für Lee nicht, aber für Doug...
Ja, Powell fühlte sich jetzt wirklich besser. Warum hatte Lee auch seine Flamme in die Sache hineinziehen müssen? Sicher, Doug war nicht ganz fair zu seinem alten Kumpel gewesen. Aber jetzt hatte sich ja gezeigt, daß auch Lee ihm gegenüber nicht fair sein wollte.
Das war doch so, oder etwa nicht? Was mußte Ackridge auch einen solchen Mist anrichten!
Powell zog sich aus, schaltete den Fernseher ab und legte sich aufs Bett. Der Alkohol umnebelte sein Gehirn. Er nahm nur noch den restlichen Parfumduft von Pia wahr.
Der Raum fing an, sich um ihn zu drehen.

Dein Vater ist elendig umgekommen.
Deine Mutter ist am Suff gestorben.
»Leider nein«, murmelte er. »Sie sind noch nicht tot. Aber das, was ich vorhabe, wird für sie noch viel schlimmer sein als der Tod.«
Wenn er den Coup durchgezogen hatte, würden sie immer noch am Leben sein; aber sie würden sich wünschen, lieber tot zu sein. Sie würden alles verlieren, was sie liebten und was ihnen etwas bedeutete. Die vornehmen Kreise Washingtons würden das Ehepaar Powell schneiden, würden es nicht mehr wahrnehmen. Aller Respekt, alle Würde, alle Möglichkeit, weiteren Reichtum anzuhäufen ... das alles würden sie verlieren. Ihre Macht und ihr Einfluß wären danach keinen Cent mehr wert.
Sobald er die Daten seinem Kontaktmann ausgehändigt hatte, würden die USA zwar auch alles verlieren, aber für Doug war es viel wichtiger, daß der General und Loretta dann am Boden zerstört wären. Und sie dürften sich in dem zweifelhaften Ruhm sonnen, die Eltern des größten Verbrechers dieses Jahrhunderts zu sein. Doug würde natürlich den Datendiebstahl zugeben und alle Verantwortung für die Zerstörung seines Landes auf sich nehmen. Und mit diesem Geständnis würde er auch das Schicksal des Generals besiegeln.
Lächelnd schlief Doug ein.

6

Paul Freneau wäre nie auf den Gedanken gekommen, sich als Kriminellen zu sehen.
Nach außen hin war er ein gewissenhafter, hart arbeitender und erfolgreicher junger Mann, der sich auf dem Weg nach oben befand. Er war zweiunddreißig und arbeitete jetzt im ach-

ten Jahr als Dolmetscher bei den Vereinten Nationen. Mit einem französischen Vater und einer spanischen Mutter – beide waren Ende der dreißiger Jahre in die USA eingewandert – war Freneau für eine solche Stellung prädestiniert. Sein Gehalt erlaubte ihm ein hübsches Apartment in Manhattan. Er fuhr einen teuren Wagen, kleidete sich geschmackvoll und zeigte sich gern mit aparten, luxuriösen Schönheiten. Jedes zweite Jahr gönnte er sich einen einmonatigen Urlaub in Europa.

Unglücklicherweise hatte er schon bald feststellen müssen, daß sich dieser Lebensstil allein vom Dolmetschergehalt nicht aufrechterhalten ließ. Immerhin lag sein Apartment in einem der teuersten Blocks auf der East Sixty-fourth Street. Immerhin war sein Wagen ein Mark IV. Immerhin trug er nur Couture aus dem Hause Bill Blass. Immerhin kamen seine Freundinnen aus den besten Familien. Wenn er nach Europa flog, dann natürlich nur erster Klasse. Und er hatte noch nie ein Hotel oder ein Restaurant gemieden, weil die Preise sich dort am oberen Ende der Skala bewegten.

Doch zu seinem Glück hatte er schon nach einem Jahr Dolmetschertätigkeit bei der UNO entdeckt, daß er sein Gehalt durch kleine Dienste für die Delegierten und Botschaftsangehörigen aufbessern konnte. Meistenteils überbrachte er delikate Botschaften – normalerweise zwischen zwei ausländischen Würdenträgern, die auf privater Ebene in Kontakt bleiben und sich über Themen unterhalten wollten, bei denen sie in der Öffentlichkeit als unversöhnliche Gegenparte auftreten mußten. Gelegentlich näherte sich ihm auch ein US-Bürger – Geschäftsleute, Politiker und andere, die ein bestimmtes Interesse verfolgten –, damit er für sie einem UN-Delegierten, den sie nicht persönlich aufsuchen oder anrufen konnten, etwas mitteilte oder überbrachte. Personen aller Art wandten sich an Freneau, und für Eingeweihte war Freneau längst so etwas wie eine unentbehrliche Institution geworden. Freneau war diskret und

zuverlässig. Die Dienste, die er auszuführen hatte, waren delikat, aber mit wenig Arbeit verbunden. Und er erhielt dafür mehr Geld, als er in seinem Beruf je verdienen konnte.
In der ersten Zeit, als er Anfragen, Mahnungen, Warnungen, Tips und gelegentlich sogar kodierte Nachrichten überbracht hatte, hatte Freneau oft genug um seine Sicherheit für Leib und Leben gefürchtet. Er selbst wußte, daß er nur als Bote arbeitete, keineswegs aber Nachrichtenhandel oder gar Spionage betrieb. Doch wie würden das andere sehen? Und was würde das FBI von seinen Aktivitäten halten?
Die meisten Personen, die sich ihm näherten, waren Repräsentanten von Nationen, die man kaum als Feinde der Vereinigten Staaten ansehen konnte. Engländer, Franzosen, Italiener, Schweden, Japaner, Griechen...
Im Laufe der Zeit liefen erkleckliche Summen bei ihm ein. Diese Arbeit nährte durchaus ihren Mann. Freneau begriff, daß er einer FBI-Untersuchung ruhigen Gewissens zusehen konnte. Niemand konnte ihm Spionage oder Sabotage oder was sonst auch immer vorwerfen. Freneau war nicht mehr und nicht weniger als einer der Männer im Hintergrund, die mithalfen, die Scharniere der internationalen Diplomatie zu ölen.
Von da an hatte er kein schlechtes Gefühl mehr bei seiner Nebentätigkeit. Er machte sich auch keine Sorgen mehr um sein Leben. Von da an schlief er wieder ruhig und tief.
Um sechs Uhr am Morgen des 27. Dezembers weckte ihn das Telefon aus seinem ruhigen und tiefen Schlaf.
Er hob ab und meldete sich mit seinem Namen.
Die Stimme am anderen Ende klang leise und kalt. »Kennen Sie einen Mr. Tsaitzew?«
»Ilja? Natürlich kenne ich den.«
»Wenn Sie ihn heute sehen, teilen Sie ihm bitte mit, daß Dan Walters sich gemeldet hat.«
Paul schob sich mit einer seiner schmalen Hände die Haare von

den Augen und unterdrückte ein Gähnen. »Gern. Ist das alles? Soll ich ihm nur mitteilen, daß Sie sich gemeldet haben?«

»Nein, da wäre noch etwas. Sagen Sie ihm, daß ich mein Team zusammenhabe.«

»Daß Sie Ihr Team zusammenhaben«, wiederholte Freneau. Er war nicht im mindesten neugierig oder verwirrt. Schließlich war er es gewohnt, Botschaften zu übermitteln, die für ihn nicht den geringsten Sinn ergaben, aber denen eine Menge zu sagen hatten, für die sie bestimmt waren. Er wiederholte die Nachricht von Walters nur, um sicherzugehen, daß er auch alles richtig verstanden hatte und Tsaitzew die Botschaft ordnungsgemäß überbringen konnte.

»Ganz genau«, lobte Walters. »Vielen Dank.«

»Verzeihen Sie bitte«, sagte Paul rasch, bevor sein Gesprächspartner einhängen konnte.

»Was ist denn?«

»Ich möchte Ihnen natürlich keinen Vorwurf machen, doch wenn Sie in Zukunft auf meine Dienste zurückkommen möchten, dann rufen Sie bitte etwas später an, ja? Wissen Sie, ich pflege gewöhnlich nicht vor sieben Uhr dreißig aufzustehen.«

Ein Klicken ertönte. Die Leitung war unterbrochen.

Das war Freneaus erster Kontakt mit Walters/Powell. Es war auch sein einziger Kontakt mit ihm. Schließlich war Paul nicht mehr als ein kleiner Öltropfen im gewaltigen Räderwerk der Vereinten Nationen.

Auch Roy Genelli erwachte um sechs Uhr.

Ihn hatte jedoch weder ein Telefonklingeln noch ein Wecker aus dem Schlaf gerissen. Genelli wachte jeden Morgen an jedem Tag der Woche um sechs Uhr auf. Dazu brauchte er weder Wecker noch einen Telefondienst. Eine innere Uhr beendete um diese Zeit seinen Schlaf.

Während seiner ersten fünf Jahre im Dienst des Büros, als Genelli die Routine- und Drecksarbeit eines FBI-Anfängers erledigen mußte, hatte es weder Ordnung noch System in seinem Leben gegeben. Er hatte keine festen Arbeitszeiten, sondern mußte ständig verfügbar sein, um sich jemandem an die Fersen zu heften, einer Spur nachzugehen, rasch zu einem Einsatzort zu gelangen, jemanden zu stellen. Doch meistenteils mußte er nur warten, auf den nächsten Zug des Verdächtigen, auf neue Befehle oder wenn er jemanden, der sich nicht zeigen wollte, observierte. Nicht selten hatte er eine ganze Nacht lang kein Auge zutun können. Und auch in Zeiten, wenn es nicht so hektisch zuging, wenn er sich nicht wieder eine ganze Nacht um die Ohren schlagen mußte, hatte er nie zu regelmäßigen Schlafzeiten finden können. Vor fünfzehn Jahren dann war er befördert worden, und im Lauf der weiteren Arbeit war es ihm immer mehr gelungen, Routine in sein Leben zu bringen und einen normalen Arbeitstag einzurichten.

Sobald es ihm möglich war, machte er es sich zur Gewohnheit, abends um zweiundzwanzig Uhr ins Bett zu gehen. Eine so frühe Schlafenszeit kam ihm nach den Anfängerjahren wie ein unglaublicher Luxus vor. Diese Einschlafzeit hatte er sich ebenso zur festen Regel gemacht wie das Aufwachen um sechs.

Heute war er Special Assistant für den Leiter des Middle-Eastern-District und konnte in dieser Position seinen Tagesablauf weitestgehend selbst bestimmen. Es mußte schon sehr dick kommen, daß die ihm liebgewordene Routine durcheinandergeriet.

Wie an jedem Tag stieg Genelli sofort aus dem Bett. Er steckte die Füße in die Pantoffeln und zog sich einen verschlissenen Morgenmantel über. Er verknotete den Stoffgürtel vor dem Bauch.

Er hatte während der Weihnachtsfeiertage gearbeitet, war für andere Männer eingesprungen, die das Fest bei ihrer Familie verbringen wollten. Nun hatte er drei Tage freibekommen.

Genelli arbeitete oft an Feiertagen. Zum einen war es an solchen Tagen ruhig und übersichtlich. Weniger Personen wurden festgenommen, und neue Fälle ließen stets bis nach den Feiertagen auf sich warten. Zum anderen machten neun oder zehn Arbeitsstunden den ersten Weihnachtsfeiertag weniger einsam.

Roy Genelli war jetzt zweiundvierzig. Er war nie eine Ehe eingegangen. Genelli war jedoch weder schwul, noch verachtete er Frauen, und er war nicht so verklemmt, daß er sich in weiblicher Gesellschaft unbehaglich fühlte.

Er war einen Meter fünfundsiebzig groß und mit seinen neunzig Kilogramm etwas übergewichtig, aber keineswegs fett. Normalerweise trug er einen braunen Straßenanzug, dessen Farbe mit der seiner Haare und Augen harmonierte. Auf den ersten Blick fand sich an ihm nichts Außergewöhnliches. Doch auf den zweiten Blick entdeckte man an ihm eine gewisse Attraktivität. Er hatte häufiger Verabredungen mit Frauen, und gelegentlich ging er auch mit einer ins Bett. Doch bislang war keine darunter gewesen, die er ein zweites Mal sehen wollte. Obwohl er sich zu bestimmten Zeiten einsam fühlte, hatte er grundsätzlich nichts gegen sein Junggesellendasein einzuwenden. Er kam mit seinem Leben zurecht, und mehr verlangte er gar nicht.

Er nahm die Brille vom Nachttisch, setzte sie auf und blinzelte, um den letzten Schlaf aus seinen Augen zu zwingen.

In diesem Moment rappelte der Wecker.

Obwohl er sich darauf verlassen konnte, daß die innere Uhr ihn weckte – in den letzten zehn Jahren hatte er nicht ein einziges Mal verschlafen –, pflegte Genelli jeden Abend den Wecker aufzuziehen. Es handelte sich dabei nicht um eine dumme Angewohnheit, sondern dies war Ausdruck seiner Gründlichkeit. Genelli war ein außerordentlich gründlicher Mensch. Fast nie vergaß oder übersah er etwas.

Er ging hinunter in die Küche und briet sich Eier und Speck. Er nahm das Frühstück im Eßzimmer am Tisch vor dem großen Fenster zu sich.
Sein kleines Haus befand sich in einem ruhigen Block der G-Street, wurde von ähnlichen Häusern flankiert und ließ sich von zwei alten Ulmen, die nun schon seit Jahrzehnten den Abgasen trotzten, vor einem Einblick von der Straße schützen. Sein Haus war beileibe kein Palast, aber er fühlte sich hier wohl. In den letzten Jahren hatte er sein Zuhause immer mehr als Zufluchtsort angesehen.
Während er aß, betrachtete er die Ulmen und dachte daran, wie er an der Arbeit im Büro die Lust verloren hatte. Vor zwanzig Jahren hatte er seine Tätigkeit als FBI-Beamter als etwas Aufregendes, Spannendes angesehen. Und er hatte das Gefühl gehabt, etwas Wichtiges zu tun. Doch in der letzten Zeit ... Man erstickte in Routinearbeit, um eine wasserdichte Anklage gegen einen Dealer zusammenzuzimmern, der Heroin von Montreal aus ins Land schmuggelte. Hatte man endlich alles zusammen, schnappte man den Burschen und ließ ihn für zwanzig Jahre einsperren. Und dann? Keine Woche nach seiner Verhaftung trat ein anderer an seine Stelle und übernahm die Montreal-Connection. Solange die Fixer kein sauberes Heroin oder Methadon von der Regierung erhielten, besorgten sie sich ihren Stoff eben in der Unterwelt. Genelli kam es so vor, als würde er mit jedem Schritt, den er hier vorankam, dort einen zurückfallen. Und wenn es kein Großdealer war, den man festnageln wollte, dann einer, der Pornofilme auf den Markt brachte. Oder es galt, die Aktivitäten irgendwelcher selbsternannter Stadt-Guerillas zu überwachen, oder die einer anderen suspekten politischen Gruppe oder Sekte. Die Arbeit bedrückte Genelli immer mehr. Niemand kümmerte sich darum, etwas gegen die wirklichen Verbrechen zu tun. Wie heuchlerisch war es doch, sich um ein paar Dealer, Fixer und politisch Verwirrte

zu kümmern, als würde man damit der Gerechtigkeit zum Sieg verhelfen...

Als er sein Frühstück beendet hatte, trug er das benutzte Geschirr in die Küche und spülte es.

Wenn ein Mann schon keine Familie hat, sagte sich Genelli, dann sollte er sich wenigstens seiner Karriere widmen. Aber nach zwanzig Jahren Dienst kam er zwangsläufig zu dem Schluß, daß er es nicht sehr weit gebracht hatte. Durfte er sich eingestehen, daß er sein Leben verschwendet hatte? Aber mit zweiundvierzig Jahren, in denen man nichts anderes getan hatte, als Bulle zu spielen, stand einem nicht sehr viel für einen Neuanfang in einer anderen Branche offen.

Während er das Besteck abtrocknete, fragte er sich, wie lange es her war, daß er zum letzten Mal an einem wirklich lohnenden Fall gearbeitet hatte. Fünf Jahre? Guter Gott, nein, es war viel länger her. Acht Jahre? Neun? Zehn? Nein, noch weiter zurück. Elf? Zwölf? Erschrocken stellte er fest, daß vierzehn Jahre seit der Mordserie von Zilinski und Ross vergangen waren... Zwölf Morde und achtzehn Raubüberfälle gingen auf ihr Konto. Die Jagd hatte Genelli durch sechsundzwanzig Bundesstaaten geführt. Die Nachforschungen und die Verfolgung hatten seine ganze Begabung und all seinen Grips erfordert. Es konnte kein Zweifel bestehen, das war sein letzter herausfordernder Fall gewesen.

Vierzehn Jahre!

Bei allem, was recht war, er wünschte sich kein neues Blutvergießen à la Zilinski und Ross, bei dem unschuldige Menschen auf furchtbare Weise ihr Leben verloren hatten. Aber irgend etwas Interessantes mußte doch noch kommen ... Wenn er noch lange seine Beamten den Pornographen hinterherjagen mußte, würde sein Gehirn an Langeweile eingehen, würde er sich lieber eine Kugel durch den Kopf jagen.

Nein, so wollte er sich nicht unterkriegen lassen. Lieber wollte

er in den vorgezogenen Ruhestand eintreten. Er könnte heute noch die Kündigung einreichen. Zwanzig aufregende Jahre standen ihm dann mindestens bevor. Er könnte es auch noch so lange aushalten, bis er fünfundzwanzig Dienstjahre zusammenhatte. Dann winkte ihm eine fettere Pension. Es war die bittere Wahrheit, der man sich am besten nie stellte, aber Roy Genelli konnte an diesem Morgen nicht anders, als sich einzugestehen, daß er nie wieder die Gelegenheit erhalten würde, an einem spannenden und interessanten Fall zu arbeiten.
Er goß sich eine zweite Tasse Kaffee ein und machte sich nun erheblich gründlichere Gedanken über die Möglichkeiten, die einem zweiundvierzigjährigen Ex-Polizisten offenstehen könnten.

Silvester

DER DIEBSTAHL

7

Am Nachmittag des 31. Dezember bestiegen Lee und Carrie einen Zug nach Philadelphia, wo sie Doug Powell am Bahnhofsausgang zur Thirtieth Street treffen sollten.

Sie trafen ihn.

Powell nahm ihnen den einzigen Koffer ab und führte sie durch die Schwingtüren hinaus. »Ich habe einen Wagen gemietet«, erklärte er.

Es war draußen zu kalt, um stehenzubleiben und miteinander zu reden. Kein Wölkchen zeigte sich am Himmel, aber ein eisiger Wind raste durch die Straßen. Carrie drängte sich an Lee, und so folgten sie Doug zu seinem ein Jahr alten Chevrolet Impala. Powell stellte das Gepäck in den Kofferraum. Alle drei nahmen vorn Platz. Carrie saß zwischen den Männern. Doug steuerte den Wagen.

Lee warf nach beiden Seiten Blicke auf die hohen grauen Gebäude, die an den Straßenrändern aufragten, und sagte: »Hier sieht es ja genauso aus wie bei uns in New York. Eigenartig, Philadelphia kam mir immer als der furchtbarste Ort im ganzen Land vor.«

»In spätestens einer Woche, wenn unsere Finger vom Geldzählen weh tun«, antwortete Powell, »wirst du in deinem Herzen ein warmes Fleckchen für Philadelphia einrichten.«

Lee ließ den Blick noch einmal über die Häuser streifen. »Kann ich mir nicht vorstellen. Wo fahren wir denn jetzt hin?«

»Ins Hotel.« Doug beschleunigte, um noch bei Gelb durchzukommen und trat kurz darauf auf die Bremse, weil der Verkehr stockte.

Neben dem großen Powell und fest eingepackt in ihren Fellmantel wirkte Carrie noch kleiner und zerbrechlicher als sonst. Sie schob den Kopf hin und her, bis sie das Kinn aus dem Schal befreit hatte, und sagte dann: »Mir ist gerade etwas eingefallen, worauf ich schon viel früher hätte kommen sollen.«
Powell sah sie von der Seite an. Er hatte sich noch immer nicht mit dem Gedanken angefreundet, daß eine Frau an seiner Unternehmung mitwirken sollte.
»Was ist dir denn eingefallen?« wollte Lee wissen.
Sie blinzelte, als unvermittelt helles Sonnenlicht durch die Windschutzscheibe eindrang. »Was ist, wenn jemandem der Wagen auffällt? Schön, warum sollte er jemandem auffallen? Aber nur einmal angenommen, jemand in der Universität wird auf den Wagen aufmerksam. Wenn die Polizei mit ihren Nachforschungen beginnt, wird der Betreffende sich doch sofort an die Beamten wenden.«
»Kein Problem«, brummte Doug. »Ich habe bei Hertz einen falschen Namen und eine falsche Adresse angegeben. Ein gewisser Daniel Walters hat den Wagen gemietet.«
»Ich dachte immer, so etwas sei kaum möglich?« wunderte sich Lee.
Doug lächelte in sich hinein. »Ich habe einen ganzen Satz Papiere auf den Namen Walters.« Der Wagen brach nach rechts aus und überholte rasch einen Omnibus. »Alles dabei: Versicherungsnummer, Führerschein, ordentlich ausgestellt vom Staat Virginia, Geburtsurkunde und sogar einen Paß.«
Carrie sah Lee fragend an.
»Wo hast du denn so etwas bekommen?« wollte Lee wissen.
»Bei Dunio.«
»Du scheinst ja mehr Kontakt zu ihm zu haben, als ich nach unserem ersten Gespräch dachte.«
»Nachdem man dich wegen deiner Verwundung nach Hause verschifft hatte, war ich noch ein paar Monate in Nam. Und im Schützengraben lernt man einen Kameraden durch und durch

kennen. Davon abgesehen kann man sich, ob nun im Krieg oder im Frieden, mit einem Mann wie Dunio schnell gut verstehen.«

Lee schüttelte verblüfft den Kopf. »Und zusätzlich zu seinen anderen Aktivitäten ist Dunio auch noch Dokumentenfälscher?«

»Nein, natürlich nicht. Aber er kennt jemanden, der so etwas ausgezeichnet besorgt. Großer Gott, er kennt Dutzende solcher Kräfte, vermutlich in jeder Stadt einen, in der er häufiger zu tun hat ... New York, San Francisco, Tokio, Singapur, Hongkong, Paris, London ...« Er bremste, weil die Ampel auf Rot umgesprungen war. Er sah Lee an. »Ich habe für Dunio ein paar Jobs in Asien erledigt, nachdem du nach Hause geschickt worden warst und unsere Kompanie nach Saigon zurückverlegt worden war. Dort haben wir uns übrigens auch kennen- und schätzengelernt. Bevor es für mich in die Heimat zurückging, habe ich ihn gebeten, mir ein paar falsche Papiere zu besorgen.«

»Und das hat er dann auch getan?«

»Worauf du dich verlassen kannst«, grinste Powell.

»Aber warum wolltest du sie damals haben?«

Der Mann am Steuer zuckte die Achseln. »Ich dachte mir damals, so was kannst du immer mal gebrauchen. Ich habe mich seitdem darum gekümmert und lasse die Papiere immer fristgerecht verlängern.«

»Aber vor drei Jahren hatten Sie doch wohl noch nicht vor, einen solchen Coup zu starten?« fagte Carrie.

»Wer weiß, vielleicht war die Idee gerade im hintersten Winkel meines Kopfes geboren worden«, lächelte Powell.

Die Ampel zeigte Grün.

Der Impala brauste los.

Am 27. und auch am 28. Dezember hatte Doug im Sheraton-Hotel in der Innenstadt von Philadelphia angerufen und jeweils ein Zimmer bestellt. Beim ersten Anruf hatte er ein Doppelzimmer für eine Nacht auf den Namen Mr. und Mrs. Daniel Walters gebucht. Am 28. hatte er ein Einzelzimmer für sich gebucht und dabei seinen richtigen Namen angegeben.

Jetzt, um sechzehn Uhr am letzten Tag des Jahres, betraten Lee und Carrie das Sheraton und trugen sich mit Powells falschen Papieren ein. Sie erhielten ein komfortables und gepflegtes Doppelzimmer im zehnten Stock. Powell selbst wollte fünfzehn Minuten später ins Hotel kommen. Er hatte den beiden erklärt, er würde sich unter einem neuen Falschnamen eintragen, aber damit hatte er wieder gelogen. Lee und Carrie wäre es nie in den Sinn gekommen, daß ihr Komplize durchaus beabsichtigte, eine Spur zu hinterlassen.

Als der Page gegangen war, trat Carrie ans einzige Fenster des Zimmers, zog die Vorhänge zurück und blickte hinaus auf die Stadt.

Lee betrachtete sie. Sie trug einen langen schwarzen Rock und darüber einen blauen Sweater, der hervorragend zu ihren Augen paßte. Sie sah einfach wunderbar aus. Zum ersten Mal seit Wochen verspürte Lee ein Ziehen im Unterleib. Wenn ihnen noch genug Zeit blieb, könnte er es diesmal schaffen, dessen war er sich ziemlich sicher. Aber Doug würde sich jeden Augenblick melden. Und dann würden sie drei sich hier zusammensetzen und den Plan ein letztes Mal durchgehen.

Ohne sich umzudrehen, fragte Carrie leise: »Hast du nicht auch den Eindruck, daß mit dem Burschen etwas nicht stimmt?«

»Mit Doug?«

»Ja.«

»Wie meinst du das?«

»Ich kann es nicht erklären...«

Er erhob sich aus dem Sessel neben dem Telefon und stellte sich neben sie ans Fenster. »Er ist sicher nervös, genau wie wir.«

»Nein, das ist nicht nur Nervosität«, beharrte sie.
»Seit unserem letzten Treffen kommt er mir nicht verändert vor.«
»Mag sein. Aber er kam mir schon eigenartig vor, als ich euch beide in unserer Wohnung belauscht habe. Ist dir aufgefallen, daß er weder dir noch mir in die Augen sehen kann? Und dann diese Stimmungsschwankungen. Alle paar Minuten fällt er von ganz oben nach ganz unten und wieder zurück. Du mußt nur sein Gesicht beobachten. In einem Moment grinst er wie ein Honigkuchenpferd, und im nächsten glaubt man, er würde in Tränen ausbrechen. Er ist so ... so...«
»Denk doch daran, unter welchem Druck wir stehen. Er vermutlich noch viel stärker als wir.«
»Das hat sicher eine Menge damit zu tun«, sagte sie. »Ich möchte dich aber trotzdem bitten, ein Auge auf ihn zu haben.«
Er legte ihr eine Hand auf die Schulter. »Du möchtest am liebsten aussteigen, nicht wahr?«
»Nein, nicht, wenn du dabeibleibst.«
»Wir können beide immer noch gehen.«
»Nein«, sagte sie fest. »Aber es würde trotzdem nichts schaden, wenn du anfängst, ihn zu beobachten.«

8

Carrie saß wieder in der Mitte im Chevrolet und versuchte nicht an all das zu denken, was jetzt schiefgehen konnte. Sie starrte auf die dunkle Straße voraus, auf die wechselnden Ampellichter und auf die Rückstrahler der Autos vor ihnen. Und sie lauschte mit einem Ohr dem Gerede Powells, der, seitdem sie das Hotel verlassen hatten, über alles sprach, was ihm wohl gerade durch den Sinn ging.

Jetzt fing er an, vom Zielort dieses Abends zu quasseln.
Die Langhorn-Universität war 1848 auf einem vom Staat geschenkten Areal von 500 Hektar gegründet worden. Sie ragte als Oase der Schönheit und des Friedens aus der Ödnis des Vororts hervor. Der Campus lag zehn Meilen nördlich von Philadelphia und war mit kleinen Wäldchen von Ulmen, Eichen, Ahornbäumen, Birken und Weiden bestückt. Sechsundzwanzig Wohnheime boten mehr als genug Platz für die neuntausend eingeschriebenen Studenten.
Während der Impala nach Norden rollte und die Stadtgrenze hinter sich ließ, rasselte Doug endlos Fakten, Daten und Anekdoten über die Geschichte der Universität herunter. Er redete so schnell, daß seine Worte ineinander übergingen und man Mühe hatte, seinen Ausführungen zu folgen.
Carrie hörte ihm nur halb zu, warf aber immer mal wieder einen Blick auf seine Miene, weil sie dort eine Erklärung zu finden hoffte. Soweit sie überhaupt etwas von seinem Gerede mitbekommen hatte, glaubte sie nicht, daß irgend etwas davon für ihr Vorhaben, die geheimsten Pentagon-Daten zu stehlen, von Bedeutung war. Anscheinend wollte Doug nur die Zeit totschlagen. Vielleicht mußte er selbst Dampf ablassen. Oder er wollte sie und Lee ablenken, damit sie nicht beim letzten Nachdenken ins Grübeln gerieten und kalte Füße bekamen. Je länger Carrie mit Powell zusammen war, desto besser durchschaute sie ihn. Dennoch war sie nicht weiter als bis unter die Oberfläche gelangt. Zu seinem wirklichen Geheimnis, zu dem mysteriösen Drang in ihm, der sie so oft frösteln ließ, war sie noch nicht vorgestoßen.
Seit 1964, fuhr Powell fort, sei Langhorn eines der führenden Zentren der Welt für Computerforschung, -entwicklung und -theorie. Durch eine weitere Schenkung der Regierung war am nordwestlichen Rand des Campus das Recard-Institut für Computerwissenschaften entstanden. Ein bedeutender Anteil

der Gelder für Errichtung, Einrichtung und Verwaltung des Instituts war vom Verteidigungsministerium gekommen. Computer waren vielleicht nicht die Feldherren der Zukunft, aber zumindest die wichtigsten Berater aller Strategen. Das Verteidigungsministerium legte natürlich Wert darauf, daß die amerikanischen Computer in ihrer Bandbreite denen in China und der Sowjetunion immer um mindestens eine Nasenlänge voraus waren. So lieferte das Pentagon auch reichlich Mittel und konnte dabei einen weiteren Vorteil genießen: Wenn in eine Forschungsanstalt die Gelder strömen, kommen die besten Akademiker des Landes von ganz alleine. In den vergangenen zwanzig Jahren, auch schon vor der Gründung des Recard-Instituts, hatten sich über hundert Wissenschaftler in Langhorn mit Pentagon-Programmen zu Waffenforschung und -entwicklung beschäftigt. Vielleicht würden Psychologen darin eine Trotzhaltung gegen die immer weiter anwachsende antimilitaristische Stimmung in der Bevölkerung sehen.
Carrie bemerkte, daß Dougs Mundwinkel herabhingen und er eine grimmige Miene machte. Er starrte mit glänzenden Augen geradeaus, so als sähe er etwas wirklich Aufregendes auf dem Highway.
Zum vierten Mal erzählte Powell jetzt, daß er sich kurz nach seiner Rückkehr aus Vietnam in Langhorn eingeschrieben hatte, um hier Computerwissenschaften zu studieren. Und für den Coup heute nacht hatte er sich den hiesigen Terminal, der eine Außenstelle des Pentagon-Computers war, ausgesucht, weil er diese Anlage noch gut in Erinnerung hatte. Natürlich bestand hier ein geringes Risiko, auch noch nach zwei Jahren von jemandem gesehen und wiedererkannt zu werden. Doch dieser Nachteil wurde leicht von seiner Vertrautheit mit der Umgebung aufgewogen.
Während Powell weiterquasselte, warf Carrie einen Blick auf ihren Freund, erhaschte seine Aufmerksamkeit und zeigte ihm

mit ihrer Miene, wie sehr ihr Powells endloses Gerede auf den Geist ging.
Lee lächelte verständnisvoll. Er beugte sich zu ihr und küßte sie sanft auf die Wange.
Carrie wußte, daß er sich um Doug keine Sorgen machte und die innere Anspannung für das Verhalten seines alten Kriegskameraden verantwortlich machte. Aber Carrie wußte auch, daß mehr als nur das dahintersteckte. Was ging nur in diesem eigenartigen Mann vor? Ein privates Problem? Etwas, worüber er wohl nie sprechen würde? Oder beschäftigte er sich insgeheim mit etwas, was weitreichende Konsequenzen haben könnte, womöglich sich sogar auf Lee und sie auswirkte? Sie am Ende in den Untergang führen könnte?
Um Punkt zweiundzwanzig Uhr dreißig bog der Impala in die Ox Lane ein, eine vornehme Wohnstraße, die am nordwestlichen Campusrand entlangführte und natürlich auch am Recard-Institut vorbeilief. Die Universität zu ihrer Linken erhob sich auf sanften Hügeln, sie lag hinter Bäumen und unter dem Schatten der Nacht verborgen. Zur Rechten drängten sich alte Villen zur Phalanx. Ja, genauso hatte Doug es beschrieben. Und so weit war alles nach Plan verlaufen. Doch zu ihrer großen Überraschung waren alle freien Plätze links und rechts der Ox Lane mit parkenden Autos zugestellt. Weit mehr Wagen, als hier Menschen wohnen konnten.
»Was ist denn hier los?« wollte Lee wissen.
Carrie entdeckte die Ursache sofort. Mit beunruhigter Miene deutete sie auf ein Gebäude am Ende des ersten Blocks, eine mehrgeschossige Villa inmitten eines umzäunten, parkähnlichen Gartens. Aus allen Fenstern des Hauses drang Licht, und die portalähnliche Tür stand trotz der eisigen Nacht weit offen. Fächerartig verbreitete sich bernsteinfarbenes Licht von der Türöffnung und beschien matt die schneebedeckte Zufahrt.
»Eine Silvesterparty!« entfuhr es Lee. Er wandte sich ängstlich

an Doug, der im Schrittempo über die Ox Lane rollte. »Müssen wir jetzt den ganzen Plan umwerfen?«
»Nun... eigentlich hätte ich damit rechnen sollen.« Er brachte den Wagen mitten auf der Straße zum Stehen. »Die meisten von diesen altehrwürdigen Villen werden von Langhorn-Leuten bewohnt, von Professoren, Dekanen und hohen Tieren in der Verwaltung. Natürlich ist immer einer von denen an der Reihe, Silvester eine große Party zu geben.« Er beobachtete ein junges Paar, das umständlich aus einem geparkten Wagen stieg, um die Abendgarderobe nicht zu zerknittern, und sich dann Hand in Hand auf den Weg zum hellerleuchteten Haus an der Ecke machte. »Ich glaube nicht, daß daraus ein Problem für uns erwächst«, schloß Powell.
Vermutlich bestand wirklich kein Grund zur Panik, sagte sich Carrie. Aber sie glaubte auch zu wissen, daß Powell jetzt, da sie so weit gekommen waren, seinen Plan nicht mehr aufgeben würde, komme, was wolle, er würde nicht davon ablassen. Selbst wenn das Institut von einem Polizeikordon umgeben gewesen wäre, hätte Doug noch einen Weg gesucht, um an den Computer zu gelangen.
»Vielleicht ist das sogar ganz gut für uns«, bemerkte Lee. »Die Party gibt uns Schutz. Niemand wird ans Fenster rennen, um nachzusehen, was wir hier draußen treiben. Man wird uns für Partygäste halten, die sich irgendeinen Silvesterschabernack erlaubt haben oder feuchtfröhlich den Heimweg antreten.«
»Wo ist das Institut?« fragte Carrie.
Powell zeigte auf ein viergeschossiges Gebäude mit großen, rechteckigen Fenstern. »Da drüben.«
Das Recard stand dreißig Meter von der Straße versetzt und erhob sich direkt gegenüber der Villa, in der man ins neue Jahr hineinfeiern wollte.
»Das gefällt mir nicht«, sagte Carrie.
»Es muß Ihnen ja auch nicht gefallen«, antwortete Powell

barsch. »Alles, was Sie zu tun haben, ist, hier im Wagen zu warten und uns ungestört unsere Arbeit machen zu lassen.«
Sie setzte zu einer geharnischten Entgegnung an, als Lee ihre Hand nahm und fest drückte.
»Wird schon schiefgehen«, fuhr Doug fort. »Wir beide haben schon Schlimmeres überstanden, nicht wahr? Gott sei mein Zeuge, wir haben es gelernt, auf uns aufzupassen.« Dann schien er zu bedauern, daß er die Frau angefahren hatte, und er fügte hinzu: »Sehen Sie doch, die Leute sind alle betrunken. Und das ist ja auch ihr gutes Recht. Warum sonst geht man auf eine Silvesterparty, wenn nicht, um sich vollaufen zu lassen? An einem solchen Abend trinkt doch jeder ein oder zwei Gläser zuviel. Selbst wenn uns jemand von diesen Herrschaften sehen sollte, würde er sich morgen nicht mehr an uns erinnern. Außerdem ist es kalt, und die Leutchen werden sich tunlichst im Haus aufhalten. Und was tun sie dort? Sie feiern. Aber kaum einer wird auf die Idee kommen, stundenlang aus dem Fenster zu starren, um herauszufinden, ob in dieser Nacht jemand ins Recard einsteigen will. Männlein und Weiblein sind dort. Und was tun Männlein und Weiblein, wenn sie zusammen sind? Sie brüsten sich voreinander, scharwenzeln umeinander herum, flirten, was das Zeug hält, und versuchen, einander zu verführen...«
Carrie seufzte. »Wir wollen endlich beginnen. Laßt uns die Sache hinter uns bringen, damit wir endlich von hier fort können.«
»Dafür wäre ich auch«, stimmte Lee zu.
Doug entdeckte kurz darauf fünfzig Meter von der Villa entfernt auf der rechten Straßenseite eine Parklücke zwischen einem Volkswagen und einem Thunderbird. Er setzte den Chevrolet rückwärts hinein, stellte die Räder gerade, schaltete die Scheinwerfer aus und ließ den Motor an.
Ein geisterhafter Schein von den weit auseinanderstehenden

Straßenlaternen durchdrang das Fahrzeuginnere. Das Licht war zu matt, um ihre Gesichter hervortreten zu lassen. Passanten hätten schon an die Fensterscheibe herantreten müssen, um einen der Insassen zu erkennen.

»Hast du das Werkzeug?« fragte Powell leise.

Lee hob eine schwarze Tasche hoch, die er zwischen den Füßen auf dem Boden abgestellt hatte. Er stellte sie auf seinen Schoß und ließ den Schnappverschluß aufspringen. Er holte zwei Revolver heraus, zwei Colt Diamondbacks, Kaliber 38. Den einen reichte er Doug, den anderen schob er sich in die Manteltasche.

Carrie hatte die Waffen schon früher gesehen, als Powell in ihr Hotelzimmer gekommen war. Doch jetzt in der Nacht und im fahlen Laternenlicht, das nur schwach von den schwarzen Läufen reflektiert wurde, kamen sie ihr wie Todesbringer aus der Hölle vor. Sie fragte sich, ob es nicht ein großer Fehler von ihr gewesen war, Lee in seiner Absicht zu bestärken, bei Dougs Unternehmen mitzumachen. Sie hatte ihm tatsächlich gesagt, es sei das beste für ihn.

Powell bemerkte trotz der Dunkelheit ihre Furcht. »Machen Sie sich keine Sorgen«, erklärte er mit unerwarteter Freundlichkeit. »Wir werden sicher nicht in die Situation kommen, sie einsetzen zu müssen.«

»Warum lassen Sie die Dinger dann nicht zurück?« fragte sie schärfer als beabsichtigt.

»Weil jeder Wachmann uns auslachen würde, wenn wir ihn mit bloßen Händen bedrohten«, antwortete Powell. »Erst der Anblick von Revolverläufen wird ihn dazu bringen, nichts Dummes zu versuchen.«

Lee beförderte eine Schachtel mit Patronen aus der Tasche. Er und Doug luden die Waffen.

»Es ist Zeit«, sagte Powell. Er schob seinen Revolver ebenfalls in die Manteltasche, stieg aus und warf die Tür hinter sich zu.

Lee zögerte noch einen Moment. Dann beugte er sich zu Carrie. »Ich kann mir vorstellen, was du jetzt denkst. Du fragst dich, in was wir da bloß hineingeraten sind.«
Sie biß sich auf die Lippe und nickte dann.
»Beunruhige dich bitte nicht. Du hattest schon ganz recht mit der Bemerkung, daß wir eine solche Gelegenheit nicht ungenutzt verstreichen lassen dürfen.«
Sie küßte ihn auf den Mund. »Ich wünschte, ich könnte mit dir dort hineingehen.«
»Doug und ich können allein rascher, leiser und effektiver vorgehen«, entgegnete er leise. »Wir tun im Grunde nichts anderes, als unsere militärische Ausbildung im Zivilleben einzusetzen. Keine Bange, Schatz, du kommst noch früh genug zum Zuge.«
»Dann mach, daß du fortkommst«, brummte sie. »Du darfst deinen Freund nicht warten lassen. Bring die Sache hinter dich und komm dann so schnell wie möglich zu mir zurück.«
Er küßte sie und kniff zum Abschied ein Auge zu, als er die Tür öffnete. Beim Aussteigen packte er die Tasche.
Eiskalter Wind blies zu Carrie hinein.
Weil Lee beide Hände voll hatte, schloß sie die Tür hinter ihm. Das trübe Innenlicht des Wagens verlosch, und Carrie mußte sich wieder mit dem noch schwächeren Licht der Straßenlaternen begnügen. Sie war ganz allein.
Sie rutschte hinter das Steuer und beobachtete, wie die beiden Männer sich auf der Straße trafen und dann quer über den Campus von Langhorn liefen. Sie zeigten keine übertriebene Eile, marschierten aber zügig, wie sie das wohl noch vom Militär gewohnt waren. Wahrscheinlich wollten sie nicht auffallen. Jeder Renner oder Schleicher wäre in dieser Nacht der allgemeinen Fröhlichkeit einem zufälligen Beobachter merkwürdig vorgekommen. Carrie sagte sich, daß sie höchstwahrscheinlich die einzige war, die den beiden einen zweiten Blick nachsandte,

wenn sie überhaupt von jemandem bemerkt wurden. Dennoch durften die beiden Männer sich nicht darauf verlassen, auch weiterhin unbeobachtet zu bleiben. So hatten sie ihre Kleidung darauf abgestellt, an einem solchen Abend wie alle auszusehen: Jeans, dicke, aber kurze Wintermäntel, lange Schals. Auf den ersten Blick hätte sie jeder für Studenten gehalten, die eine Party aufsuchen wollten oder aus irgendeinem anderen Grund die Ferien nicht zu Hause verbrachten.

Nach zwei oder drei Sekunden stapften sie schon über das schneebedeckte Gras auf dem Campus. Der Schatten nahm sich ihrer an, legte seine Falten und Tücher über sie, verschluckte sie.

Gut hundert Meter vom Recard entfernt hatten sie den Campus betreten. Sie umrundeten das Gebäude, um auf die der Ox Lane abgewandte Seite zu gelangen. Drei Laternen beleuchteten den Weg zum Computerzentrum. Carrie spähte durch die Nacht. Sie hoffte, Lee zu entdecken, wenn er in einen Lichtkegel der Laternen trat. Doch die beiden waren zu lange an der Front gewesen, um sich in der Dunkelheit ausmachen zu lassen. Carrie sah lange nichts mehr von ihnen.

Sie überblickte die Straße. Kein Wagen in Sicht. Offenbar waren alle Partygäste eingetroffen.

Sie verschob den Seitenspiegel, um den Weg zu betrachten, den sie gekommen waren. Keine Scheinwerfer, keine Passanten. Nur Dunkelheit, in der die Straße und die Bürgersteige verschwanden.

Jetzt begann für sie die lange Wartezeit.

Sie ließ ihre Gedanken treiben, und die kehrten bald, wie von einem Magneten angezogen, zum 26. Dezember zurück. Zum zweiten Weihnachtsfeiertag und der seltsamen Unterhaltung zwischen Lee und Powell, die sie durch einen Zufall mitangehört hatte.

Carrie hatte einen furchtbaren Schrecken bekommen, als die

Männer schon recht bald auf Dougs Plan zu sprechen gekommen waren. Powell wußte, wie er Lee zu nehmen hatte, und bedrängte ihn nicht, sondern überließ es den Gedanken des Freundes, sich an die fantastischen Aussichten zu gewöhnen. Carrie hatte aber einen noch größeren Schock erlebt, als ihr wenig später zu Bewußtsein gekommen war, daß auch sie dieses Vorhaben faszinierend fand. Sie preßte sich an die Wand im dunklen Wohnzimmer und war nur wenige Zentimeter vom Eingang zur Küche entfernt. Sie kam sich plötzlich wie ein unartiges kleines Mädchen vor, das die Eltern belauscht. Und dann war sie kein kleines Mädchen mehr. Sie kam sich vor wie bei den Schwärmereien ihrer Pubertätsjahre, während Dougs perfektes Verbrechen in ihre Gedanken einsank. Gott, Powell schien an alles gedacht und seinen Plan bis ins letzte Detail ausgetüftelt zu haben...

Danach hatten sie und Lee noch stundenlang in der Küche gesessen und über diese Angelegenheit debattiert. Beide mußten zu ihrer großen Überraschung feststellen, welch kriminelle Energie in ihnen verborgen war, wie bedenkenlos sie an einer Verschwörung dieser ungeheuerlichen Größenordnung teilnehmen wollten.

Nun, Tage später war es soweit. Carrie wunderte sich immer noch über sich selbst, als plötzlich die Beifahrertür aufgerissen wurde und jemand in unerträglicher Fröhlichkeit ins Wageninnere brüllte: »Hallo! Wen haben wir denn da?«

Carrie fuhr zusammen und registrierte als erstes die kalte Nachtluft, die sie in einem Schwall traf.

Dann erblickte sie einen schmalen, hellblonden Mann. Er war Ende dreißig, beugte sich in den Wagen und grinste sie mit der blöden Miene eines schwer Angetrunkenen an. Geplatzte Äderchen zeigten sich in seinen blauen Augen. Seine Haare waren ein einziger Wirrwarr. Er trug einen dreiteiligen Anzug, hatte sich aber die Weste und den Hemdkragen aufgeknöpft.

Die Krawatte baumelte ihm vom Hals. Er erinnerte sie an eine Filmszene mit Red Skelton, in der der Blödelkomiker einen Besoffenen gemimt hatte. »Was machen Sie denn so allein in einer solchen Nacht?« grölte er und lachte, als hätte er einen guten Witz gemacht. Er öffnete die Beifahrertür weiter und wäre fast auf den Sitz gefallen. »Sie sollten lieber im Haus sein. Da geht nämlich gerade die Post ab!«

Carries Blick fuhr rasch über den dunklen Campus und kehrte dann zu dem Störenfried zurück. Das hatte ihr gerade noch gefehlt. Sie mußte ihn so schnell wie möglich loswerden. Aber wie brachte man einen stark Alkoholisierten dazu, zu gehen?

»Sie meinen doch wohl nicht die Party dort drüben, oder?« begann sie vorsichtig.

»Klar, wo ist denn hier sonst noch was los?«

»Ich habe mich dort zu Tode gelangweilt«, erklärte sie.

Er verschluckte sich, stieß auf und blinzelte mehrmals, so als hätte er erhebliche Mühe, ihre Worte zu begreifen. »Haben Sie langweilig gesagt?«

»Genau, und Sie scheinen nicht anders darüber zu denken, sonst wären Sie ja nicht auch nach draußen gegangen«, entgegnete sie.

»War mir bloß zu heiß da drinnen«, lallte er und winkte mit einer ausladenden Armbewegung zum Haus. Er hatte Mühe, dabei sein Gleichgewicht nicht zu verlieren. »Da drinnen ist es so heiß wie in einem Backofen. Ich mußte einfach raus, sonst wär' ich erstickt.« Seine Miene, die eben noch völliges Unverständnis ausgedrückt hatte, verzog sich jetzt zu einem schiefen Lächeln. Schwankend bemühte er sich, einen Blick auf die Rücksitze zu werfen. »Haben Sie sich jemanden angelacht? Jemanden abgeschleppt? Hab' ich Sie vielleicht mitten in einem lustigen Spielchen gestört?«

Er war voll, nur wenig davon entfernt, sturzbesoffen zu sein. Der leichteste Fehler von ihr konnte ihn dazu bewegen, sich auf eine endlose Debatte oder ein launiges Gespräch einzulassen, sich geradezu dazu eingeladen zu fühlen. Vielleicht war es am besten, wenn sie gar nichts mehr sagte. Vielleicht würde er dann nach einer Weile frustriert abziehen.

»Oh«, brummte er, »ich scheine Sie wirklich gestört zu haben. Tut mir leid. Tut mir so, so leid. Wie kann ich das wiedergutmachen?« Sein Gesicht zerfiel in ein Dutzend Sorgenfalten. »Verdammt, daß mir so etwas auch immer wieder passieren muß. Bloß, weil ich meine verdammte Klappe nie halten kann. Es tut mir wirklich furchtbar leid, ich wollte Ihnen ganz gewiß nicht zu nahe treten.«

Carrie starrte stur geradeaus auf den Thunderbird, der direkt vor dem Chevrolet parkte.

»Denken Sie bloß nicht, daß ich Sie anmachen wollte, nein, ganz bestimmt nicht. Und wenn Sie diesen Eindruck gewonnen haben sollten, möchte ich mich von ganzem Herzen dafür entschuldigen...« Seine Stimme erstarb. Er löste eine Hand von der Tür und rieb sich über das Gesicht. Dabei verlor er den Halt und landete auf dem Beifahrersitz. Kurz lichtete sich seine Miene auf, und er dachte daran, die Tür zuzuziehen.

»Einen Moment mal, mein Herr!« fuhr Carrie ihn an und ließ von ihrer Taktik des Schweigens ab, die in diesem Fall sowieso fehl am Platz war.

»Nicht! Bitte, verstehen Sie mich nicht falsch!« Er riß schützend die Hände vors Gesicht, so als erwarte er Schläge. »Ich kann doch nicht einfach abhauen und Sie mit dem Eindruck zurücklassen, ich sei ein Schuft! Ich kann Sie doch nicht in dem Glauben lassen, ich sei bloß nach draußen gekommen, um Sie auf ganz plumpe Weise anzumachen, nicht wahr? Ich habe schließlich einen Ruf zu verlieren...« Er rülpste laut. »Oh, Verzeihung!« murmelte er und verzog das Gesicht, weil er sauer aufstoßen mußte. »Geben Sie mir wenigstens eine Minute, damit ich Ihnen alles erklären kann. Eine Minute, die müssen Sie mir schon zubilligen!«

»Sie brauchen mir nichts zu erklären...«
»Nicht böse sein!« rief er, hob wieder die Hände vors Gesicht und rutschte dabei ein Stück tiefer in den Sitz. »Bitte, geben Sie mir eine Chance!« Seine Hände fielen kraftlos auf die Knie. Kurz darauf waren sie wieder in der Luft und massierten seine Schläfen mit einer Ausdauer, als suche er dort nach winzigen Splittern. »Davon abgesehen fürchte ich, ich krieg keinen...« Er unterbrach sich und lachte schallend. »Nein, nein, ich komme nicht mehr hoch, wollte ich sagen...«
»Hören Sie bitte...«
»Nein, ich kann wirklich nicht!« beharrte er. »Zumindest in den nächsten Minuten nicht. Ich brauch' 'ne kleine Verschnaufpause, um meinen alten Kopf wieder in Ordnung zu bringen.«
Nein, sie brauchte keine Angst zu haben, daß er ihr zu nahe treten würde. Er war viel zu voll, um sie mit Gewalt zu etwas zwingen zu wollen.
Trotzdem mußte sie ihn loswerden, bevor Lee und Doug mit ihrem Raubgut zurückkehrten. Sie trug immer noch den langen Rock und den Sweater, und darüber einen Mantel mit Pelzkragen. Damit wäre sie vermutlich als Partygast gerade noch durchgegangen. Aber Doug und Lee hatten Jeans und buntkarierte Hemden an. Selbst einem Betrunkenen, wie ihrem ungebetenen Gast, wäre es eigenartig vorgekommen, was zwei solche Männer in einer Gesellschaft von Professoren und akademischen Würdenträgern verloren hatten.
»Sind Sie auch ganz bestimmt nicht wütend auf mich?« fragte er und sah sie von unten an.
»Nein.«
»Prima! Da bin ich aber froh.« Seine Finger stellten die Massage ein. Jetzt verschränkte er sie ineinander und ließ die Gelenke knacken. »Ich heiße übrigens Wilbur Harttle«, erklärte er. »Und wie heißen Sie?«

Carrie zögerte.
»Ich garantiere Ihnen, daß ich nichts von Ihnen will«, beschwor Harttle sie. »Nun kommen Sie, sagen Sie mir schon Ihren Namen.«
Carrie holte tief Luft. »Grace Kelly.«
Der Mann glotzte sie an. »Genau so wie der alte Filmstar?« Er schüttelte den Kopf. »Das ist ja gelungen.«
»Ja, denke ich auch«, sagte Carrie. Sie begriff, daß sie ihn kaum verscheuchen konnte. Panik stieg in ihr auf.

9

Der Wind fuhr wie ein Hexenbesen über das Land und zerrte an den nackten Ästen. »Wie Halloween«, dachte Lee.
Die beiden lagen auf dem Boden und achteten nicht auf die zwei Zentimeter dicke Schneeschicht unter ihnen. Sie lagen im tiefen Schatten, obwohl es ein Stück weiter den Hügel hinauf noch dunkler war. Kein Wachmann, der einen Blick aus einem Fenster des Recard werden würde, könnte sie entdecken.
Von ihrem Standort aus wirkte die dem Campus zugewandte Seite des Computerzentrums wie ein schwer befestigtes Fort.
»Nun mach dir nicht ins Hemd«, sagte sich Lee, als ihm bewußt geworden war, welche Bilder ihm da in den Sinn kamen. Natürlich gab es Wege und Möglichkeiten, in das Gebäude zu gelangen. Selbstverständlich waren damit nicht die vier Glastüren des Haupteingangs gemeint. Denn die waren verschlossen und wurden außerdem beleuchtet; sehr gut beleuchtet sogar.
Er und Doug wollten durch eines der langen, rechteckigen Fenster im Parterre ins Gebäude gelangen. Nur aus wenigen von ihnen kam Licht, und selbst hinter diesen hielt sich niemand auf.
»Hast du irgendwo jemanden gesehen?« fragte Doug leise.

»Meinst du in den beleuchteten Räumen?«
»Ja.«
»Nein, niemanden.«
»Ich auch nicht.«
Die Äste ratterten wie Skelette am Galgen.
»Warum willst du das wissen?« fragte Lee. »Denkst du, der Nachtwächter hat uns bemerkt und bereits ein Maschinengewehr und eine Bazooka gegen uns in Stellung gebracht?« In Vietnam hatten sie sich vor einem Gefechtseinsatz stets pessimistische oder grausame Witzchen erzählt. Damit lösten sie die Anspannung in sich und verhinderten, daß sie so verkrampften, bis sie nicht mehr klar denken konnten. »Vielleicht hat er ja auch ein Feldgeschütz aufgetrieben, mit dem er uns die Köpfe wegpusten will.«
»Kann man nie wissen«, brummte Doug kurz angebunden. Er schien nicht in der Stimmung für blöde Witzchen zu sein.
Während er auf dem Bauch lag und der Schnee seine Kleidung durchnäßte, dachte Lee zitternd an den entscheidenden Unterschied zwischen dieser Unternehmung und den Einsätzen im Krieg: In Südostasien hatten sie sich größeren Gefahren ausgesetzt. Doch in Vietnam hatten sie die Kameraden gehabt und Befehle befolgt. Hier hingegen stand niemand auf ihrer Seite. Sie hatten nur sich beide, und ansonsten stand alles und jeder gegen sie.
»Es ist soweit«, raunte Powell.
»Gehen wir nach Plan vor?«
»Ja, wir gehen genau nach Plan vor.«
Doug zog die Knie an und stand mit einem Satz auf den Füßen. Er rannte kaum hörbar über die vierzig Meter offenen Geländes, die ihn von der Fassade trennten. Dann kauerte er sich unter das linke einer Dreiergruppe von Fenstern.
Nun sprang Lee hoch und kauerte sich schließlich rechts von Powell auf den Boden. Vorsichtig schob er sein Gesicht hoch

und spähte durch die Scheibe. Keine Vorhänge oder Jalousien behinderten seine Sicht; letztere war nämlich hochgezogen. Doch der Raum hinter dem Fenster lag in vollkommener Dunkelheit und gab nichts von seinen Geheimnissen preis.

»Die Tasche!« flüsterte Doug. Seine Stimme war leiser als der Wind.

Lee stellte sie zwischen ihnen auf den Boden und öffnete sie.

Powell wühlte im Inhalt herum und holte schließlich einen Gummisauger, eine Rolle Isolierband und einen billigen Glasschneider von zwanzig Zentimeter Länge heraus. Er legte die drei Gegenstände vor sich in den Schnee und sah dann auf seine Armbanduhr. »Zehn vor elf«, murmelte er. »Wenn es elf ist, sind wir drin. Mit ein bißchen Glück dürften wir eine halbe Stunde nach Mitternacht alles hinter uns haben und wieder draußen sein.«

Lee nickte. Er überblickte den Campus. Er erwartete, überall Uniformierte zu entdecken, die ihre Gewehre auf sie angelegt hatten.

Aber der Campus war immer noch menschenleer.

Natürlich bestand das Risiko, daß sie jetzt schon entdeckt würden, bevor sie überhaupt auch nur in die Nähe des Terminals gekommen waren. Wenn die motorisierte Universitätspolizei sich gerade jetzt zu einer Streife entschloß oder von einem Rundgang durch die Wohnheime der männlichen Studenten auf dem Hügel dort kam, könnte sie gar nicht anders, als Doug und Lee zu entdecken. Die Campusstraße führte so nahe an dieser Seite des Recard-Gebäudes vorbei, daß die Polizisten schon blind und taub sein müßten, um die beiden Eindringlinge zu übersehen.

Lee starrte so lange in die Schatten, bis er schon Bewegungen auszumachen glaubte, wo nichts war. (Kniete da nicht jemand hinter den drei dicht beieinanderstehenden Birken? – Lag da nicht ein großer Mann jenseits des Straßenrandes?) Einmal glaubte er sogar, den Schatten eines Streifenwagens zu erkennen, der sich mit ausgeschalteten Lichtern über den Hügel näherte. Die Insassen hatten ihre Waffen gezogen und richteten sie auf die Männer am Fenster. Lee schloß die Augen. Er hatte sich jetzt um genug andere Dinge zu kümmern. Da konnte er solche Hirngespinste nicht gebrauchen. Wieder glaubte er, mitten in der Halloween-Nacht unterwegs zu sein. Er wandte dem Campusgelände den Rücken zu und beobachtete Dougs Bemühungen an der Fensterscheibe.

Powell preßte den Gummisauger an die geeignete Stelle auf der zweieinhalb Meter hohen Glasscheibe. Dann ritzte er mit dem Glasschneider die Scheibe dicht am Metallrahmen auf. In der klirrenden Kälte waren seine Finger wie betäubt. Er machte links vom Sauger einen gut einen Meter langen Schnitt und verband dann die beiden vertikalen Schnitte mit einem horizontalen über dem Sauger. Zum Schluß ritzte er die Scheibe am unteren Rahmen einen Meter weit auf.

»Wo hat Doug diese Technik gelernt?« fragte sich Lee. »Ganz bestimmt nicht in der Armee, und erst recht nicht auf dem College. Gehörte das vielleicht, wie so viele andere Dinge, zu dem, was er Dunio abgeschaut hatte? Gehörte so etwas zu den Fähigkeiten, die ein Schmuggler beherrschen mußte? Wie hatte Doug eigentlich zu Dunio gestanden? Hatten sie sich nur ein paarmal unterhalten, oder war er gar sein Assistent gewesen?«

Powell ließ den Glasschneider in den Schnee fallen und griff wieder in die mitgeführte Tasche. Er entnahm ihr eine Flasche aus Aluminium, die mit einer Düse aus dem gleichen Metall versehen war. »Säure«, erklärte er Lee. »Sie greift die Silikat-Moleküle in den Schnitten an, die ich eben gemacht habe. Mit diesem Zeugs stelle ich sicher, daß die Schnitte ganz durchgehen.«

Lee war so verblüfft, daß er nur nicken konnte.

Powell hielt die Flasche so, daß weder er noch Lee etwas von der Säure ins Gesicht bekommen konnten, und sprühte dann die Flüssigkeit säuberlich über alle vier Schnittlinien. Endlich stellte er die Aluminiumflasche ab und wartete eine Minute. Nun packte er den Stiel des Gummisaugers, zerrte daran und brach schließlich ein über einen Quadratmeter großes Stück Glas aus der Scheibe. Er legte das Stück weit von sich entfernt auf den Boden, damit er nicht aus Versehen darauftreten würde.

»Doppelfenster«, flüsterte er mehr zu sich selbst und klopfte mit dem Zeigefinger auf die Innenscheibe.

»Ich dachte, du kennst dich hier aus!« entfuhr es Lee. »Hast du denn nicht mit so etwas gerechnet?«

Powell nickte langsam. »Doch, natürlich. Hier müssen wir sehr vorsichtig sein. Die zweite Scheibe ist mit einem Alarmsystem bestückt. Siehst du den dünnen Draht, der über alle vier Rahmenseiten verläuft? Da kann ich nicht einfach drauflosschneiden.«

»Wird es lange dauern?«

»Nein, mach dir darüber mal keine Sorgen.«

Lee brach den Vorsatz, den er sich eben gestellt hatte. Er drehte sich um und starrte auf den nächtlichen Campus.

Noch immer war niemand zu sehen.

Lee zitterte. Das Schaudern war jedoch mehr inwendig als auf seiner Haut.

Powell war soweit und brach ein Stück Glas aus der zweiten Scheibe. Es war nicht ganz so groß wie das aus der ersten. Er legte es wieder weit von sich entfernt auf den Boden und löste den Gummisauger.

Der nächste Schritt stand bevor.

Lee stieg vorsichtig durch die Lücken und befand sich endlich im Recard-Institut. Der Temperaturunterschied war so groß, daß er gleich in Schweiß ausbrach. Die Luft hier roch nach

Kreidestaub und Bohnerwachs. Er nahm die Tasche entgegen, die Doug ihm hereinreichte. Dann trat er einen Schritt zurück, um den großen Mann einsteigen zu lassen.
Lange Sekunden sprach keiner von ihnen ein Wort.
Die hochgezogene Jalousie ratterte im Wind, der jetzt durch die Fensterlöcher fuhr. Lee glaubte im ersten Moment, jemand feuere in nächster Nähe eine Maschinenpistole ab. Er packte die Schnur und zog die Jalousie hoch, bis sie in ihrer Verankerung hing. Dort konnte der Wind sie nicht mehr sehr stark bewegen.
Nun war wieder alles still. Lee lauschte, wie sein Herzschlag sich langsam wieder beruhigte.
»Komm, wir müssen weiter«, drängte Powell kaum hörbar.
Er zog eine dünne Taschenlampe aus seinem Mantel. Er hatte die ohnehin schon kleine Linse zu drei Vierteln mit Isolierband überklebt. Als er sie einschaltete, drang nur ein bleistiftdicker Lichtstrahl aus der Lampe. Er ließ ihn über Wände und Schränke wandern.
Sie befanden sich in einem größeren Raum, der ein Dutzend Zeichentische nebst ebenso vielen Stühlen, Papierkörben und kleinen Schränken enthielt, in denen die Zeichenutensilien untergebracht waren. Über jedem Tisch hing von der Decke eine Lampe. Darüber hinaus fand sich hier das Pult des Lehrers, eine große Tafel und all die sonst übliche Einrichtung einer Zeichenklasse.
»Hier wird Computer-Design unterrichtet«, erklärte Powell leise. »Und hier üben sie sich auch im Konstruktionszeichnen. Ich erinnere mich gut an diesen Raum. Wenn wir durch die Tür gekommen sind, müssen wir uns nach links wenden. Der Raum des Wachmanns liegt in derselben Richtung in der Eingangshalle.«
»Und wenn er gerade seine Runde macht?« fragte Lee. »Wenn er sich gerade in einem anderen Stockwerk befindet?«

»Dann warten wir, bis er zurückkommt.«
Doug schaltete die Taschenlampe aus und marschierte auf die Tür zu. Lee hielt ihn auf: »Warte, die Masken.«
Powell blieb stehen und griff in die Innentasche seines Mantels.
Lee zog ebenfalls seine Maske heraus. Es war eine ganzgesichtige Koboldfratze, die Carrie vor zwei Tagen in einem Kostümladen in Manhattan gekauft hatte. Lee trug engsitzende Schweinslederhandschuhe, und mit diesen hatte er einige Mühe, sich die Gummimaske über den Kopf zu ziehen. Endlich kam er auf die Idee, wenigstens die Werkzeugtasche abzustellen. Nach zwei Minuten des Zerrens, Ringens und Schiebens saß die Maske endlich. Von nun an hatte jeder Atemzug einen starken Beigeschmack von Latex.
»Ich muß noch mal die Taschenlampe einschalten«, verkündete Doug. »Denn ich weiß nicht, ob die Augenlöcher richtig sitzen.«
Als der dünne Lichtstrahl erschien, betrachtete Lee den Freund und wurde mit einer grinsenden Vampirmaske konfrontiert, aus deren Mundwinkel zwei lange Zähne ragten. »Es ist tatsächlich Halloween«, lächelte er.
»Was hast du gesagt?« fragte Powell.
»Vergiß es, es war nicht wichtig.«
Doug schaltete die Taschenlampe aus. Seine Gummizähne leuchteten in der Dunkelheit grün und unheimlich.
Lee öffnete die Tür des Klassenzimmers. Sie schlichen durch den Korridor, Lee an der linken und Doug an der rechten Wand entlang. Sie sahen sich sorgfältig um. Niemand außer ihnen hielt sich hier auf. Nur die mittlere der drei Neonröhren an der Decke brannte. Das Licht flackerte, aber es reichte für die beiden aus, sich hier zurechtzufinden.
Sie wandten sich nach links und liefen jetzt nebeneinander. Beide hielten den Revolver feuerbereit hoch. Man hätte sie für

einhändige Wünschelrutengänger halten können, die sich zusammengetan haben, um gemeinsam ihrer Sache nachzugehen.
Sie waren noch gut zehn Meter von der Eingangshalle entfernt, als sich plötzlich zu ihrer Linken eine Tür öffnete und der Wachmann in die Halle marschierte.
Er war ein großer Mann, hatte aber hängende Schultern und einen nicht zu übersehenden Bauch. Er war Ende fünfzig, und seine beste Zeit lag sicher dreißig Jahre zurück. Der Mann trug eine blaue Uniform und eine Kappe in derselben Farbe. An seiner linken Seite hing ein Pistolenholster. Er war so überrascht, die beiden Männer zu erblicken, daß ihm als erstes nichts Besseres einfiel, als den Mund aufklappen zu lassen.
»Keine Bewegung«, fuhr Powell ihn an und näherte sich ihm mit erhobenem Revolver. Der Lauf der Waffe war auf den Bauch des Nachtwächters gerichtet.
Der Mann taumelte ein, zwei Schritte zurück und streckte in einem Reflex die Hand nach seiner Waffe aus. Doch er besann sich rasch eines Besseren und hob zögernd beide Hände.
»Guter Junge«, lobte Doug.
»Was immer ihr Komiker auch im Sinn haben mögt«, keuchte der Wächter, »ihr kommt damit nicht durch!«
Powell brach in schallendes Gelächter aus. Lee fürchtete schon, der Freund sei hysterisch geworden.

10

Lee begriff, daß der Wachmann weder dumm war noch so untrainiert, wie er auf den ersten Blick gewirkt hatte. Trotz seines Bierbauchs und den hängenden Wangen machte er jetzt einen brutalen und gefährlichen Eindruck. Seine Augen wurden halb von ledrigen Fleischfalten begraben, und um den Mund zogen sich harte Züge.

Davon abgesehen wirkte er überheblich und machte Miene, sich nicht irgendwelchen maskierten Clowns zu ergeben. Typen wie er wurden in High-School-Footballmannschaften als Knochentreter und rücksichtslose Stürmer eingesetzt, waren in der Armee die schlimmsten Schleifer und gehörten in Polizeiuniform zu denjenigen, die ihre Umwelt schikanieren. Wenn Doug und Lee ihn falsch anpackten, würde er bestimmt nicht zögern, den Helden zu spielen.

Als Powell die Pistole aus dem Holster des Wächters zog, fragte Lee: »Wie heißen Sie?«

Der Mann starrte auf seine Pistole in Dougs Hand. Seine Augen funkelten böse, als er brummte: »Rickart.«

»Und der Vorname?« wollte Lee wissen.

Der Wächter verzog das Gesicht. »John.«

Lee sah ihm direkt in die Augen. »John, ich weiß, daß Sie zu den Männern gehören, die eine Situation wie diese nicht leicht zu akzeptieren bereit sind. Sie haben es noch nie zugelassen, daß jemand über Sie hinwegtrampelt. In diesem Augenblick sind Sie stinkwütend auf uns und auf sich selbst. Doch leider ist das alles nun einmal geschehen, und wir wollen uns bemühen, das Beste daraus zu machen.« Lee bemerkte zu seiner Erleichterung, daß seine Worte langsam Eindruck auf den Wächter machten. »Niemand wird Sie für einen Versager halten, bloß weil wir Sie entwaffnet haben. Sehen Sie es doch einfach so: Wir sind in der Überzahl, sind mit doppelt so vielen Revolvern hierhergekommen.«

Allmählich löste sich die Spannung in Johns Körper und auf seinem Gesicht. Die Blässe auf seinem Gesicht verging, und der harte Blick seiner Augen schwächte sich deutlich ab.

»Sind wir zum Kaffeekränzchen hergekommen?« fragte Powell sarkastisch.

»Nur die Ruhe, Freund«, sagte Lee rasch.

»Die Zeit läuft uns davon!« sagte Doug.

»Nein, bis jetzt läuft alles bestens.«

Der Wächter mußte vor ihnen hergehen, und sie dirigierten ihn in einen kleinen Abstellraum ohne Fenster, in dem sich allerlei Hausmeisterwerkzeuge befanden. Dort mußte er sich mitten auf den Boden legen. Er wurde umrahmt von großen Plastikflaschen voller Reinigungsmittel, Lösungsmittel und Bodenwachsen. Während Powell die Waffe auf den Mann richtete, band Lee ihm mit dem Isolierband die Hände auf dem Rücken zusammen. Dann zog er dem Wächter Schuhe und Strümpfe aus und fesselte ihm die Fußgelenke.

»Alles klar«, erklärte Lee. »Du kannst jetzt los.«

»Du weißt, wo du mich findest, sobald du hier alles erledigt hast?« fragte Doug zur Sicherheit. Aber er wartete die Antwort gar nicht erst ab, sondern fuhr gleich fort: »Im ersten Stock.« Damit verschwand er.

Rickart lag auf seinem wohlgepolsterten Bauch. Lee band ihm ein zweites Mal die Hände und achtete jetzt darauf, daß der Gefangene sie nicht lösen konnte. »Entweder habt ihr beide schon zuviel getrunken«, brummte der Mann, »oder ihr müßt komplett wahnsinnig sein!«

»Vermutlich«, gestand Lee leise.

»Was gibt es an einem Ort wie diesem denn schon, was einen solchen Aufwand rechtfertigen könnte?«

Lee gab ihm keine Antwort.

Doch in Rickart war die Neugier erwacht, und die wollte er unbedingt befriedigen. »Ich meine, hier gibt es keine Kasse. Zumindest in diesem Gebäude nicht. Und Pelze, Juwelen und ähnliches sucht man hier auch vergebens. Was könnte einen Einbrecher hierherlocken?«

Lee band ein großes Stück Isolierband um die Unterschenkel des Mannes, um ihn daran zu hindern, durch Rucken und Zerren der Unterschenkel die Fessel an seinen Füßen zu lösen und womöglich sogar zu zerreißen.

Rickart war immer noch von Neugier geplagt, und unzählige Fragen gingen ihm durch den Kopf. »Sie beide kommen mir immer weniger wie zwei Studenten vor, die sich einen Silvesterspaß erlauben wollten und deshalb hier eingedrungen sind.«
»Da liegen Sie ganz richtig, John«, antwortete Lee. »Solche dummen Streiche pflegen wir nicht zu spielen. Wir mögen alles mögliche sein, bestimmt aber keine Vandalen.«
Der Wachmann verdrehte den Kopf und rollte mit den Augen, bis er ein Stück von der Koboldmaske erblicken konnte. »Aber wer sind Sie dann? Und was wollen Sie hier?«
»Im Augenblick will ich nicht mehr und nicht weniger, als Sie zu knebeln und dann zu meinem Freund im ersten Stock zu eilen. Versprechen Sie mir bitte, nicht zu versuchen, mich zu beißen, ja?«
Rickart gefiel diese Vorstellung für einen Moment, dann aber meldete sich sein Verstand zu Wort und erklärte, daß er dabei nur verlieren konnte, daß er seine Lage nur verschlechtern konnte, wenn er jetzt anfing, sich zu wehren. Er starrte auf die Augenlöcher in der Koboldmaske. Lee versiegelte ihm mit vier Klebebandstreifen den Mund.

In einem Monolog, der kein Ende nehmen wollte, erklärte Wilbur Harttle, daß er ordentlicher Professor für Englische Literatur an der Universität von Langhorn sei, daß er ein alter Herr bei der angesehendsten Burschenschaft am Campus sei, daß er als Berater bei der Studentenzeitung dieser Universität tätig sei. Darüber hinaus erfuhr Carrie: Er war neununddreißig, war mit einer frigiden Hexe namens Mary Ellen verheiratet, war bereits viermal in Europa gewesen, fuhr einen Jaguar 2+2, für den er seit seiner Jugend geschwärmt und für den er sich so krummgelegt hatte, daß ihm fast das Rückgrat zerbrochen war, und er war momentan so voll wie tausend Mann.

»Aber ich glaube, Sie sind nicht betrunken«, lallte er. »Sie sehen sogar so aus, als hätten Sie den ganzen Abend noch keinen Tropfen Alkohol zu sich genommen.« Ihre Abstinenz schien auf ihn wie eine persönliche Kränkung zu wirken.

»Ich habe tatsächlich noch nichts getrunken«, antwortete Carrie kühl, während sie in Gedanken fieberhaft nach einer Möglichkeit suchte, den Kerl loszuwerden.

»Na, da wundert es mich aber nicht, wenn Ihnen die Party langweilig vorgekommen ist«, erklärte er übergangslos leutselig. Er streckte ungelenk einen Arm aus, um ihr auf die Schulter zu klopfen.

Sie zog sich so weit von ihm zurück, wie es ihr nur irgend möglich war.

Er schien ihren Widerwillen nicht zu bemerken, denn er rückte noch näher heran. »Warum gehen wir zwei Hübschen nicht wieder ins Haus und genehmigen uns zwei gute, altmodische Wodka-Martinis?«

»Nein, vielen Dank.«

»Na, nun kommen Sie schon«, grinste er blödsinnig, verhakte seine Finger in ihrem Mantelärmel und zog an ihr.

»Ich möchte wirklich nicht!«

Er beugte sich über sie und glotzte sie im fahlen Licht böse an. »Ehrlich, Grace, soll ich Ihnen was sagen?«

»Tun Sie, was Sie nicht lassen können.«

»Ich glaube, Sie mögen mich nicht.«

Sie wollte ihm gerade erklären, daß sie ihn für einen feinen und netten Mann hielt, den jede Frau gern kennenlernen wollte, als ihr einfiel, daß sie ihn jetzt vielleicht aus dem Wagen bekommen könnte. »Wenn Sie die Wahrheit hören wollen«, antwortete sie, »Sie sind nicht im mindesten mein Typ.«

»Wußt ich's doch!« sagte er zerknirscht. »Sie sind immer noch sauer auf mich, weil ich Ihnen eben ungewollt zu nahe getreten bin.« Er rülpste laut und entschuldigte sich gleich dafür. »Aber

ich schwöre Ihnen bei allem, was mir heilig ist, daß ich Ihnen nicht zu nahe treten wollte!«
»Das ist es nicht«, sagte Carrie müde. »Es ist nur so, daß ich Trinker nicht mag. Nicht mehr und nicht weniger.«
Harttle nickte heftig. »Geht mir ganz genauso, ehrlich! Ich... Moment mal! Sie halten mich doch wohl nicht für einen Trinker?«
»Sind Sie das denn nicht?« fragte sie schnippisch.
»Aber ganz im Gegenteil!« widersprach er in aller Ernsthaftigkeit. »Doch dieses Silvester, wo ein wirklich verfluchtes Jahr hinter mir liegt ... Gott sei Dank, daß es vorüber ist. Schlimmer kann es kaum noch kommen!« Verblüfft ließ er ihren Ärmel los, schien sich zu wundern, wo seine Hand plötzlich herkam. Während er die Hand noch betrachtete, schaltete er mit der anderen das Autoradio ein.
»Was machen Sie denn da?«
»Pscht!« Er suchte so lange, bis er einen Kanal mit traditioneller Tanzmusik gefunden hatte. »He! Hören Sie das? Das ist Guy Lombardo! Wann hört man schon mal den guten alten Guy Lombardo, außer an einem Silvesterabend? Den Rest vom Jahr nähen sie ihm die Lippen zu, legen ihm zwei Pennies auf die Augen und schieben ihn in seinen Sarg zurück.« Er lachte nicht über seinen Witz, sondern summte ein paar Takte mit. »An Silvester darf man niemandem vorwerfen, er sei ein Trinker, bloß weil er mehr als ein Gläschen trinkt. Herrgott, an Silvester verwandelt sich jeder in einen Trinker.«
Sie schaffte es einfach nicht, ihn wütend zu machen. Er gehörte offenbar zu dem Typ von Trinker, der nach reichlichem Alkoholgenuß nicht aggressiv wurde, sondern am liebsten die ganze Welt umarmt hätte.
»Wie wär's mit einem Tänzchen?«
»Was?«
»Ein Tänzchen!« Er setzte sich halbwegs aufrecht hin und grin-

ste. »Wir könnten die Türen öffnen, das Radio bis hinten aufdrehen und dann auf dem Bürgersteig tanzen.«
»Ich glaube nicht, daß ich das möchte«, erklärte Carrie. »Aber wenn es Sie so drängt, das Tanzbein zu schwingen, sollten Sie besser zur Party zurückkehren.«
»Ach was!« rief er und sackte wieder zusammen. »Bei Ihnen gefällt es mir viel besser. Gut, dann tanzen wir nicht. Dann sitzen wir eben hier zusammen und unterhalten uns.«
»Wird Mary Ellen sich nicht fragen, wo Sie abgeblieben sind?« startete Carrie einen neuen Versuch.
»Wer?«
»Ihre Frau.«
»Ach, die.«
»Ja, genau die.«
Er lachte schallend. »Soll die alte Kuh sich doch nur fragen, wo ich abgeblieben bin! Ist mir so was von egal! Tut ihr sicher ganz gut, wenn sie sich mal Sorgen um mich macht! Vielleicht begreift sie dann endlich einmal, daß ich mich nicht wie einen alten Schuh behandeln lassen will!«

Einige Monate nachdem Lee die Psychotherapie begonnen hatte, meinte Dr. Slatvik bei einer Sitzung, daß durchaus ein Zusammenhang zwischen Lees Impotenz und dem übermächtigen Gefühl der Ohnmacht und Hilflosigkeit, das er oft genug in Vietnam erlebt hatte, bestehen könnte. Unbewußt habe er sich seitdem als Spielfigur gesehen, die nach den Launen eines Spielers, auf den er nicht die geringste Einflußmöglichkeit habe, über das Brett hin und her geschoben werde. Sein Eintritt in die »Veterans Against the War« und seine häufige Teilnahme an Friedensdemonstrationen seien nichts weiter als ein Versuch, die unheimlichen Mächte, die sein Leben beherrschten, abzuschütteln und gleichzeitig die Kontrolle über sich selbst zurückzugewinnen. Dummerweise hätten weder die

VAW noch die Demonstrationen bislang etwas bewirken können; schließlich sei der Krieg ja noch im Gange. Somit sah Lee wiederum sein Tun als fruchtlos an, und das Gefühl der Hilflosigkeit in ihm fand neue Nahrung. Vielleicht – so Slatvik damals – wenn er neues Vertrauen in seine eigene Fähigkeit gewinnen würde, sein Leben zu meistern, würde er feststellen, daß seine Impotenz nicht unüberwindlich war.
Als Lee die Tür der Abstellkammer schloß, in der der gebundene und geknebelte Wachmann lag, wuchsen Selbstvertrauen und Machtgefühl ein wenig in Lee. Zum ersten Mal seit vielen Jahren erlebte Lee Ackridge wieder ein Gefühl von Persönlichkeit und eigener Würde.
Er lächelte unter der Gummimaske, als er über die Haupttreppe zum ersten Stock hinaufeilte.
Oben angekommen, entdeckte er eine halbgeöffnete Tür, auf der ein Schild verkündete:

DATENZUGANG
VERBINDUNG ZUM VERTEIDIGUNGSMINISTERIUM:

ÖFFENTLICH ZUGÄNGLICHE DATEN
DER US-REGIERUNG

Nur für geschulte Operators
Nur RICS-Projekte

Lee schob die Tür auf und gelangte in einen Raum, der zehn mal zehn Meter maß. Eigenartigerweise roch die Luft hier drinnen nach Keller; das lag vielleicht daran, daß der Raum über kein einziges Fenster verfügte. Die Decke war niedrig und mit viereckigen und porösen weißen Schallschutzplatten beklebt. Alle vier Wände waren von Aktenschränken voller Programmkarten, Listen und Verzeichnissen von Bändern, Computerkonsolen, Monitoren und den neuesten Teleprinter-Modellen bedeckt. Lee kam sich vor wie im unterirdischen Kommandostand in einem Atomkriegsfilm.

»Hast du dich ausreichend um unseren lieben Freund John Rickart gekümmert?« fragte Doug. Er saß auf einem drehbaren Schreibtischsessel vor einer der Konsolen. Als Lee hereingekommen war, hatte er sich mit dem Stuhl umgedreht, um seinen alten Kumpel anzusehen.

»Der macht uns keinen Ärger.«

Powell lachte. »Er hätte uns liebend gern am Arsch gepackt. Kompliment übrigens, wie du ihn angegangen bist. Sehr gut war das. Wenn es nach mir gegangen wäre, hätte ich ihm die Flausen schon ausgetrieben. Aber vermutlich hätte es dann auch einiges Blutvergießen gegeben. Und das wäre unserer Sache nicht sehr dienlich gewesen.«

Lee nickte.

»Du kannst deine Maske ruhig abnehmen«, erklärte Doug und grinste breit. Er hatte sich sein Vampirgesicht bereits vom Kopf heruntergezogen. Es baumelte an einem Gummiband vor seiner Kehle. Die Fangzähne wirkten so, als wollten sie jeden Moment in seine Brust stoßen.

Lee zog sich die Maske vom Kopf.

»Komm her«, forderte Powell ihn auf, »ich will dir etwas zeigen.«

Lee durchquerte den Raum, bis er neben Dougs Sessel vor der Primär-Konsole stand. »Was ist denn los?«

»Keine Bange. Alles ist perfekt! Alles läuft super!« Powells strahlende Miene löste bei Lee Besorgnis aus. Was wie Begeisterung aussehen sollte, ähnelte vielmehr dem Wahnsinn.

Behalte ihn im Auge, hatte Carrie Lee gewarnt. Hatte sie diesen Zug an Powell bereits vorher bemerkt?

Unsinn, er hatte in Vietnam elf Monate an der Seite dieses Mannes verbracht. Mehr noch, Doug war sein bester Freund gewesen. Powell war höchstens etwas nervös. Und das war ja auch nicht weiter verwunderlich.

»Ich habe eine Verbindung zum Pentagon-Computer hergestellt«, erklärte Doug.
Ein warmer Schauer der Erregung strömte durch Lee.
»Ich möchte es dir einmal kurz demonstrieren«, fuhr Powell fort.
»Was denn demonstrieren?«
Doug zeigte auf einen Spiralblock, der aufgeschlagen auf der Arbeitsfläche neben dem Konsolen-Panel lag. »Ich habe mich der Daten des Recard-Institutes bedient und bin dabei ein wenig das nichtklassifizierte Material durchgegangen. Sind ein paar ganz spaßige Sachen darunter.«
Lee verstand nicht, warum sie ihre Zeit mit nicht geheimgehaltenen Daten verschwendeten, die ohnehin jedermann zur Verfügung standen. Sie waren doch in dieses Institut eingebrochen, um an die wirklichen Top-secrets zu kommen. »Spaßig? Was meinst du damit?«
Powell räusperte sich, bevor er antwortete: »Das Pentagon-Computersystem verfügt über eine Einrichtung, mit der es seine Schaltkreise zwecks Funktionsüberprüfung durchchekken kann. So vermag es unter anderem, zwei Millionen Einheiten in weniger als drei Sekunden zu überprüfen. Das ist nichts Besonderes. Jeder bessere Computer ist ebenfalls dazu in der Lage.« Er hielt die Finger über einige Dutzend Tasten der Konsole ausgestreckt. Er wirkte wie ein Schreibmaschinenkünstler, der im nächsten Sekundenbruchteil mit seiner Arbeit beginnen will. Allerdings trug ein Sekretär normalerweise keine Handschuhe bei der Arbeit. »Doch das Pentagonsystem vermag darüber hinaus auch die Theorie und Praxis hinter seinem Design und seiner Konstruktion zu analysieren. Anders ausgedrückt ... na gut, ich will es einmal volkstümlich ausdrücken: Dieses System kann sich sowohl selbst untersuchen, und zwar auf Herz und Nieren, als sich auch selbst eine Heilkur verschreiben. Seine Datenbänke sind voller Programme, die mit

der Analyse seines eigenen Tuns, seiner Funktionen, seiner Zugangsmöglichkeiten, seiner Verläßlichkeit, seiner Belastbarkeit und so weiter angefüllt sind...«

»Okay«, sagte Lee, »ich glaube, ich verstehe. Man kann ihm also Fragen über ihn selbst stellen.«

»Ganz genau«, bestätigte Doug. »Nun ... ich habe eben das Programm abgerufen, bei dem es um die Verläßlichkeit des Computers bei Ausgabe und Verbreitung von Top-secret-Informationen geht. Als ich noch am Recard studierte, haben ein paar Mädchen aus meiner Klasse dieses Programm entwickelt. Natürlich ist es nicht klassifiziert und kann daher von uns abgerufen werden.« Powell zeigte auf drei Bildschirme mit einem Durchmesser von dreißig Zentimetern, die über der Konsole in der Wand eingelassen waren. »Meine Fragen erscheinen auf dem linken Bildschirm, die Antworten des Computers erscheinen auf dem mittleren.«

»Ich verstehe nicht ganz, was dieses Programm mit unserem Plan zu tun hat«, bemerkte Lee. »Du hast doch gesagt, es sei nicht klassifiziert, also jedermann zugänglich.«

»Betrachte es einfach als hübsche kleine Einstimmung auf unsere Arbeit«, grinste Doug.

»Dann laß mal sehen.«

Powell warf einen Blick in den Spiralblock und prägte sich die Abruffolge ein. Dann drückten seine wartenden Finger die entsprechenden Tasten.

Auf dem linken Bildschirm tauchten helle, weiße Buchstaben vor einem etwas diffusen grünen Hintergrund auf:

HALSEY-BRETT ANFRAGE
33/4/5692/22

ALLGEMEINE ANFRAGE
NACH SICHERHEITSDATEN

Fast im selben Augenblick, als das letzte Wort auf dem linken Bildschirm erschien, leuchtete in ebensolchen Buchstaben auf dem mittleren Bildschirm die Antwort auf, die nur aus einem Wort bestand:

PROCCED

»Nun zu unserer ersten Frage«, freute sich Doug. Er drückte etliche Tasten, löschte damit die Anfrage und gab einen neuen Text ein.

Links leuchteten Buchstaben auf:

WIE HOCH IST MÖGLICHKEIT
UND WAHRSCHEINLICHKEIT DASS
NICHT AUTORISIERTE PERSONEN AN
KLASSIFIZIERTES MATERIAL
VOM PENTAGON-COMPUTER
GELANGEN KÖNNEN?

Die Antwort war kurz, aber deutlich:

MÖGLICHKEIT 00,00001
WAHRSCHEINLICHKEIT ZERO

Powell sah Lee an und lachte laut: »Der Bursche ist sich seiner ziemlich sicher, was?« Er wandte sich wieder dem mittleren Bildschirm zu. »Na ja, es ist schließlich nicht ein Fehler der armen Maschine. Sie ist durch die Konzeptionen der Menschen limitiert, die sie programmiert haben.« Er drückte ein paar Tasten, und die Bildschirme waren wieder leer.

Dann erschien auf dem linken ein neuer Text:

WELCHE SICHERHEITSVORKEH-
RUNGEN RECHTFERTIGEN DIESE
WERTE FÜR MÖGLICHKEIT UND
WAHRSCHEINLICHKEIT?

Lee mußte sich eingestehen, daß ihn die erste Antwort des Computers etwas entmutigt hatte. Nach dessen Auskunft war es ausgeschlossen, daß nicht sicherheitsüberprüfte Personen an klassifizierte Daten gelangen konnten. Das Interesse in ihm war jedoch geweckt, und so verfolgte er jetzt aufgeregt, was als Antwort auf dem mittleren Schirm erschien:

LISTE DER SICHERHEITSVOR-
KEHRUNGEN

START LISTE:
ITEMS 1–2

ITEM 1: SICHERHEITSDATEN
SIND GELAGERT IN SEPARATEN
BÄNKEN DIE SICH VON DENEN
FÜR NICHT KLASSIFIZIERTE DATEN
UNTERSCHEIDEN
ITEM 2: SICHERHEITSDATEN
SIND NICHT ZUGÄNGLICH PER
EINGABE IM SELBEN BINÄREN CODE
DER ZUGANG ZU NICHT KLASSIFIZIERTEN
DATEN ERMÖGLICHT.

»Kommst du mit?« erkundigte sich Doug.
»So ziemlich«, murmelte Lee.
Der mittlere Bildschirm glühte eine Sekunde lang und wurde dann leer. Ein neuer Text begann dann in der obersten Zeile:

LISTE DER SICHERHEITSVOR-
KEHRUNGEN:

FORTSETZUNG LISTE:
ITEMS 3–4

ITEM 3: ZUGANG ZU SICHER-
HEITSDATEN IST CODIERT
BESITZ DES CODES IST BE-
GRENZT AUF NEUN PERSONEN
DIE FÜR DATEN ALLER KLASSI-
FIZIERUNGEN ÜBERPRÜFT SIND
ITEM 4: PENTAGON SYSTEM IST
AUSGESTATTET MIT BLOCKER
DER ALS ALARM WIRKT
WENN SICHERHEITSDATEN AN-
GEFRAGT WURDEN OHNE VOR-
HERIGE EINGABE DES RICHTI-
GEN CODES.

Nach dem Erscheinen der letzten Zeile hielt sich die Message noch sechs Sekunden, bevor sie automatisch erlosch. Dann tauchten erneut Buchstaben auf dem mittleren Schirm auf. »Das geht wohl noch bis morgen früh so weiter«, sagte Powell. Er tippte ein paar Tasten, und schon waren die Bildschirme wieder leer. Dann gab Doug eine neue Anfrage in den Computer ein, auf die er eine Antwort erwarten durfte.

WIE VIELE ITEMS ENTHÄLT
LISTE DER SICHERHEITSVOR-
KEHRUNGEN?

Die Antwort erfolgte im nächsten Augenblick:

LISTE DER SICHERHEITSVOR-
KEHRUNGEN ENTHÄLT 24 ITEMS.

Powell lächelte in sich hinein. Als er sprach, redete er weniger zu seinem Freund, als vielmehr zu der Anlage: »Aber heute nacht nutzt dir kein einziges dieser vierundzwanzig Items.« Er machte die Schirme leer und stellte seine erste Frage noch einmal:

WIE HOCH IST MÖGLICHKEIT
UND WAHRSCHEINLICHKEIT DASS
NICHT AUTORISIERTE PERSONEN AN
KLASSIFIZIERTES MATERIAL
VOM PENTAGON-COMPUTER
GELANGEN KÖNNEN?

Wie erwartet gab der mittlere Schirm exakt dieselbe Antwort wie beim ersten Mal:

MÖGLICHKEIT 00,00001
WAHRSCHEINLICHKEIT ZERO

»Ich komme mir vor, als würde ich Gott selbst herausfordern«, sagte Lee. Wenn diese kleine Demonstration auf ihn als Aufmunterung und Einstimmung hatte wirken sollen, so war das gründlich gescheitert. Lee hatte so gut wie alles Selbstvertrauen wieder verloren, das er vor kurzem erst erworben und dankbar genossen hatte.
Powell schaltete die Bildschirme ab. »Laß dich davon bloß nicht bange machen. Die vierundzwanzig Sicherheitsvorkehrungen sind nicht das Schwarze unter dem Fingernagel wert, wenn die falsche Person in den Besitz des Codes gelangt ist.« Er grinste sardonisch. »Und heute ist es soweit. Heute besitzt die falsche Person den Code.«

Lee wischte sich mit der Hand über das Gesicht und zuckte unwillkürlich zusammen, als seine Finger das tote Gewebe auf der rechten Wange berührten. Er hatte den Geruch der Gummimaske in der Nase, so als trüge er sie immer noch vor dem Gesicht. »Was hatte denn das mit der Blockade zu bedeuten, die als Alarm wirken soll?«
»Wenn wir die auslösen, geht der Alarm in Washington los, aber nicht hier«, erklärte Doug. »Aber darüber brauchst du dir wirklich keine Gedanken zu machen. Wir lösen die Blockade nicht aus, denn wir *haben* den Code.«
»Na schön«, sagte Lee. »So weit sind wir also gekommen. Dann wollen wir auch weitermachen.«
»Selbstverständlich«, knurrte Powell. Er blickte wieder auf die Konsole und faltete einen Zettel auseinander, den er vorher in der Hemdtasche getragen hatte. Das Blatt enthielt die Informationen, die er aus dem Code-Buch seines Vaters abgeschrieben hatte. Er zögerte dann nicht mehr lange und begann damit, die Worte einzutippen. »Achte auf die Bänder!«
Zur Linken von Lee befanden sich vier Rollen Magnetbänder. Sie waren aufrecht in einer Plastikkiste mit gläserner Front angebracht, die die Ausmaße eines Kühlschranks besaß. Alle vier Rollen standen still.
Powell zog die Hände von der Tastatur zurück.
Rings um sie beide erwachte der Raum zum Leben. Klicken, Klacken und künstliche, elektronische Geräusche.
Die erste Rolle fing an, sich zu drehen.
Doug tippte wieder ein.
Die zweite Rolle drehte sich.
Dann die dritte.
Powell erhob sich ruckartig aus seinem Sessel und riß sich den dicken Wintermantel vom Leib.
»Geht es jetzt los?« wollte Lee wissen. »Kommen jetzt die klassifizierten Daten?«

»Das siehst du doch selbst?«
»Wie, mehr war nicht dabei?«
Powell lachte. »Ich habe dir doch erzählt, daß es ganz einfach sein würde. Das Material erreicht uns über eine Transferlinie direkt aus dem Pentagon. Ein Band überspielt seine Daten auf ein anderes, nicht mehr und nicht weniger.«
»Aber schrillen denn jetzt nicht in Washington alle Alarmglokken?«
»Wenn wir irgendeinen Alarm ausgelöst hätten, würden die Daten längst nicht mehr zu uns strömen. Und du kannst dich ja mit eigenen Augen davon überzeugen, wie fleißig sich die Rollen drehen. In jeder Minute kommen Tausende und aber Tausende wertvolle Informationen zu uns.«
»Ich werd' verrückt!«
»Nein«, widersprach Powell, »du wirst reich. Wir begehen das moderne Verbrechen der modernen Zeit schlechthin. Wir begehen den Raubüberfall der Zukunft: Mit der Hilfe eines Computers stehlen wir Daten von einem anderen. Dazu brauchen wir keinerlei Schußwaffen, und auf alle Formen von physischer Gewalt können wir ebenfalls verzichten.«
»Wir müssen immer noch an das Lösegeld gelangen«, erinnerte Lee ihn.
»Du kennst doch meinen Plan«, entgegnete Powell. »Er ist ausgetüftelt und gut, und bis jetzt hat alles zur vollsten Zufriedenheit funktioniert. Du kannst also davon ausgehen, daß auch bei den nächsten Stufen alles glattgeht.«
Lee Ackridge nickte. Zum zweiten Mal an diesem Tag konnte er lächeln.

Um Mitternacht verdreifachte sich der Lärm im Haus an der Ecke. Einige bliesen aus Leibeskräften in Kindertuten und Partyschlangen. Die anderen brüllten durcheinander oder lachten schrill. Der Radau übertönte die Geräusche aus dem Radio.

Dann stimmten die Partygäste das traditionelle *Auld Lang Syne* an.
Wilbur Harttle, der seit beinahe fünf Minuten kein Wort mehr gesprochen hatte, schien wie aus einem Schlummer zu erwachen und starrte wie blind durch die Windschutzscheibe. »Wassen los?« fragte er.
»Mitternacht«, gab Carrie knapp, aber präzise Auskunft.
»Na und?«
»Die Jahreswende. Sie verstehen?« Sie betete in Gedanken darum, daß er nicht wieder einschlafen würde. Wenn er seinen Rausch ausschlief, gab es für sie keine Hoffnung mehr, ihn irgendwie aus dem Wagen zu komplimentieren.
Er schlug sich mehrmals auf die Wangen und machte eine verblüffte Miene. Dann räusperte er sich. »Was sagt man dazu? Frohes neues Jahr, Grace Kelly!« Er versuchte unbeholfen, sie zu küssen, sackte aber auf halbem Weg auf seinem Sitz zusammen. »Huch!« machte er, und zwei Sekunden später gab er nur noch lautes Schnarchen von sich.
Carrie ließ besorgt den Blick über den Campus schweifen. Von Powell und Lee war nichts zu sehen. Das Recard-Institut lag größtenteils im Dunkeln und machte einen friedvollen Eindruck.
Sie schob sich ein Stück unter dem Steuer hervor, damit sie sich direkter an Harttle wenden konnte. Sie packte ihn an dem Revers seines Mantels und rüttelte leicht daran. »Wilbur? Hören Sie mich? Es tut mir leid, aber Sie können hier nicht schlafen!«
Wilbur ließ sich nicht im mindesten beeindrucken.
Verdammt noch mal!
Sie sagte sich, daß sie ihn in dem Moment, als er hereingefallen und auf den Sitz geplumpst war, gleich wieder hätte hinauswerfen sollen. Sie hätte damit drohen sollen, daß sie um Hilfe schreien, laut brüllen werde, jemand wolle sie vergewaltigen,

Mörder oder ähnliches ... alles mögliche, wenn es nur half, ihn loszuwerden. Aber das ließ sich hinterher immer leicht sagen. Außerdem hatte sie Angst davor gehabt, durch ihre Rufe einen solchen Aufruhr zu verursachen, daß die Leute zusammengeströmt wären. Und das wäre Powells Plan nun wirklich nicht zuträglich gewesen. Wie dem auch sei, nun hatte sie Wilbur am Hals.

»Komm schon, Junge!« Sie schüttelte ihn nun heftiger. »Wachen Sie auf! Verdammt, es ist mir bitterernst damit!«

Harttle murmelte etwas, hielt die Augen aber geschlossen. Sein Unterkiefer wurde wieder schlaff und hing herab. Wenn er nicht geschnarcht hätte, hätte er eine täuschend echte Leiche abgegeben.

Carrie ließ seinen Mantel los und verlegte sich darauf, ihm wieder und wieder links und rechts ins Gesicht zu schlagen. Als er immer noch nicht aufwachen wollte und sogar anfing, lauter und dröhnender zu schnarchen, gab Carrie ihre Zurückhaltung auf und schlug mit aller Kraft zu. Sie versetzte ihm einige Hiebe, die trotz der Handschuhe auf ihrer Haut brannten. »Um Gottes willen, machen Sie endlich die Augen auf!« zischte sie ihm ins Ohr.

Wilbur glitt nur ein Stück den Sitz hinunter.

Was konnte sie jetzt noch tun? Ihn einfach hier liegenlassen, bis Powell und Lee zurückkehrten? Oder versuchen, ihn hinauszuhieven und auf der Straße zu lassen? Und wenn Harttle im ungünstigsten Moment aufwachte und die beiden Männer entdeckte? Würde er sich an ihre Gesichter erinnern und der Polizei eine genaue Beschreibung geben? Aber wenn Powell, sobald er bemerkte, daß es einen unerwünschten Zeugen gab, diese Sache nicht dem Zufall überlassen wollte? Würde er Harttle umbringen und so die Gefahr, die von dem Betrunkenen ausging, eliminieren?

Ja, Powell würde ihn kaltblütig ermorden, sagte sie sich. Im

Gegensatz zu ihr oder Lee kannte Powell in kritischen Situationen keine Skrupel. Womöglich gefiel es ihm sogar, Menschen abzuschlachten.
»Wilbur«, versuchte sie es noch einmal, »ich mag Sie nicht besonders. Aber ich will mein Gewissen auch nicht mit Ihrem gewaltsamen Ende belasten.«
Wilbur lächelte im Schlaf.
Sie blickte besorgt zum Haus an der Ecke. Ein knappes Dutzend Personen war in den Garten gekommen, um dort Raketen und anderes Feuerwerk anzuzünden. Doch diese Leute blieben im Garten. Niemand verließ das Gelände.
Auf dem Campus war alles dunkel. Nichts regte sich dort.
»Also gut«, sagte sie sich entschlossen.
Sie wußte jetzt, was sie zu tun hatte.
Carrie ließ den Motor an, stieg aus dem Wagen und schloß leise die Tür hinter sich. Sie bemerkte kaum die frostige Nachtluft, die ihr ins Gesicht biß. Rasch lief sie um den Impala herum, durchstieß die weißen Abgaswolken aus dem Auspuff und öffnete endlich die Beifahrertür.
Wilbur Harttle schnarchte noch immer selig.
Sie griff nach seinem Jackenrevers und zog und zerrte an ihm, bis sie ihn an den Rand des Sitzes bugsiert hatte. Sie atmete tief ein, riß mit aller Kraft an ihm und sprang behende zurück, als er in den Schnee plumpste und dort auf die Seite rollte.
Plötzlich riß er die Arme hoch und schlug damit durch die Luft, als wolle er einen imaginären Feind abwehren. Er murmelte etwas Unverständliches und rollte dann auf den Rücken. Er hatte die ganze Zeit nicht aufgehört zu schnarchen.
»Großer Gott!« murmelte sie. Tränen standen in ihren Augen.
Sie beugte sich über ihn, schob ihre Hände unter seine Achselhöhlen hindurch und verschränkte die Finger vor seiner Brust. Sie mühte sich ab, ihn fortzuziehen.

Er kicherte und machte Schmatzgeräusche, wachte aber nicht auf.
Als sie ihren Griff etwas verlagerte und alle Kraft zusammennahm, konnte sie ihn leichter durch den Schnee zerren. Sie schaffte ihn etwa fünfzehn Meter vom Impala fort und ließ ihn dann los, um nach Luft zu schnappen. Kleine Sterne tanzten vor ihren Augen.
Im Garten des Hauses an der Ecke schafften die Gäste immer neue Schachteln mit Feuerwerkskörpern herbei. Sie führten sich auf wie kleine Kinder. Niemand von ihnen fand die Zeit, nach Carrie und ihrem Tun zu schauen.
Carrie hielt beide Seite der Ox Lane im Auge.
Niemand. Keiner war um diese Zeit auf der Straße.
Sie holte tief Luft und rollte Harttle dann vom Gras und Schnee auf den Bürgersteig. Hier würde ihn bestimmt jemand entdekken, bevor er erfroren wäre.
»Tut mir leid, Wilbur«, flüsterte sie, »aber mehr kann ich beim besten Willen nicht für Sie tun.«
Ihre Brust schmerzte. Das Blut rauschte ihr wie ein Wasserfall in den Ohren. Sie mühte sich mit steifen Beinen zum Wagen zurück und stieg ein.

Während Lee die sechs Magnetbänder in die Pappschachtel packte, die er aus der Besenkammer mitgebracht hatte, gab Doug die Lösegeldforderung in den Teleprinter zur Computeranlage des Pentagon ein. Powell lachte triumphierend, als er sich endlich erhob. Er schob den Schreibtischsessel aus dem Weg und mühte sich umständlich in den Mantel. »Bist du soweit?«
»Hast du denn alles durchgegeben?« fragte Lee zurück.
»Jetzt, wo es vorbei ist, spüre ich keine Erleichterung. Du etwa?«
»Nur ein bißchen.«

»Stell dir vor: In eben dieser Sekunde sitzt jemand im Pentagon vor dem richtigen Bildschirm und bekommt unsere Lösegeldforderung zu lesen. Vermutlich wird der Bursche seinen Augen nicht trauen. Aber sobald er sich von seinem ersten Schrecken erholt hat, wird er gegenchecken und nach der Quelle dieser Botschaft suchen. Ich schätze, in einer halben Stunde trampeln hier Hundertschaften von Bullen herum. Und in einer Stunde findet man hier mehr FBI-Beamte als Bäume.«

»Ja«, sagte Lee, »in diesem Augenblick geht es wohl los.«

Sie machten sich nicht die Mühe, die Lichter zu löschen. Sie liefen die Haupttreppe hinunter und gelangten dann über den Flur in das Klassenzimmer, durch dessen Fenster sie ins Recard-Institut eingebrochen waren. Sie stiegen durch die Löcher in den beiden Scheiben aus.

Die Nacht war noch so kalt und schwarz wie vor anderthalb Stunden.

»Halloween. Das muß Halloween sein«, dachte Lee, während sie geduckt zur Ox Lane liefen.

Doug hatte keine Angst gezeigt. Er hatte nicht ein einziges Mal über die Schulter geblickt. Auch war er nie stehengeblieben, wie Lee das häufiger getan hatte, um nach etwaigen Verfolgern zu lauschen. Er war sich seiner verdammt sicher.

Als sie den Rand des Campus erreichten, blieben sie im Schatten eines Baumes stehen, um ein Auto auf der Ox Lane passieren zu lassen. Dann rannten sie zum Impala.

Carrie sah ihnen entgegen. Sie küßte Lee auf seine gesunde linke Wange und betrachtete dann kurz die sechs Bänder in der Schachtel, die er in den Händen hielt. »Ihr habt es also geschafft!« sagte sie.

»Ja, wir haben es geschafft«, bestätigte Lee mit etwas gemischten Gefühlen.

»O Mann, Schwester, und wie wir es geschafft haben!« brummte Doug.

»Und wie war es bei dir?« wollte Lee wissen. »Hat es irgendwelche Schwierigkeiten gegeben?«
Carrie lächelte. »Bei mir? Woher denn? Ich habe hier nur herumgesessen und auf euch gewartet.«

11

In seinem Bett in seinem Stadthaus in der G-Street in Washington hatte Roy Genelli gerade einen wunderbaren Traum. Es ging um ein Familientreffen. Anscheinend war es seine Familie, die hier zusammengekommen war. Aber da waren haufenweise Verwandte, von denen er noch nie etwas gehört hatte. Man hatte sich am Rande eines malerischen Waldes in Neuengland getroffen. Lange Picknicktische waren unter den Zweigen aufgebaut. Sie waren mit weißen Decken belegt, und darauf türmten sich die unterschiedlichsten Speisen. Jemand hatte ein Faß Bier mitgebracht, und Coke ruhte kästenweise in breiten Wannen voller Eis. Alle Generationen waren hier vertreten ... Genelli spazierte von einem zum anderen, unterhielt sich hier über Baseball und dort über Politik, tratschte über andere Verwandte und diskutierte über seine Arbeit. Hin und wieder erzählte er über Kinofilme oder das Fernsehprogramm ... Alle machten einen heiteren und vergnügten Eindruck. Alle waren sich nah, und alle mochten einander ... Und dann verstummte schlagartig jedes Gespräch, als in einem Picknickkorb das Telefon klingelte.
Das Telefon klingelte wieder und zerschnitt den schönen Traum. Genellis letzter Gedanke war, warum jemand unbedingt zu einem Picknick ein Telefon mitgebracht hatte...
Er richtete sich verschlafen in seinem Bett auf und nahm den Hörer ab. »Hallo.«
»Roy?«

»Ja, ich bin's.«
»Peterson.« Mit vollem Namen Gardner Peterson. Er war der einzige Mann, den Roy kannte, der es vorzog, von sich selbst mit seinem Nachnamen zu sprechen.
»Was kann ich für Sie tun, Mr. Peterson?« Roy hielt die Augen geschlossen und hoffte wider alle Vernunft, auf diese Weise nicht aufzuwachen.
»Habe ich Sie aus dem Bett geholt?«
Als Special Assistant direkt dem Supervisor des Middle-Eastern-District im Federal Bureau of Investigation unterstellt, arbeitete Genelli mit Gardner Peterson zusammen. Seit beinahe fünfzehn Jahren sahen sich die beiden täglich, hatten täglich miteinander zu tun. Dennoch bestand zwischen ihnen keinerlei Beziehung, die über das reinste Arbeitsverhältnis hinausging; sie hatten noch nicht einmal nach dem Dienst in irgendeiner Bar ein Glas zusammen getrunken. In all der Zeit hatte Peterson nie seinen Special Assistant zu Hause angerufen. Doch heute, mitten in der Nacht und inmitten eines der schönsten Träume, die Roy sich vorstellen konnte ... Der Blödmann mußte einen verdammt guten Grund für seinen Anruf haben, sonst...
»Roy? Sind Sie noch dran?«
»Ja, Sir«, antwortete Genelli. Er öffnete die Augen und beugte sich im Bett weit genug vor, um einen Blick auf die Uhr auf dem Nachttisch werfen zu können. Das Leuchtzifferfenster zeigte 1.10 an. Morgens? Natürlich morgens, wann denn sonst?
»Roy...«
»Ich liege seit ein paar Stunden im Bett. Tut mir leid, ich bin noch nicht ganz da. Verzeihen Sie bitte, wenn...«
»Ist schon okay«, erklärte Peterson. »Lassen Sie sich Zeit. Ich bin schon froh, Sie überhaupt erwischt zu haben. Ich hatte halb befürchtet, Sie wären womöglich auf irgendeiner Silvesterparty versackt.« Die Erleichterung in seiner Stimme war nicht zu überhören.

»Keine Party, Sir. Schließlich habe ich morgen Dienst.«
»Am Neujahrstag?«
Peterson mußte wohl selbst gefeiert haben, sonst hätte er sich nicht über die Arbeitsgewohnheiten seines Mitarbeiters gewundert.
»Ich arbeite doch immer an Feiertagen«, erklärte Genelli. Er legte rasch eine Hand auf den Mund, um ein Gähnen zu unterdrücken.
»Ja, natürlich«, sagte Peterson. Einen Moment lang herrschte Schweigen. Dann atmete der Supervisor tief ein. Er erinnerte Roy an einen Mann, der gerade ins tiefe Ende eines Swimmingpools springen will. »Hören Sie, Roy, Sie sollten sich lieber gleich anziehen. Ein Wagen ist schon unterwegs. In fünf oder zehn Minuten müßte er dasein.«
Die letzten Reste des Traums wehten davon wie ein bißchen Nebel im Morgenwind.
Genelli war von einem Moment auf den anderen hellwach. Ihm war klar, daß etwas sehr Ungewöhnliches vorgefallen sein mußte. Peterson hatte nicht nur gegen ein ungeschriebenes Gesetz verstoßen und seinen Special Assistant zu Hause angerufen. Genelli war auch noch nie die Ehre zuteil geworden, von einem Chauffeur abgeholt zu werden. »Was ist denn passiert, Sir?«
»Eine Katastrophe«, antwortete Peterson und klang überhaupt nicht komisch oder ironisch. »Ich möchte, daß Sie in einem Fall, der gerade bekannt geworden ist, als mein Stellvertreter wirken.«
»Ich habe um achtzehn Uhr das Büro verlassen, Sir«, sagte Roy. »Und bis dahin hatte sich nichts Außergewöhnliches ereignet...«
»Ich weiß«, unterbrach ihn der Supervisor. »Die ganze Angelegenheit hat sich erst vor vierzig Minuten ereignet.«
Vor vierzig Minuten?

Während seiner zwanzigjährigen Tätigkeit beim FBI hatte es Genelli noch nicht erlebt, daß bereits vierzig Minuten nach Bekanntwerden eines Vorfalls Großalarm ausgegeben worden war. Nein, halt, eine Ausnahme hatte es gegeben: die Ermordung von John F. Kennedy. An jenem Tag waren die Beamten bereits zwanzig Minuten nach dem ersten Telefonanruf aus Dallas unterwegs gewesen. Was mochte heute geschehen sein? Hatte jemand den jetzigen Präsidenten ermordet?

»Ich weiß selbst noch nicht hundertprozentig, was passiert ist«, erklärte Peterson. »Ich hielt mich auf einer Silvesterparty auf, als der Chef mich anrief. Das war vor zwanzig oder fünfundzwanzig Minuten. Davon abgesehen handelt es sich offensichtlich um einen Fall, über den ich Ihnen am Telefon ganz gewiß keine Auskunft geben darf. Nicht einmal Details darf ich Ihnen nennen.« Er wirkte besorgter, als Roy ihn je erlebt hatte. »Der Fahrer wird Sie gleich abholen und zu einem Mr. Ives bringen. Der setzt Sie dann über alles ins Bild, was Sie wissen müssen.«

»Wo steckt denn dieser Ives?« fragte Roy. »Bei uns im Büro?«

»Nein«, antwortete Peterson hart. »Und ich möchte Ihnen auch nicht sagen, wo er sitzt. Nicht am Telefon.«

Himmeldonnerwetter noch mal, was war denn los? »Sir, Sie dürfen mir noch nicht einmal sagen, wohin ich gebracht werde?« entfuhr es Genelli.

»Ja, genau so verhält es sich. Ach, übrigens, der Fahrer steht Ihnen so lange zur Verfügung, wie Sie ihn benötigen.«

Genelli verzog das Gesicht. »Danke, Sir.«

»Wir sehen uns später.«

Die Verbindung war unterbrochen.

Genelli hängte ein, trat die Decken weg und kletterte aus dem Bett. Er zog rasch den Pyjama aus und fummelte ärgerlich am Hosengürtel. Stand vielleicht ein neuer Zilinski-Ross-Fall an? Er rasierte sich, spritzte sich Wasser ins Gesicht und zog sich an. Das Ganze dauerte nicht länger als viereinhalb Minuten.

Im begehbaren Schrank nahm er seine Dienstwaffe aus dem Fach. Sie war nicht geladen, aber darum konnte er sich im Wagen kümmern. Er zog sich das Schulterholster über und schob die 38er hinein. Dann suchte er sich ein Jackett aus. Er schob eine kleine Schachtel Patronen in die Tasche.
Als er die Stufen hinuntergegangen war und die Haustür öffnete, wartete der Chauffeur mit dem Wagen schon am Bürgersteig. Roy glitt auf den Rücksitz und zog die Tür hinter sich zu.
»Mr. Genelli?« erkundigte sich der Fahrer. Er war jung, blond und breitschultrig. Solche FBI-Agenten sah man vorzugsweise in Filmen, in der Wirklichkeit jedoch höchst selten.
»Ja, ich heiße Genelli.«
»Ich heiße Plover.«
»Angenehm.«
Der Fahrer nickte, lächelte und sah nach vorn. Er warf den Gang ein, startete, trat das Gaspedal durch. Eine Gummispur blieb auf dem Asphalt zurück.
Genelli rang um sein Gleichgewicht, während der Wagen über die G-Street raste. Schließlich gelang es ihm, sich zum Fahrer vorzubeugen. »Wohin fahren wir?«
»Zum Pentagon«, antwortete der Fahrer. »Mehr weiß ich leider auch nicht, Sir.«
»Da wissen Sie immer noch mehr als ich«, brummte Genelli.

[illegible] ungeahnten Schwank[illegible] eine Ohnmacht [illegible] aus dem [illegible] Lärm, der [illegible] im Wagen [illegible] sich das Schiff erholte [illegible] alle [illegible] hinein. Dann [illegible] eine kurze [illegible] nur die Taste.

Als [illegible] genommen war und die [illegible] nete, wandte der [illegible] auf dem Weg [illegible] auf dem Rücksitz [illegible] zu.

»Mr. Gentilly?« [illegible] der Fahrer. Er war jung, blond und [illegible] Solche [illegible] der Wirklichkeit [illegible] höchstens [illegible]

»Ja, ich [illegible] Gentilly.«

»Ich heiße [illegible]

[illegible] zusehen.«

Der Fahrer nickte [illegible] und sah nach vorn. Er [illegible] den [illegible] durch. Eine [illegible] dem Asphalt zurück.

Gentilly [illegible] während der Wagen über die [illegible] Schließlich [illegible] an den Fahrer [illegible] »Wohin fahren wir?«

»Zu [illegible]«, antwortete der Fahrer. »Mehr [illegible] nicht, Sir.«

»Da wissen Sie [illegible] noch mehr als ich«, [illegible] Gentilly.

1. Januar, 2.00 Uhr – 2. Januar, 16.00 Uhr

ERNSTFALL

12

Am Portal des Pentagon stand Genelli vor zwei mit Gewehren bewaffneten Marines. Der größere von beiden erklärte dem FBI-Beamten: »Wir sollen Sie zu Colonel Theodore Ives bringen, Sir. Er befindet sich in der Computerabteilung.«
»Fein«, antwortete Roy.
Die harten Sohlen ihrer Stiefel knarrten synchron über die auf Hochglanz polierten Böden. Sie marschierten so rasch, daß Genelli, der deutlich kleiner war als die Marines, größte Mühe hatte, mit ihnen Schritt zu halten.
Roy mußte sich zweimal mit seiner Dienstmarke ausweisen. Gleich bei der ersten Kontrolle nahm man seine Dienstwaffe in Verwahrung.
Am zweiten Kontrollpunkt händigte man ihm eine Reihe von Hausausweisen für bestimmte Zonen aus. Er hängte sich die Kette mit den Plastikkarten um den Hals.
Bevor Genelli den Aufzug betreten durfte, der ihn in die unterirdischen Ebenen des Pentagon befördern sollte, mußte er sich ein weiteres Mal ausweisen, seine Unterschrift leisten und sich von einer Polaroidkamera ablichten lassen. Er lächelte nicht für die Fotografie und tat es damit den beiden Wachsoldaten am Aufzug gleich, die die ganze Zeit über keine Miene verzogen.
Seine beiden ersten Begleiter traten mit ihm in den Fahrstuhl. Die Fahrt nach unten verlief in Schweigen.
Nach einem längeren Marsch über makellos gereinigte Gänge führte man Roy vor Colonel Theodore Ives. Dieser befand sich in einem Raum, wie Genelli ihn noch nicht gesehen hatte.

Ives war einundsechzig und trug das sandfarbene Haar im Bürstenschnitt. Seine Augen waren so grau wie eine Bleistiftmine. Er trug eine schlichte, khakifarbene Uniform, deren einziger Schmuck das Rangabzeichen war. Er wirkte kühl und rational, obwohl es nicht zu übersehen war, daß er unter Streß stand. Wenn das leichte Zucken in seinen Mundwinkeln nicht gewesen wäre, hätte man glauben können, nicht einem Menschen, sondern einem Roboter gegenüberzustehen.
Der Raum, in dem Ives sich befand, war für Genelli noch wesentlich interessanter als der Mann selbst. Überall befanden sich Computeranlagen in allen Größen. In verwirrender Vielfalt und ohne erkennbares Muster blinkten Lichterketten auf und ab. Ganze Batterien von Konsolen und Bildschirmen waren an den Wänden angebracht. Von Druckern, hochmodernen Schreibmaschinen, Funkgeräten und anderen Kommunikationsmitteln ganz zu schweigen. Und über allem lag das ständige Rattern und Klappern der Anlagen. Mehrere bequeme Schreibtischsessel standen herum. Hier hätte man einige Dutzend Techniker und andere Mitarbeiter unterbringen können. Zu diesem Zeitpunkt hatte man jedoch, aufgrund der Krise, die meisten Techniker fortgeschickt. Ives hielt sich hier lediglich mit zwei Mitarbeitern auf.
»Wieviel wissen Sie über die Geschichte?« kam der Colonel sofort zur Sache.
»Absolut nichts«, antwortete Genelli.
Ives ließ seiner Miene nicht anmerken, was er davon hielt. Er führte Genelli durch den halben Raum in eine Nische, in der sich ein Sofa, einige Stühle, ein Kartentisch und eine Kaffeemaschine befanden. »Ich werde versuchen, Ihnen die Geschichte so darzulegen, daß auch ein Laie sie verstehen kann.« Ohne den FBI-Mann überhaupt zu fragen, ob er Kaffee wollte, steckte Ives zwei Münzen in die Maschine und stellte dann zwei gefüllte Becher auf den Tisch. »Um es kurz zu machen, wir ste-

hen vor dem größten Sicherheitseinbruch in der Geschichte der USA. Nein, in der Geschichte der Welt.«

Genelli blies über seinen Kaffee. Dampf stieg ihm in die Nase.

»Wir haben es mit dem raffiniertesten und verheerendsten Fall von Spionage zu tun, der je gegen dieses Land gerichtet wurde.« Ives klang keineswegs melodramatisch. Vermutlich war er zu keiner Form von emotionaler Erregung fähig. Er erzählte einfach die Wahrheit, so wie er sie sah.

»Ich darf Ihren Worten entnehmen, daß jemand aus dem Haus diese Spionageattacke initiiert hat«, sagte Genelli. »Andernfalls läge die Sache jetzt in den Händen der CIA oder des militärischen Abwehrdienstes DIA.«

»Nein, diese beiden kümmern sich ebenfalls darum«, widersprach der Colonel. »Die Agenten des DIA suchen in diesem Moment bereits dieses Gebäude ab. Jedermann, der irgend etwas mit dieser Ebene oder jeder anderen im Haus zu tun hat oder in der letzten Zeit zu tun hatte, wird verhört. Wird leise und unauffällig, aber gründlich befragt. Und bei der CIA brennen auch schon alle Lampen. Sehr viele und sehr wichtige Daten sind gestohlen worden. Die CIA hat alle ihre Spürhunde in Bewegung gesetzt, um herauszufinden, wer irgendwo dort draußen in der Welt darauf wartet, die Daten aus den Händen der Diebe in Empfang zu nehmen.«

»Und mir bleibt es überlassen, die Diebe zu finden?«

»Das sollten Sie wirklich ernsthaft versuchen, Mr. Genelli«, erklärte Ives. »Sonst haben wir alle es hinter uns.«

Roy stellte die Tasse ab, aus der er nur einen winzigen Schluck genommen hatte. »Dann erzählen Sie mir doch die ganze Geschichte.«

Kurz und bündig, aber aufschlußreich erklärte der Colonel dem FBI-Beamten, was es mit dem Computersystem des Pentagon und den verschiedenen Neben- und Außenstellen überall im Lande auf sich hatte. Dann erfuhr Genelli, daß jemand es ver-

standen hatte, sich eine dieser Außenstellen zunutze zu machen. Trotz seiner sachlichen Art benötigte Ives immer noch eine halbe Stunde, um Genelli die komplizierten Zusammenhänge begreiflich zu machen. Während dieser Zeit erschienen immer wieder die beiden Techniker, um Anordnungen und Befehle zu erbitten oder Ives über eine neue Entwicklung in Kenntnis zu setzen. Nach jeder dieser Unterbrechungen fuhr der Colonel genau an dem Punkt fort, an dem er zwangsweise gestoppt hatte. Genelli bewunderte sein Gegenüber für dessen Effizienz.
Nachdem er den FBI-Mann über alles Wesentliche informiert hatte, schloß Ives mit den Worten: »Und nun haben Sie sicher einige Fragen.«
Tausend und mehr Fragen gingen Genelli durch den Kopf, aber er sagte sich, daß der Großteil davon die waren, auf die auch der Colonel und seine Mitarbeiter Antworten suchten. Er dachte einen Moment nach, ordnete seine Gedanken und fragte schließlich: »Wie kommen Sie darauf, daß es sich um Spionage handelt?«
Ives blickte ihn an, als hätte er einen Halbdebilen vor sich. »Was würden Sie denn vermuten?«
Roy zuckte die Achseln, ließ sein Gegenüber aber nicht aus den Augen, als er erklärte: »Vielleicht waren es wirklich nur ganz normale Diebe, die nicht mehr und nicht weniger getan haben und verlangen als das, was sie über den Teleprinter an diese Adresse geschickt haben.«
»Ein simpler Diebstahl?«
»Wenn ich Sie recht verstanden habe, waren das genau Ihre Worte«, sagte Genelli. »Und Sie befinden sich in der Position, in der Sie es am besten wissen dürften.« Er schloß die Augen, um sich besser auf seine nächsten Worte konzentrieren zu können. »Sie haben Daten gestohlen und verlangen für die Rückgabe ein Lösegeld. Wenn man so will, haben sie überlebens-

wichtige Informationen entführt. Eine völlig neue Art von Verbrechen.«

Ives schüttelte einmal den Kopf. »Nein, die Lösegeldforderung ist nur ein Ablenkungsmanöver. Damit wollen sie uns nur auf eine falsche Fährte locken. Vermutlich, um Zeit zu gewinnen.«

»Ein solches Ablenkungsmanöver wirkt vielleicht, wenn nur ein oder zwei Beamte hinter einem her sind«, entgegnete Genelli. »Die kann man täuschen und in die Wüste locken. Aber wenn aufgrund der Schwere des Verbrechens so gut wie jeder, der in diesem Land eine Uniform trägt, hinter einem her ist, werden solche Spielchen sinnlos.«

Ives zerdrückte die Plastiktasse, die er die ganze Zeit über in der Hand gehalten hatte. »Versuchen Sie doch zu verstehen: Diese Personen, wer immer sie auch sein mögen, haben offenbar ein bislang unbekanntes elektronisches Gerät eingesetzt und damit all die vielen Sicherheitseinrichtungen, die wir im Pentagon-Computer eingebaut haben, getäuscht, umgangen oder unwirksam gemacht.

Ich habe nicht den Hauch einer Ahnung, um was für ein Gerät es sich dabei handelt oder wie man es einsetzen muß. Bis vor zwei Stunden hätte ich es noch für völlig ausgeschlossen gehalten, daß jemand, der nicht Geheimnisträger der obersten Stufe ist, überhaupt etwas aus unserem Computer herausziehen kann. Aber wir werden schon noch dahinterkommen, wie diese Burschen es angestellt haben.« Mit einer knappen, raschen Handbewegung schleuderte er die zerdrückte Tasse in den Papierkorb am anderen Ende der Nische. »Und es steht jetzt schon fest, daß wir es hier nicht mit normalen Dieben zu tun haben. Die Forschung und die Ressourcen, die hinter der Entwicklung eines solchen Wundergeräts stecken, übersteigen bei weitem die Möglichkeiten eines einzelnen. Selbst eine Gruppe von Multimillionären hätte größte Mühe, gemeinsam die erforderlichen Mittel aufzubringen. Nein, um ein solches fabel-

haftes Gerät zu entwickeln, bedarf es schon der konzentrierten Anstrengungen von Regierungsforschungseinrichtungen. Und damit meine ich nicht ein kleines Land. Sie werden jetzt verstehen, warum ich von einem Spionageanschlag ausgehe.«
Die Mundwinkel zuckten in rascher Folge.
Genelli starrte einen langen Moment auf die ratternden Maschinen im Hauptraum. Die Besorgnis und Enttäuschung von Ives waren ganz ohne Zweifel echt. Dennoch konnte Genelli den Colonel nicht von der Liste der Verdächtigen streichen. Er nahm sich vor, die Argumente des Mannes in aller Ruhe abzuwägen. Auf eine Schwachstelle wollte Roy jedoch noch zu sprechen kommen...
»Die Diebe brauchten nicht unbedingt ein elektronisches Supergerät, um an die Daten zu kommen«, erklärte der FBI-Mann endlich. »Alles, was sie dazu benötigten, waren die Codeworte. Und mit denen kann auch der durchschnittlichste Bürger unseres Landes die Sicherheitsvorkehrungen außer Kraft setzen.«
»Ich habe mir gedacht, daß Sie darauf zu sprechen kommen würden«, antwortete Ives.
»Mich stört der Punkt eben.«
Der Colonel runzelte die Stirn. Sein Ausdruck dafür, daß er diese Theorie für vollkommen abwegig hielt. »Ich habe Ihnen bereits erklärt, daß nur neun Personen im Besitz des entsprechenden Codes sind. Und Sie müssen doch zugeben, daß diese Personen der Spionage für eine fremde Macht reichlich unverdächtig sind. Ganz gleich, wie man über die Herrschaften denkt, die im Moment im Weißen Haus das Sagen haben, es ist nur schwer vorstellbar, daß der Präsident oder der Vizepräsident ein solches Verbrechen begeht.«
»Das sind nur zwei aus dem Kreis. Zusätzlich haben wir da noch den Verteidigungsminister, den Vorsitzenden des Generalstabs, die Stabschefs der einzelnen Waffengattungen und einen gewissen Dennis Atwell, den Verbindungsmann des Pentagon zum Kongreß.«

»Nein«, erklärte Ives fest, »es handelt sich hier um Spionage. Wir haben es mit Agenten einer ausländischen Macht zu tun, mit Männern, die ein sehr fortschrittliches elektronisches Gerät eingesetzt haben.«
»Und dann wären da noch Sie.«
»Natürlich«, sagte der Colonel nur, und zum ersten Mal klang er ein wenig sarkastisch.
»Ich habe keinen Scherz gemacht.«
»Warum um alles in der Welt sollte ich...«
»Für einen tüchtigen Batzen Geld«, unterbrach ihn Roy.
Ives starrte ihn mit funkelnden Augen an.
»Ich stelle Sie unter Beobachtung«, fuhr Genelli fort. »Und wir werden Ihr ganzes Leben ausforschen.« Sein Blick wandte sich vom Colonel ab und schweifte in den Hauptraum. »Jetzt möchte ich gern die Lösegeldforderung sehen, die die Täter Ihnen übermittelt haben.«
Ives führte den FBI-Mann zum halbkreisförmigen Kommandoschreibtisch im Zentrum des großen Raums. Er griff dort nach drei Blättern Papier und reichte sie Genelli. »Das ist nur eine Kopie. Das Original befindet sich bereits in den Händen unseres Chefs. Aber die Mühe lohnt kaum. Ein dummer Scherz, eine Finte, um uns auf eine falsche Fährte zu locken.«
Genelli ließ sich nicht abhalten und fing an zu lesen.

MITTEILUNG
ZEIT 0020 OST
URSPRUNG LANGHORN/RECARD
VON ROBIN HOOD
AN PRÄSIDENT DER VEREINIGTEN STAATEN

BETRIFFT LÖSEGELDFORDERUNG

ACHTTEILIGE NACHRICHT FOLGT

BEGINN NACHRICHT

PUNKT EINS WIR SIND IM BESITZ VON SECHS MAG NETBÄNDERN VOLLER DATEN DER HÖCHSTEN SICHER HEITSSTUFE UND VERLANGEN DAFÜR LÖSEGELD BEVOR SIE DIESE SACHE ALS DUMMEN SCHERZ ABTUN SCHLA GEN WIR VOR SPEICHERPROGRAMM IN PENTAGON COMPUTER EINZUGEBEN UM SO FESTZUSTELLEN WEL CHE INFORMATIONEN ER VOR ZWEI STUNDEN AN DIE LANGHORN/RECARD AUSSENSTELLE DURCHGEGEBEN HAT

PUNKT ZWEI WIR SIND KEINE AGENTEN EINER AUS LÄNDISCHEN MACHT UND WIR HABEN NICHTS MIT DEN AKTIVITÄTEN EINES FREMDEN GEHEIMDIENSTES IN DIESEM LAND ZU SCHAFFEN
WIR SIND AMERIKANISCHE BÜRGER UND NEHMEN UN SER RECHT AUF FREIES UNTERNEHMERTUM WAHR UNSER EINZIGES MOTIV IST DAHER VIEL GELD SOLLTEN SIE DENNOCH BESCHLIESSEN UNSERE FORDERUNGEN NICHT ZU ERFÜLLEN ODER SOLLTEN SIE NICHT GANZ GENAU DEN DETAILLIERTEN AUSFÜHRUNGEN ZUR ÜBER GABE DES LÖSEGELDES FOLGEN HÄNDIGEN WIR DIE BÄNDER JEDEM AUS DER GENUG DAFÜR ZU ZAHLEN BEREIT IST AUCH EINER AUSLÄNDISCHEN MACHT DAS IST KEIN BLUFF ICH WIEDERHOLE DAS IST KEIN BLUFF
UNSER ZWEITES MOTIV FÜR DIESE TAT IST DEM ARRO GANTEN MILITÄRISCHEN ESTABLISHMENT VORZUFÜH REN UND ZU BEWEISEN DASS IM ZEITALTER DER ELEK TRONIK SELBST DIE STÄRKSTE MACHT DER WELT VER WUNDBAR IST

PUNKT DREI JEDER VERSUCH IHRERSEITS DIE AUS ZAHLUNG DES LÖSEGELDS ZU VERZÖGERN ODER UNS ANDERE ALS DIE GEWÜNSCHTEN WERTE ZU ÜBERGEBEN WIRD VON UNS ALS DIE WEIGERUNG IHRERSEITS AN EINER ZUSAMMENARBEIT ANGESEHEN WIR HÄNDIGEN DIE BÄNDER DANN AN DEN HÖCHSTBIETENDEN AUS DIE NACHRICHT DIE SIE HIER LESEN IST DIE LETZTE DIE SIE ERHALTEN WERDEN SIE ERHALTEN KEINE GELE GENHEIT MIT UNS ZU VERHANDELN ODER UNS EINE AN DERE LÖSUNG VORZUSCHLAGEN SIE SOLLTEN NICHT SÄUMEN UND UNVERZÜGLICH ALLE VORBEREITUNGEN TREFFEN UNS AUF DIE VON UNS WEITER UNTEN ANGE GEBENE WEISE DAS LÖSEGELD ZUKOMMEN ZU LASSEN DIES IST IHRE EINZIGE CHANCE

Ives unterbrach Roys Lesefluß. »Das ist das Lachhafteste, was mir je unter die Augen gekommen ist. Die Ausgeburt eines krankhaften Hirns, eines pathologischen...«

»Ich würde gern zu Ende lesen, bevor ich mich dazu äußere«, erklärte Genelli ganz ruhig. Er las sich den Text auf den beiden folgenden Seiten genau durch und war sowohl verwirrt als auch fasziniert von der Art des Lösegelds wie auch von den Übergabebedingungen. Die Burschen schienen wirklich an alles gedacht zu haben. Als er zu Ende gelesen hatte, murmelte er nur: »Sehr geschickt.«

»Na, halten Sie sie immer noch für gewöhnliche Kriminelle?« fragte Ives.

»Eigentlich ja. Ich wundere mich sogar darüber, wie hartnäckig Sie sich weigern, an diese Möglichkeit zu glauben. Plagt Sie dabei eigentlich die Paranoia des Militärs ... oder versuchen Sie etwa, Verwirrung in die Ermittlungen zu bringen?«

Der Colonel lief rot an.

»Wissen Sie genau, welche Daten sie gestohlen haben?« fragte Roy rasch, bevor der Mann zu einer scharfen Entgegnung ansetzen konnte.
Ives fuhr sich mit einer Hand durch die Haarstoppeln. Genelli stellte überrascht fest, daß dieser Mann auch einen verfolgten Eindruck machen konnte. »Wir arbeiten schon die ganze Zeit daran. Begleiten Sie mich, dann können wir feststellen, wie weit meine Leute gekommen sind.«
Der FBI-Mann folgte ihm durch den großen Raum bis vor eine Konsole mit unzähligen Knöpfen. Über dieser befanden sich ein halbes Dutzend Monitore mit Bildschirmen von fünfundzwanzig Zentimetern Durchmesser.
Ives ließ sich vor der Konsole nieder, überblickte kurz das Panel, drückte ein paar Tasten und sah dann hoch zu einem der Bildschirme.
Im selben Moment tauchten dort weiße Buchstaben auf dem grünen Hintergrund auf:

LANGHORN/RECARD
LETZTE DATENABFRAGEN
AUFGELISTET NACH SACHGEBIETEN

SICHERHEITSEMPFINDLICHE DATEN
DAHER NUR SACHGEBIETNENNUNG

EINS GEGENWÄRTIGER STAND DER WAFFEN
FORSCHUNG UND ENTWICKLUNG / DER VEREINIGTEN
STAATEN / ALLE LAUFENDEN PROGRAMME / ALLE
UNTERLAGEN

ZWEI CIA OPERATIONEN / IN ALLEN STAATEN /
ALLE UNTERLAGEN UND EINZELHEITEN

DREI STRATEGIEN UND TRUPPENEINSATZ / ALLE DENKBAREN KONFLIKTGEBIETE / ALLE UNTERLAGEN UND EINZELHEITEN

»Wenn Sie jetzt glauben, schlimmer kann es kaum noch kommen«, sagte Ives, »dann machen Sie sich jetzt auf eine Katastrophe gefaßt.« Er sprach mehr zu sich selbst als zu seinem Gegenüber.

Der Computer druckte den weiteren Text aus:

VIER GEGENWÄRTIGER STAND DER WAFFENFORSCHUNG UND ENTWICKLUNG / DER SOWJETUNION / ALLE UNS BEKANNTEN EINZELHEITEN / ALLE UNSERE INFORMA TIONSQUELLEN

FÜNF SÖLDNER UND SABOTEURE IN DIENSTEN DER VER EINIGTEN STAATEN / WELTWEIT / KOMPLETTE NAMENS LISTE / VERZEICHNIS SÄMTLICHER VERGANGENER UND NOCH ANDAUERNDER OPERATIONEN / ALLE UNTERLA GEN UND EINZELHEITEN

SECHS ÜBERSETZUNG DER PENTAGON-COMPUTER FUNKTIONSCODES / ALLE PROGRAMME / ALLE DECODER ALLE FUNKTIONEN

FÜR SPEZIFISCHE DATEN RUFEN SIE ZUSÄTZLICHES DISPLAY

Die beiden Männer starrten auf den Bildschirm, während die beiden letzten Zeilen des Textes blinkten, an- und ausgingen wie eine Lampenkette am Christbaum.

»Wollen Sie eine spezifizierte Auflistung von allem, was die Burschen abgerufen haben?« fragte der Colonel schließlich.

Seine Stimme war ein wenig schrill geworden, und in den letzten fünf Minuten war er um Jahre gealtert. Wenn er seine patriotische Besorgnis nur schauspielerte, mußte er ein sehr guter Mime sein.

»Ja«, antwortete Genelli, »aber erst später. Im Augenblick habe ich dafür keine Zeit. Ich schicke jemanden vorbei, der sich darum kümmern soll.«

»Sie haben nicht nur einfach das gestohlen, was ihnen in die Finger kam«, stöhnte Ives. Anscheinend konnte er es immer noch nicht fassen. »Die Kerle wußten genau, was sie wollten.«

Genellis Stimme klang leise, aber gefährlich hart, als er fragte: »Sie sagen, es gibt nur neun vollständige Codebücher?«

»Ja«, antwortete der Colonel verwirrt, »aber warum...«

»Und sie enthalten alle denselben Text?«

»Wie bitte? Ich fürchte, ich kann Ihnen nicht ganz folgen...«

»Denselben Inhalt«, fuhr der FBI-Mann ihn an. »Sind in allen neun exakt dieselben Codes aufgelistet?«

»Für keine Kategorie klassifizierter Daten gibt es mehr als einen Code«, antwortete Ives.

»Das habe ich nicht unbedingt gemeint«, sagte Genelli. »Ich wollte wissen ... Es gibt also fünfzig Datenkategorien?«

Der Colonel nickte.

»Enthält jedes der neun Bücher neben allen anderen Datenadressen die Codes für alle fünfzig Kategorien?«

»Nein«, sagte Ives.

»Erklären Sie mir das bitte.«

»Nicht jeder Empfänger der vierzehntäglich geänderten Codes hat berechtigten Grund, Anfragen an alle fünfzig Datenkategorien zu stellen. Zum Beispiel erhält kein Stabschef einer Waffengattung Zugang zu den Codes über den CIA. Nicht einmal der Verteidigungsminister erhält die. Manche der neun Bücher enthalten lediglich die Codes für fünfzehn Kategorien. Wir ar-

beiten hier nach dem Prinzip der Berechtigung, und das handhaben wir streng.«
Genelli lächelte leicht. Genau das hatte er erwartet. »Mit anderen Worten, die meisten Bücher wären kaum für den Diebstahl der CIA-Daten in dieser Nacht zu gebrauchen gewesen?«
»Korrekt«, antwortete Ives. Er wußte noch immer nicht, worauf der FBI-Mann eigentlich hinauswollte, und das machte ihn sehr ungeduldig.
»Ist denn überhaupt eines der Bücher vollständig?«
»Sie meinen, ob es alle fünfzig Kategorien und alle sonstigen Daten enthält?« fragte der Colonel vorsichtshalber noch einmal nach.
»Aber ja. Drei der Bücher sind komplett.«
»Welche drei Personen erhalten diese Bücher?«
»Der Präsident, der Vorsitzende der Vereinigten Stabschefs, also der erste Soldat aller Waffengattungen ... und ich.«
Genelli war überrascht. »Der Vorsitzende bekommt ein vollständiges Buch, der Vizepräsident aber nicht?«
»In der Vergangenheit waren sogar nur der Präsident und ich die Auserwählten«, antwortete Ives. »Aber als der Präsident vor zwei Jahren General Powell in das Amt des Vorsitzenden der Vereinigten Stabschefs berief, bat er mich, auch ihm ein vollständiges Buch zukommen zu lassen.«
»Und warum wollte er das?«
»Na ja ... Für den Präsidenten ist Powell sowohl ein enger, wenn nicht sogar der engste Berater als auch seine direkte Verbindung zum Militär.«
Genelli erkannte sofort, daß Ives seine gelinden Zweifel an der Richtigkeit dieser Wünsche des Präsidenten hatte.
»Halten Sie Powell möglicherweise für nicht hundertprozentig zuverlässig?« fragte er den Colonel.
Ives zögerte mit der Antwort.
»Nun?«

»Nicht im eigentlichen Sinne«, sagte der Colonel schließlich. »Es ist nur meine Sorge, daß das Risiko einer Panne um so größer wird, je mehr vollständige Codeverzeichnisse im Umlauf sind.«

»Heute abend hat es ja auch eine Panne gegeben. Haben Sie Gründe, Powell zu verdächtigen?«

»Selbstverständlich nicht!«

»Nun«, sagte Genelli hart, »dann sind Sie der Hauptverdächtige.«

Der Colonel nahm eine sprungbereite Haltung ein, so als wollte er sich auf den FBI-Mann stürzen. »Hören Sie...«

»Stecken Sie hinter dieser Geschichte?« fragte Roy gelassen.

Ives lief krebsrot an. »In all meinen Jahren...«

»Ersparen Sie mir bitte Ansprachen«, unterbrach ihn Genelli. »Ich habe Ihnen eine Chance gegeben. Wenn Sie in die Sache verwickelt sein sollten, werden Sie sich noch wünschen, diese Chance wahrgenommen zu haben. Wie dem auch sei, ich befasse mich später, in zwölf Stunden, wieder mit Ihnen. Und sei es auch nur, um zu hören, ob Sie etwas Neues herausgefunden haben.« Er lächelte den Colonel kurz und kühl an und ließ ihn dann stehen. Er marschierte rasch durch den Raum und verschwand durch die Tür, bevor Ives noch etwas sagen konnte.

Die beiden Marines warteten in dem hellerleuchteten Korridor auf ihn.

Der größere der beiden Riesen sagte: »Mr. Gardner Peterson und zwei andere Herren warten oben auf Sie, Sir. Korridor Sechs, Ring E.« So, wie er es aussprach, war Korridor Sechs, Ring E nur einem handverlesenen Personenkreis zugänglich.

»Dann wollen wir die Herren nicht warten lassen«, antwortete der FBI-Mann.

Er hatte ohnehin vorgehabt, mit Peterson zu sprechen. Er brauchte von ihm Informationen über bestimmte Mitarbeiter, über Anlagen und Ausrüstung und überhaupt darüber, wer

hier was zu sagen und wozu Zugang hatte ... Eigentlich benötigte er diese Informationen sofort, er durfte keine Zeit mehr verlieren. Wenn sie die Lösegeldforderung erfüllen wollten, blieben ihnen nicht einmal mehr zwei Tage.
Genelli störte das Zeitlimit, das die Diebe gesetzt hatten, in gewisser Hinsicht kaum: Erst in solchen Streßsituationen fühlte er sich wohl, konnte er endlich loslegen, wie er das gerne tat.
Vor vierzehn Jahren, als sie versucht hatten, Zilinsky und Ross aus dem Verkehr zu ziehen, bevor die beiden Psychopathen ein weiteres Opfer abschlachten konnten, war es auch ein Wettlauf mit der Zeit gewesen. Jawohl, und diesen Wettlauf hatte er gewonnen.
Im Fahrstuhl fing Roy an, leise zu pfeifen.
Der kleinere der beiden Riesen warf ihm einen eigenartigen Blick zu.
Der größere der beiden starrte weiterhin stur geradeaus, so als wäre er taub.

13

Das Büro im Ring E war geräumig und mit dicken Teppichen ausgelegt. Die kostspielige Einrichtung hätte direkt aus dem Ethan-Allen-Katalog stammen können. Hier mußte mindestens ein Unterstaatssekretär residieren, sagte sich Genelli, vielleicht sogar ein Staatssekretär selbst. Die schweren blauen Vorhänge waren vor beiden Fenstern zugezogen. Das einzige Licht in diesem Raum kam von einer Lampe über dem Schreibtisch, der alle Maße sprengte. Die Winkel des Raums lagen in völliger Dunkelheit. An allen anderen Rändern hatten sich Schattenkonfigurationen gebildet.
Gardner Peterson saß hinter dem Schreibtisch. Er war groß und breitschultrig. Seit über dreißig Jahren arbeitete er schon für das FBI. Wenn er zweiundsechzig wurde, konnte er aus

dem Dienst ausscheiden und eine Pension für vierzig Dienstjahre genießen. Es sei denn, der gegenwärtige Direktor des FBI würde sterben oder vorzeitig in den Ruhestand treten. Dann würde man Peterson zu seinem Nachfolger bestimmen. Peterson war kein besonders schöner Mann, aber er strahlte Macht und Entschiedenheit aus. Das graue Haar hatte er modischer geschnitten, als das bei den männlichen FBI-Beamten üblich war. Dazu paßte auch seine gepflegte, leicht modische Kleidung.

Peterson erhob sich nicht, als Genelli den Raum betrat. Er deutete lediglich auf einen freien Sessel vor dem Schreibtisch. Zwei weitere Sessel standen dort und waren bereits besetzt. Während er sich niederließ, erkannte Genelli einen der beiden anderen Männer. Er lächelte und nickte David Meyrowitz zu. Meyrowitz war seine erste Wahl als Assistent. Bei früheren Fällen, in denen sie zusammengearbeitet hatten, hatte er sich als kompetenter und ideenreicher Mitarbeiter erwiesen. Genelli hatte sich schon darauf vorbereitet, bei Peterson wegen Meyrowitz vorzusprechen und unbedingt auf ihm als Assistenten zu bestehen. Doch wie üblich hatte der Supervisor auch das bereits bedacht.

Genelli warf einen zweiten Blick auf den anderen Mann vor dem Schreibtisch. So fremd kam er ihm jetzt nicht mehr vor. Sie beide waren sich noch nie vorgestellt worden, doch jetzt erkannte Genelli in ihm den Direktor der CIA wieder, bevor Peterson die Herren miteinander bekannt machen konnte.

Die beiden erhoben sich und schüttelten sich die Hände.

»Ich habe nicht vor, im Garten des FBI zu wildern«, erklärte der CIA-Chef mit einem Lächeln, das nur höflich war, aber keinesfalls überzeugend wirkte. »Aber ich habe zu viele Männer im Ausland stationiert. Zwar ist dies ein Inlandsfall, wo also das FBI zuständig ist, doch aus naheliegenden Gründen möchte ich darüber informiert sein, was hier genau vorgefallen ist und was

uns droht, damit ich die Aktivitäten meiner Leute umorganisiere und besser koordinieren kann. Meine Mitarbeiter müssen womöglich sofort fliehen, wenn auch nur der Anschein der Gefahr droht, daß die gestohlenen Daten einer fremden Macht übergeben werden. Ich schätze, das FBI hat in dieser Geschichte genausoviel zu verlieren wie wir.«
»Nein, Sir«, entgegnete Genelli. »Ich fürchte, die CIA hat bedeutend mehr zu verlieren als wir. Colonel Ives ist gerade dabei, festzustellen, welche Daten gestohlen wurden. Darunter befindet sich, das steht jetzt schon fest, eine komplette Aufstellung aller Auslandsaktivitäten der CIA.«
Sein Gegenüber verlor alle Farbe aus dem Gesicht.
»Sie dürfen uns auch mitteilen, was sonst gestohlen wurde«, verlangte Peterson.
Genelli führte kurz die Datengruppen auf und berichtete alles, was Ives sonst noch herausgefunden hatte.
Der CIA-Chef nutzte die Zeit, um seine Fassung zurückzuerlangen. Als Genelli fertig war, fragte Peterson: »Kennen Sie die Lösegeldforderung, die sie von Langhorn aus in unseren Computer eingegeben haben?« Er zeigte auf eine Kopie des dreiseitigen Auszugs, die auf seinem Schreibtisch lag.
»Ja«, bestätigte Genelli.
Der CIA-Direktor beugte sich vor. Seine Ellenbogen preßten sich auf die Armlehnen, und seine dicken Finger umklammerten die Knie. »Was halten Sie davon?« wollte er wissen. »Versuchen sie, uns damit auf eine falsche Fährte zu locken? Oder ist es ihnen damit ernst?«
Genelli lehnte sich in seinen Sessel zurück und brachte sich zur Ruhe. Der entscheidende Moment war gekommen. Er mußte sie jetzt dazu bringen, den von ihm beabsichtigten Kurs in diesem Fall zu akzeptieren. Und dafür mußte er sich seiner sehr sicher geben. »Ich schätze, sie sind genau das, wofür sie sich ausgeben.«

»Also nichts weiter als Diebe?« fragte Peterson nach.
»Genau das.«
Peterson hob mit zwei Fingern einen Bleistift aus einem Halter am Rand der Schreibunterlage. Erst hielt er ihn hoch, dann spielte er unbewußt damit und rollte ihn zwischen seinen Handflächen. »Roy, wie kommen Sie darauf, daß es sich bei ihnen *nicht* um ausländische Agenten handelt?«
Darauf war Genelli vorbereitet. »Feindliche Agenten würden sich nicht der Mühe unterziehen, uns eine so eigenartige Lösegeldforderung zu stellen, nachdem sie in Langhorn eingedrungen wären und dort alles, wonach sie suchten, bekommen hätten. Und ihr Fang ist fantastisch. Sie würden den Teufel tun, aber nicht auch noch solche Spielchen mit uns treiben. Und wenn sie doch ein Ablenkungsmanöver planen würden, müßte es ihnen doch vornehmlich darum gehen, unsere Aufmerksamkeit von ihren eigenen Leuten abzulenken und auf eine andere, eine ahnungslose Nation zu lenken. Aber eine solche Lösegeldforderung... nein, das paßt nicht zusammen.«
»Wir dürfen trotzdem keine Möglichkeit außer acht lassen«, erklärte Peterson.
»Selbstverständlich«, stimmte Genelli zu. »Sie setzen daher Beamte auf alle Botschaften an und auf alle Personen, die in diesem Land mit den Botschaften zu tun haben. Wir überwachen ja schon routinemäßig vierundzwanzig Stunden am Tag die Botschaften, die auf der roten Liste stehen ... Was ich jedoch eigentlich sagen will: Ich möchte nicht weiter Ihr Chefkoordinator in diesem Fall sein. Ich möchte das Büro verlassen und nach draußen gehen. Ich bin Ihr bester Mann für die Fahndung und Ermittlung in diesem Fall. Ich will die Lösegeldforderung so behandeln, als wäre sie echt. Deshalb möchte ich nach einheimischen Verdächtigen Ausschau halten und keine Spione jagen. Stil und Sprache der Lösegeldbotschaft – der Gebrauch eines so romantischen Codenamens wie Robin Hood,

die antimilitaristischen Parolen – das alles bringt mich zu dem Schluß, daß wir es hier mit einheimischen Linksradikalen zu tun haben könnten. Im Augenblick ist das jedoch nicht mehr als blanke Spekulation.«

»In Langhorn ist bereits ein halbes Dutzend unserer Männer aus Philadelphia aktiv«, erklärte Peterson. »Möchten Sie dort mit Ihren Ermittlungen beginnen?«

»Ja«, antwortete Genelli. »Dann brauche ich achtzig oder hundert Beamte, die in New York City bereitstehen. Die Lösegeldübergabe soll dort stattfinden. Der Verdacht liegt also nahe, daß unsere Freunde aus New York City stammen. Darüber hinaus benötige ich zwanzig Beamte, die ein paar Personen überprüfen.«

»Wen?« entfuhr es dem CIA-Direktor. »Haben Sie schon jemanden in Verdacht?«

»Zunächst sollen Colonel Theodore Ives und General Norman Powell überprüft werden.«

»Ives verstehe ich, der steht ganz oben auf der Liste der Verdächtigen«, bemerkte Peterson und drehte die Bleistiftspitze zwischen den Fingern, »aber den Vorsitzenden der Vereinten Stabschefs...«

»Powell ist der einzige, der neben Ives und dem Präsidenten das komplette Codebuch erhält, und damit auch die CIA-Daten.«

»Also gut«, sagte Peterson, »und was sonst noch?«

»Treffen Sie bitte alle Vorbereitungen für das Lösegeld«, fuhr Genelli fort. Er fühlte, daß er seinen Plan durchbekommen würde. »Wenn wir bis morgen siebzehn Uhr – und das sind nur noch achtunddreißig Stunden – noch nichts erreicht haben, versuchen wir, die Verdächtigen während der Übergabe zu fassen.«

»Wir brauchen keine umständlichen Vorbereitungen zu treffen«, antwortete der Supervisor. »Wir füllen das Päckchen statt der gewünschten Ware lediglich mit Papierschnipseln.«

Genelli runzelte die Stirn. »Falls wir sie aber nicht zu fassen bekommen und sie dann feststellen, daß wir sie hereingelegt haben, verkaufen sie die Bänder an die Chinesen oder an sonstwen.«

Peterson verzog das Gesicht, als hätte er gerade auf etwas Bitteres gebissen. »Glauben Sie denn, daß unsere Freunde, nachdem sie das Lösegeld erhalten haben, die Bänder wie brave Jungs wieder zurückgeben?«

»Ich denke, es besteht immerhin eine Chance«, antwortete Genelli.

»Das glaube ich auch«, meldete sich Meyrowitz zum ersten Mal, seit Genelli den Raum betreten hatte, zu Wort. »Mögen die Diebe aus noch so bescheidenen Schichten kommen, sie werden sich sagen, daß sie die ganze Welt aus dem Gleichgewicht bringen können, wenn sie die Daten an eine fremde Macht verkaufen. Sobald wir ihnen aber das Lösegeld gegeben haben, gibt es für sie nichts mehr zu gewinnen. Warum sollten sie danach noch beabsichtigen, die USA zu ruinieren? Davon abgesehen wären sie schön blöd, sich selbst vernichten zu wollen, nachdem sie so reich geworden sind. Ich schätze also, wir erhalten die Bänder nach der Übergabe zurück.«

Peterson blickte erst auf Meyrowitz, dann auf Genelli. »Ich werde alles Nötige veranlassen.«

»Sind denn die Objekte, die sie als Lösegeld verlangen, wirklich so viel wert?« fragte der CIA-Direktor.

»Ich habe mich bereits danach erkundigt«, antwortete der Supervisor. »Sie sind einige Millionen wert.« Er wandte sich an Genelli: »Ich fliege noch heute nacht nach New York. Sobald Sie von Langhorn nach New York gekommen sind, stehen Ihnen dort die gewünschten Männer zur Verfügung. Am National Airport wartet ein Jet auf Sie, um Sie nach Philadelphia zu bringen. Dort wartet eine zweite Maschine, um Sie nach New York zu bringen. Sonst noch einen Wunsch?«

»Im Augenblick nicht«, antwortete der FBI-Mann. Er wollte jetzt mit seiner Arbeit beginnen.
Die Zeit war 3.26 Uhr am Neujahrsmorgen.

Plover wartete bereits in einem Ford des FBI, als sie das Pentagongebäude verließen. Er startete den Wagen, verließ das Gelände und eilte zum nicht weit entfernten National Airport.
Genelli pfiff leise vor sich hin.
»Zur Fröhlichkeit besteht kein Anlaß«, ermahnte Meyrowitz. »Sehen Sie denn nicht die Axt über unseren Häuptern?« Er zeigte nach oben, so als hinge dort tatsächlich ein solches Gerät an einem dünnen Faden. Ganz gegen seine Gewohnheit, sich lässig zu geben und sich von nichts anfechten zu lassen, schwang jetzt eine Spur Besorgnis in seiner Stimme mit. »Wenn wir die Sache vermasseln, muß irgend jemand als Sündenbock herhalten. Und die bevorzugten Kandidaten für dieses Opfer sind Sie und ich.«
Genelli starrte ihn an. Meyrowitz zählte achtundzwanzig Jahre. Er war so groß wie Genelli, aber drahtig und durchtrainiert wie ein Hochseilakrobat. Er besaß die Ausstrahlung eines Mannes, der mit allem und jedem fertigwerden konnte. Es war ganz gegen seine Art, so etwas wie Pessimismus zu äußern.
»Keiner von uns beiden entspricht der guten alten angelsächsischen Tradition des Büros. Sehen Sie sich uns beide an, wir sind ein schönes Team: ein Italiener und ein Jude. Peterson würde uns, ohne mit der Wimper zu zucken, schlachten. Wir beide gehören halt nicht dem richtigen Club an.«
Plover bog mit mehr als neunzig Meilen nach rechts ab. Die Reifen quietschten schrill.
Als Genelli sich wieder aufgerichtet hatte, erklärte er: »Es macht mir nicht allzuviel aus, wenn man mich aus dem Büro feuert.«
»Ja, ich könnte auch ganz gut ohne das Büro auskommen«, be-

merkte Meyrowitz. »Aber das ist es ja nicht allein. Nach dem Rausschmiß kommen die Untersuchungsausschüsse im Kongreß. Unsere Gesichter erscheinen in allen Zeitungen und Nachrichtensendungen. Wir werden die Buhmänner der Nation. Pflichtverletzung im Dienst ist sicher noch der harmloseste Vorwurf, den man uns machen wird. Gut, die Rosenbergs, die wohl berühmtesten Spione, hat man gewaltig durch den Wolf gedreht. Aber was die durchgemacht haben, ist ein Klacks gegenüber dem, was sie mit uns machen werden.«

»Hören Sie, David, meinen Sie nicht, daß Sie...«

»Das ganze Land wird vor Angst in kollektive Panik verfallen, wenn wir die Burschen nicht schnappen«, fuhr Meyrowitz unbeirrt fort. »Jeder wird nach einem Sündenbock suchen, und jemand muß gekreuzigt werden, damit die Leute sich abreagieren können.« Er sah Genelli intensiv an und entdeckte erste Zweifel im Blick seines Gegenübers. »Fällt Ihnen jetzt die Axt auf, die über uns schwebt?« fragte Meyrowitz.

14

»Damit ist die Welt doch nicht untergegangen«, sagte Carrie sanft.

Alle Lampen waren gelöscht, und sie lagen nebeneinander auf dem Bett ihres Hotelzimmers. Das rote Glühen der Stadtlichter fand seinen Weg durch die geschlossenen Vorhänge und verlieh der Dunkelheit den Schimmer eines Kaminfeuers. Lee und Carrie waren nackt.

Sie preßte ihr Gesicht an seinen Nacken, und ihr geschmeidiger Körper drückte sich an den seinen. Er hielt die Hände an seinen Bauch.

»Gerade heute nacht war ich mir so sicher...« murmelte er.

»Ich habe dir doch gesagt, daß es noch zu früh wäre«, sagte sie

leise. »Dir geht einfach noch zuviel im Kopf herum. Herrgott, nach diesem Unternehmen geht es mir doch nicht anders.«
Einige Minuten lang sprach keiner von ihnen ein Wort.
Eine Polizeisirene heulte unten auf der Straße auf, entfernte sich rasch und war bald kaum noch zu hören.
Lee seufzte. »Weißt du, an was ich heute nacht denken mußte, als wir im Recard-Gebäude waren? An Slatvik. An das, was er mir einmal gesagt hat. Meine Impotenz rühre wahrscheinlich von meinem Gefühl der Unfähigkeit, der Nutzlosigkeit her.«
»Ja, ich erinnere mich, daß du einmal darüber gesprochen hast.«
»Nun, ich fühle mich nicht länger unfähig. Ich fühle mich mächtig und gut. Ich habe etwas vollbracht. Warum versage ich dann bei dir immer noch?«
»Es ist einfach noch zu früh«, sagte sie voll Zärtlichkeit. »Hab doch etwas Geduld.«
»Okay, für mich könnte es so gehen. Ich kann warten, bis sich irgendwann doch noch ein Erfolg einstellt. Was bleibt mir auch anderes übrig, im Moment habe ich sowieso nichts mehr zu verlieren.« Er zögerte kurz und fuhr dann leiser fort: »Aber es ist dir gegenüber einfach nicht fair. Ich kann dich nicht um noch mehr Geduld bitten, nicht nach so vielen langen Monaten.«
»Ach, sei doch still!« antwortete sie unwirsch. Dann erklärte sie verständnisvoller: »Du hältst mich immer noch für eine Art Mutter Teresa, nicht wahr? Für eine herzensgute Frau, die kleine Vögel aufhebt, die aus dem Nest gefallen sind, und dann aufpäppelt. Nun, es mag schon sein, daß etwas davon in mir ist. Und vielleicht hat es auch etwas damit zu tun, warum ich mit dir zusammengezogen bin. Aber das ist sicher nicht der Grund, warum ich immer noch bei dir bin. Verdammt, ich liebe dich doch!«
Die Heftigkeit ihrer kurzen Rede bewegte ihn genausosehr wie

die Worte, die sie gesagt hatte. Dennoch reichte beides nicht aus, das Gefühl der Schuld und der Nutzlosigkeit in ihm zu verdrängen. Er war für sie kein Mann, und aus diesem Versagen wuchsen weitere Schuldgefühle, die stärker und heftiger in ihm zu pulsieren begannen, sich wie ein Krebsgeschwür ausbreiteten. »Ich hätte dich nicht in diese Sache hineinziehen sollen.«

»Hast du ja auch gar nicht. Ich selbst wollte mitmachen, wenn du dich recht erinnerst? Und ich bin für mich selbst verantwortlich. Also wollen wir über diesen Punkt nicht mehr reden, einverstanden?«

Aber er war noch nicht bereit, das Thema fallenzulassen. »Ich fürchte, du hast recht mit deinem Mißtrauen gegenüber Doug. Er ist nicht mehr der alte Kamerad, der Doug, den ich im Schützengraben zum Freund gewonnen habe. Allerdings kann ich dir nicht erklären, was sich an und in ihm geändert hat.«

»Wir beide wollen ihn von nun an im Auge behalten«, sagte Carrie und drückte Lee fester. »Wenn wir beide ein bißchen aufpassen, kann doch gar nichts schiefgehen, oder? Ich meine, wir sind zwei gegen einen. Wenn wir nur zusammenhalten, werden wir die Sache schon durchstehen. Wir bekommen einen Haufen Geld und brauchen uns nie mehr Sorgen zu machen. Und falls du Slatvik überhaupt noch einmal benötigen solltest, kannst du die Sitzungen bei ihm aus der eigenen Tasche bezahlen.« Bei Lee kamen ihre Worte so an, als würde sie eine Litanei herunterbeten.

»Ja, zusammen werden wir es schaffen«, meinte er.

»Ich weiß es hundertprozentig.«

Nach einigen weiteren Minuten des Schweigens erklärte Carrie, so als hätten sie keinen Moment aufgehört, über Doug Powell zu reden: »Wir richten ein Auge auf ihn. Es kann nichts schaden, wenn wir beide jeden einzelnen Schritt von ihm verfolgen.«

Auf seinem Zimmer marschierte Doug Powell bereits seit einiger Zeit neben seinem Bett auf und ab. Er wartete auf das Klingeln des Telefons. Schon seit vier Uhr wartete er auf den Anruf, denn der war für diesen Zeitpunkt ausgemacht worden. Endlich, um 4.18 Uhr, das ersehnte Läuten.
Er riß den Hörer hoch. »Hallo?«
Der Mann von der Vermittlung im Hotel sagte: »Spreche ich mit Mr. Powell?«
»Ja.«
»Ich habe hier ein R-Gespräch für Sie von einem Mr. Hyde in New York City.«
Powell wischte sich mit der Handfläche den Schweiß von der Stirn. »Warum stellen Sie dann nicht durch?«
»Sind Sie bereit, die Gebühren zu übernehmen?«
»Setzen Sie sie auf meine Rechnung«, rief Powell.
Einen Moment später die Stimme von Ilja Tsaitzew: »Mr. Powell?«
»Hallo, Mr. Hyde?«
»Es tut mir leid, wenn ich Ihnen Umstände mache, aber im Moment hängt das einzige erreichbare Telefon in einer Telefonzelle.«
»Macht doch nichts«, antwortete Doug.
Tsaitzew sprach perfekt Englisch. Seit Powell ihn vor zweieinhalb Jahren auf einer Party in Washington kennengelernt hatte, hatte der Russe hart an sich gearbeitet, um seinen Akzent loszuwerden.
»Es ist mir unangenehm, Sie zu dieser frühen Stunde stören zu müssen«, fuhr Tsaitzew fort, »aber eben ist der Anruf aus Zürich gekommen. Ihre Anwälte haben alles vorbereitet. Sind Sie noch bereit, den Handel so abzuschließen, wie wir das vor ein paar Tagen besprochen haben?«
»Ganz sicher bin ich noch bereit dazu«, antwortete Powell und grinste die Wand vor ihm an.

Der Russe schwieg einen Moment. Dann fragte er: »Sollen wir dann so fortfahren wie besprochen?«
»Ja, genau so, wie besprochen.«
»Dann sehen wir uns morgen abend«, sagte Tsaitzew.
»Bis morgen abend.«
Beide Männer hängten im selben Moment ein.
Doug setzte sich auf die Bettkante. Er streckte die Arme aus und betrachtete seine Hände. Sie zitterten. Doch das Zittern war nicht Ausdruck von Furcht, sondern von Erregung. Er hatte vorher schon mit Dunio telefoniert. Alles lief bestens. Dunio wollte das Bargeld bereithalten. Jetzt mußte er nur noch das Lösegeld in Empfang nehmen, bevor er Tsaitzew die Bänder aushändigen konnte. Was für ein wunderschönes Lösegeld. Eine zusätzliche schallende Ohrfeige für die Mächtigen dieses Landes. Für das geforderte Lösegeld würden sie sich ganz schön anstrengen müssen. Eine Doublette, eine doppelte Ohrfeige, denn die Regierung würde nicht nur das Lösegeld, sondern auch die Bänder preisgeben müssen. Während er so darüber nachdachte und sich alles ausmalte, konnte er kaum noch still sitzen.
»General Norman Powell!« rief er. Er zeichnete mit den Fingern die Kopfform seines Vaters in die Luft. »Was für Schlagzeilen: Powell seines Amtes enthoben! Der Beschuldigte bestreitet, etwas von der Verschwörung seines Sohnes gewußt zu haben!«
Verschwörung? Ach was, das perfekte Verbrechen!
Er ließ sich rückwärts aufs Bett fallen und kicherte.

An der Ostseite von Central Park West saßen die Agenten Ashe und Packer in einem Wagen. Sie hatten die Schicht von Mitternacht bis acht Uhr morgens, um Ilja Tsaitzew zu observieren. Sie beobachteten, wie der Russe eine Telefonzelle auf dem Bürgersteig verließ.

»Er kehrt sicher auf direktem Weg in seine Wohnung zurück«, brummte Ashe.
Mit abgeschalteten Lichtern folgte der FBI-Wagen an den geparkten Autos entlang dem Diplomaten.
Drei Blocks weiter betrat der Russe das Haus, in dem sich seine Wohnung befand.
»Fein«, brummte Ashe, »jetzt müssen wir seinem Hintern nicht durch die halbe Stadt folgen.«
Packer fuhr in eine freie Parklücke und schaltete den Motor ab. Er war erst seit letzter Nacht zum Observierungsdienst eingeteilt, und der Auftrag erregte und faszinierte ihn. »Was meinen Sie, wen er angerufen und was er gesagt hat?«
»Sicher nichts Weltbewegendes«, antwortete Ashe. »Er ist nicht sonderlich wichtig. Kam vor drei Jahren aus Rußland und hat immer noch die Manieren eines Kartoffelbauern. Tsaitzew hat ein ganzes Jahr gebraucht, sich sein UNO-Deckmäntelchen zu stricken. In den beiden letzten Jahren hat er versucht, Kontakte zu Datenhändlern und anderen zwielichtigen Vögeln aufzubauen. Die CIA hat ihn die ganze Zeit über mit falschen Informationen und Spielmaterial versorgt. Er hat alles brav nach Moskau durchgegeben. Möglich, daß er weiß, was für eine Art Material er erhält, aber er bemüht sich, an bessere Informationen zu gelangen. Und deshalb observiert das FBI ihn, denn vielleicht hat er ja doch einmal Glück und erwischt einen Informanten, der nicht von der CIA geschickt worden ist.«
»Und wenn er diesmal einen solchen Informanten gefunden hat?« beharrte Packer.
»Wir zapfen die Telefonzelle an. Für den Fall, daß er sie noch einmal benutzt«, brummte Ashe. »Aber ich garantiere Ihnen, daß dieses blinde Huhn noch immer kein Korn gefunden hat.«

15

Neujahrstag, 17.00 Uhr

Roy Genellis jetziges Büro im FBI-Hauptquartier an der East Sixty-ninth Street in Manhattan war beileibe nicht so beeindruckend wie der Raum in Korridor Sechs, Ring E im Pentagon, in dem er mit Gardner Peterson gesprochen hatte. Genellis Büro war kaum halb so groß, hatte langweilig grün gestrichene Wände und verfügte lediglich über das Standardmobiliar. Der graue Linoleumboden wurde nicht einmal von Teppichfliesen verschönert.

Die Atmosphäre in diesem Raum bedrückte Genelli überhaupt nicht, denn er hatte keine Zeit, sie wahrzunehmen. Er hatte seit Stunden schon Meldungen, Anrufe und Berichte über den mittlerweile sogenannten »Robin-Hood-Fall« entgegengenommen. Da blieb ihm kaum die Gelegenheit, sich Gedanken über die Einrichtung zu machen. Er hatte eine halbe Stunde im Air-Force-Jet geschlafen, der ihn von Philadelphia zum Floyd-Bennett-Flughafen gebracht hatte. Und zwischen Mittag und vierzehn Uhr hatte er zwei weitere Stunden Schlaf gefunden. Bis auf diese beiden Ausnahmen war er seit dem Anruf von Peterson kurz nach eins in der Nacht ständig auf den Beinen gewesen. Das einzige, was er in diesem ihm zugeteilten New Yorker Büro bemerkt hatte, war, daß es eine Kaffeemaschine für dreißig Tassen und reichlich frisch gemahlenen Kaffee aufwies.

Roy trank Kaffee, als wäre er süchtig danach. Er goß sich gerade die dritte Tasse in dieser Stunde ein, als David Meyrowitz mit einem Stoß Ausdrucke vom Teleprinter in den Raum kam.

»Was gibt's denn?«

»Nur unwichtiges Zeugs, wie gehabt«, brummte Meyrowitz und warf den Stoß auf den überfüllten Schreibtisch.

»Klären Sie mich bitte kurz darüber auf.«

Der jüngere Mann marschierte zur Kaffeemaschine und goß sich eine Tasse ein. Nach einem ersten Schluck sagte er: »Die Jungs in Philadelphia haben gerade Berichte über zehn weitere Gäste bei der Silvesterparty in der Ox Lane geschickt.« Mittlerweile waren alle vernommen worden, die diese Party besucht hatten. Allerdings waren noch nicht alle Personen überprüft worden. Vierzig Beamte zwischen Philadelphia und Baltimore kümmerten sich darum und sandten ihre Berichte an Genelli.

»Allesamt nette Normalbürger. Das Schlimmste, was uns bislang untergekommen ist, war ein Literaturprofessor, der vor fünf Jahren eine Nacht im Gefängnis verbracht hat, weil er sich auf einer Friedensdemonstration am Kennett Square ungebührlich verhalten hat.«

»Dürfte wohl kaum unser Mann sein, was?« grunzte Genelli.

»Ich weiß nicht«, entgegnete Meyrowitz. »Wenn wir nicht bald auf eine heiße Spur stoßen, müssen wir uns diesen Prof etwas gründlicher vorknöpfen.« Der Assistent hatte den Mantel ausgezogen, die Krawatte abgebunden und die Hemdsärmel hochgekrempelt. Sein lockiges Haar war verschwitzt und ungekämmt. Unter seinen Augen lagen schwarze Ringe.

»Wie viele von den Gästen müssen denn noch überprüft werden?«

Meyrowitz nahm seinen Kaffee und ließ sich auf einem unbequemen Plastikstuhl neben dem Schreibtisch nieder. »Fünfundachtzig Personen sind bis zum Augenblick überprüft worden. An der Party haben insgesamt hundertvier Leute teilgenommen. Wie viele bleiben da übrig... neunzehn, nicht wahr? Aber irgend so eine Ahnung sagt mir, daß wir auch unter den Verbleibenden keinen Superkriminellen finden.«

Die beiden Beamten hatten drei Stunden in Langhorn verbracht und bei den ersten Verhören der Gäste auf der Party gegenüber dem Recard-Institut teilgenommen. Auf dem Campus hatten sie sich davon überzeugt, wie sauber und gründlich der Datenraub durchgeführt worden war. Profis waren hier am Werk gewesen, die natürlich keinerlei Spuren hinterlassen hatten. Im Recard und überall auf dem Campus hatte sich nicht die leiseste Spur finden lassen. Dennoch wurde jede einzelne Ecke untersucht und durchstöbert, bevor ein paar unergiebige Berichte mehr geschrieben werden konnten.

»Ich habe eben mit Simonsen im Institut gesprochen«, verkündete Genelli und ließ sich müde in den Sessel hinter dem Schreibtisch fallen. Er nahm noch einen Schluck von seinem schwarzen Kaffee. »Gegen vierzehn Uhr dreißig hat man den Nachtwächter Rickart nach Hause gehen lassen. Er wurde dreimal verhört, jedesmal eine ganze Stunde lang. Simonsen schwört, sie hätten bei ihm das unterste zuoberst gekehrt.«

»Ja und? Was ist dabei herausgekommen?«

»Der Mann war mal Bulle«, erklärte Genelli. »Und damals hatte er Kontakt mit einigen Herrschaften aus der Unterwelt.«

»Hat er sich was zuschulden kommen lassen?«

»Ja.«

Ein Strahlen ging über Meyrowitz' Gesicht.

»Schrauben Sie Ihre Hoffnungen nicht zu hoch«, warnte Roy. »War alles nichts Besonderes. Er hat sich ein paar Scheine zustecken lassen, um bestimmte Kreise zu warnen, wenn eine Razzia anstand. Er hat dafür aber nicht einmal ein Verfahren an den Hals bekommen. Man hat ihn nur in aller Stille vorzeitig den Dienst quittieren lassen.«

»Und was hat er dann gemacht?« wollte Meyrowitz wissen. »Wie lange arbeitet er überhaupt schon am Recard?«

»Seit acht Monaten.«

»Und wir observieren ihn?«

»Verdeckte Observierung«, antwortete Genelli. »Vier Männer behalten rund um die Uhr sein Haus im Auge. Zwei Männer stehen bereit, seiner Frau zu folgen, wenn sie mal das Haus verläßt. Und zwei Beamte stehen bereit, sobald er einmal vor die Tür tritt. Schließlich haben sich zwei Männer an die Fersen seiner Tochter gehängt, die während der Feiertage Skiurlaub in einem Ferienhaus macht. Das Telefon des Wachmanns ist seit vier Uhr heute früh angezapft.«

»Hat irgendwer daran gedacht, den Generalstaatsanwalt aus dem Bett zu klingeln?«

»Ich denke schon.« Genelli nahm einen Schluck heißen Kaffee und sog scharf die Luft ein, weil er sich den Mund verbrannt hatte. »Ich denke aber kaum, daß Rickarts Verbindungen zur Unterwelt irgend etwas mit ›Robin Hood‹ zu tun haben.«

»Höchstwahrscheinlich nicht«, stimmte Meyrowitz zu. Dann grinste er. »Aber falls wir da wirklich auf eine heiße Spur stoßen sollten, können wir sicher auch eine Verbindung zwischen Rickart und diesem Literaturprofessor herstellen, den man damals während der Friedensdemonstration festgenommen hat.«

Das brachte Genelli zum Lachen. Er trank die Tasse leer und stellte dann fest, daß er schon viel zuviel von dem Muntermacher zu sich genommen hatte. Er würde sich einschränken müssen, wollte er vermeiden, daß seine Hände zu sehr zu zittern begannen.

»Und was nun?« fragte der Assistent.

»Wir warten auf die nächsten Berichte«, erklärte Genelli. »Bis dahin nehmen wir uns noch mal die schon eingetroffenen vor und suchen, ob wir irgendeine winzige Kleinigkeit übersehen haben.«

»Sinnlos. Wir haben nichts übersehen.«

»Das kann man nie wissen«, beharrte Genelli. Er wühlte sich durch die Papierberge und losen Zettel auf seinem Schreibtisch und blieb bei zwei Schnellheftern hängen. Es handelte sich dabei um die Kopien der Berichte über Colonel Theodore Ives.

»Kommen Sie, wir nehmen uns jetzt jeder einen von diesen Heftern vor. Zwei Paar Augen, die sich zur selben Zeit mit etwas beschäftigen, entdecken vielleicht mehr.«

»Ives?« Meyrowitz verzog das Gesicht. »Eine grundehrliche Haut, wenn Sie mich fragen. Er ist eines von den seltenen Exemplaren, die sich bis zum letzten für ihr Land aufopfern!«

»Jemand aus der Familie...«

»Der Junge ist bei den Pfadfindern und hat dort einige Auszeichnungen errungen. Und seine Frau leitet irgend so eine patriotische Damenvereinigung. Und wenn sie am Wochenende alle zusammen sind, tun sie genau das, was eine amerikanische Bilderbuchfamilie tun sollte.«

Genelli knallte ihm den Hefter auf den Tisch.

»Sturer alter Bock!« murmelte Meyrowitz. Er blätterte den Schnellhefter durch, machte sich dann aber gehorsam daran, die erste Seite zu lesen.

16

Sie hatten beschlossen, daß Doug nicht in einem New Yorker Hotel absteigen sollte, sondern die Nacht bei ihnen verbringen würde. Carrie wollte auf keinen Fall Powell oder die Bänder aus den Augen lassen. Gegen sechs Uhr morgens erreichten sie mit dem Zug New York, fanden vor der Penn Station gleich ein Taxi und ließen sich von ihm zu ihrer Wohnung in der Twentieth Street befördern.

Alle drei hatten einen Bärenhunger. Carrie machte ein paar Käse-Omeletts, und dazu nahmen sie reichlich Great Western Pink Catawba zu sich.

»Ab übermorgen braucht ihr euch nie mehr so billigen Wein zu kaufen«, grinste Doug.

»Und dabei habe ich mich schon so daran gewöhnt«, grinste Lee zurück.

»Wieviel Geld hält dieser Dunio denn morgen abend für uns bereit?« wollte Carrie wissen. »Vorausgesetzt natürlich, wir bekommen das Lösegeld.«
»Leider kriegen wir noch nicht alles«, antwortete Powell. »Der Käufer für die Bilder, die wir als Lösegeld verlangen, hat einen Vorschuß von einer halben Million Dollar gezahlt. Und diese Summe bringt Dunio mit. Bargeld, Freunde! Den Rest sollen wir dann morgen in zwei Wochen erhalten.«
»Warum dauert das denn noch so lange?« fragte Carrie.
»Nun, zuerst einmal muß er die Bilder dem Käufer zur Ansicht überreichen. Der Herr will sich von der Echtheit der Stücke überzeugen, will keine Katze im Sack kaufen. Danach muß er viereinhalb Millionen für uns und zweieinhalb Millionen für Dunio zusammenbekommen.«
»Was ich nicht verstehe«, bemerkte Lee und goß allen Wein nach, »ist, warum kann Dunio nicht mit dem Geld hierherkommen, so wie wir das anfangs vorgesehen hatten?«
»Es war bestimmt nicht meine Idee, den Plan zu ändern«, antwortete Doug etwas gereizt. »Dunio ist nach einigem Nachdenken auf diese Idee verfallen.«
Obwohl Lee stark vermutete, daß sein Gegenüber gerade eben gelogen hatte, sagte er: »Ja, das hast du schon erzählt. Aber ich verstehe nicht, warum wir den ganzen Weg nach Princeton, New Jersey, fahren sollen, um dort die Bilder gegen die erste halbe Million einzutauschen!«
Powell zuckte die Achseln. Er konnte seinem Kriegskameraden nicht in die Augen sehen. »Weiß ich auch nicht. Vielleicht ist Dunio nervös geworden, vielleicht konnte er nur zu den größten seiner Branche aufsteigen, wenn er auf gewissen vertrackten Sicherheitsmaßnahmen bestand...« Er nahm einen Schluck von dem Wein. »Immerhin weiß er, daß die Gemälde gestohlen sind. Und es handelt sich bei ihnen keineswegs um Feld-, Wald- und Wiesenbilder, sondern um außerordentlich

wertvolle Stücke. Ein Deal in einer solchen Größenordnung macht sicher auch den abgebrühtesten Kunstschieber nervös. Aus mir unbekannten Gründen fühlt er sich jedenfalls in Princeton sicherer als hier.«
»Schön, aber sind wir auch in New Jersey sicher?« wandte Carrie ein.
»Klar doch.«
Lee nahm einen kleinen Schluck Wein. »Besteht die Möglichkeit, wie entfernt auch immer, daß Dunio uns hereinlegen will, daß er nur an die Bilder herankommen möchte, aber nicht bereit ist, uns auch nur einen Penny dafür zu zahlen?«
»Undenkbar«, antwortete Doug bestimmt. »Er bringt natürlich einige von seinen Männern mit, schon allein der halben Million wegen. Aber er wird seinen Teil des Deals einhalten. Und wenn du mir nicht glaubst, dann sag dir doch folgendes: Dunio wird sich denken, daß er mit uns noch öfter solche Geschäfte machen könnte, wenn wir mit dem ersten Erfolg haben. Und beim nächsten Coup wird er sich uns förmlich aufdrängen, um Hehler oder meinetwegen Mittelsmann sein zu dürfen.«
Lee war immer noch nicht hundertprozentig beruhigt. Er legte Powell eine Hand auf die Schulter und wartete, bis der große Mann ihn ansah. Dann blickte Lee ihm tief in die Augen. »Ich setze eine Menge Vertrauen in dich. Ich vertraue dir mein Leben und meine Zukunft an.«
Powells langes Gesicht spiegelte einen inneren Schmerz wider, der ihn im ersten Moment zu zerreißen drohte. »Ich würde dich niemals im Stich lassen. Ganz gleich, was mir zustößt, dir soll nichts Schlimmes passieren. Das verspreche ich dir.« Die Ergriffenheit, die von seiner Stimme ausging, stand im Gegensatz zu der scheinbaren Schlichtheit seiner Worte. Was er Lee gerade versprochen hatte, war ihm wichtiger als alles andere auf der Welt. Und zusätzlich wurde sein Schwur durch das ehrliche und tiefe Leuchten in seinen Augen verstärkt.

Lee mußte an Dougs Vater denken. Steckte der hinter allem? Hatte Doug die Liebe, die er eigentlich als Sohn für den Vater empfinden sollte, auf den Freund und Kameraden Lee übertragen? Nur Blutsverwandte leisteten einander solche Schwüre. Lee stellte plötzlich überrascht fest, daß sich Tränen in den Augen des Freundes sammelten.
»Alles okay jetzt?« fragte Powell.
Lee sah Carrie an.
Sie nickte.
»Fein«, sagte Lee. »Wir ziehen diese Sache gemeinsam durch, und ich werde nie wieder einen Zweifel an dir hegen. Und ich verspreche dir ebenfalls, dich nicht im Stich zu lassen, dich selbst noch aus der Hölle herauszuboxen.«
Übergangslos war Doug wieder der alte. Grinsend hob er sein Weinglas und rief: »Einen Toast! Darauf, daß wir alle bald Millionäre sind!«

17

Neujahrstag, 20.00 Uhr

Gardner Peterson ließ die Jalousie fallen, die er kurz angehoben hatte, um einen Blick auf die Sixty-ninth Street zu werfen. Er drehte dem Fenster den Rücken zu und wandte sich an seinen Besucher. »Sie haben jetzt über eine Stunde lang Gelegenheit gehabt, die Berichte über General Powell zu studieren. Wenn dabei nichts von Bedeutung herausgekommen ist, dann gab es da ganz einfach nichts von Bedeutung zu entdecken. Wir können rein gar nichts damit gewinnen, diese Fährte weiter zu verfolgen.«
»Da bin ich anderer Ansicht«, widersprach Genelli. Er wußte, daß sein Chef sehr vorsichtig wurde, wenn es um die obersten

Persönlichkeiten der Politik ging, aber er wußte, daß er wenigstens seine Argumente vortragen durfte. »Es gibt da einige auffallende Punkte. Vor allem die Probleme in seiner Familie. Und aus vielen Fällen wissen wir, daß solche Familienschwierigkeiten alle möglichen Dinge auslösen können. Auch Verstöße gegen die Sicherheitsbestimmungen. Seine Frau könnte, wenn sie so weitermacht, entmündigt werden. Und zu erklären, Sohn und Vater hätten sich entfremdet, ist noch eine harmlose Untertreibung...«

»In welcher Familie gibt es solche oder ähnliche Probleme nicht?« fuhr Peterson ihn zornig an.

»Zum Beispiel in der Familie von Colonel Ives. Wir haben seine Familie sehr gründlich untersucht. Die Ives könnten direkt einem Musterkatalog entsprungen sein. Bei den Powells hingegen...«

»Die Angelegenheit ist sehr delikat«, bemerkte der Chef. »Wir können den Vorsitzenden der Vereinigten Stabschefs nicht so einfach ins Verhör nehmen wie einen x-beliebigen Bürger.«

»Dann müssen wir ihn eben bitten oder sonstwie schmeicheln«, erklärte Genelli. »Ich muß ihm ganz einfach ein paar Fragen stellen. Wenn ich mit meiner Theorie über die undichte Stelle bei den Codebüchern richtig liege, dann steht der General oder jemand aus seinem Haushalt ganz oben auf der Liste der Verdächtigen. Es sei denn, Sie würden ernsthaft in Erwägung ziehen, den Präsidenten selbst zu verdächtigen.«

Peterson durcheilte den Raum, blieb dort vor der Tür stehen, überzeugte sich, daß sie wirklich verschlossen war, und dachte dann kurz nach. »Könnten Sie ihn übers Telefon befragen?«

»Da ich keine Zeit habe, nach Washington zu reisen, und der General sicher etwas Besseres zu tun hat, als meinetwegen hierherzukommen, bleibt mir wohl nicht viel anderes übrig.«

»Ich will versuchen, etwas in die Wege zu leiten.«

Genelli blickte auf seine Armbanduhr. »Uns bleiben nur noch

einundzwanzig Stunden, bis das Lösegeld bezahlt werden muß. Wir brauchen ganz dringend eine Spur.«

Neujahrstag, 21.30 Uhr

»Der Direktor hat das Weiße Haus angerufen«, erklärte Peterson. »Der Präsident hat zugestimmt, zu diesem Zweck die Immunität des Betreffenden aufzuheben. Sie können Powell befragen, Genelli.«

Der Ermittlungsleiter riß die Augen auf. »Wann?«

»Powell wird sich über eine Sicherheitsleitung des Weißen Hauses bei Ihnen melden. Vermutlich innerhalb der nächsten halben Stunde.«

»Darf ich die Befragung mitschneiden?«

»Ja«, antwortete Peterson. »Doch Sie müssen das Gespräch selbst abtippen. Keine Sekretärin sollte das zu Gesicht bekommen.«

Genelli nickte. »Wollen Sie mithören, Sir?«

»Nein«, erklärte der Supervisor. »Ich muß mich um hundert andere Dinge kümmern.« Das war nicht gelogen, aber Genelli wußte, daß sein Vorgesetzter sich aus politischen Gründen dafür entschieden hatte, nicht Zeuge der Befragung zu sein. Er wollte aus der Schußlinie sein, wenn Genelli den Unwillen des Generals oder gar des Präsidenten erregte.

Neujahrstag, 23.30 Uhr

Genelli lief über den langen Korridor zu einem unbenutzten Büro, in dem David Meyrowitz auf einer mit Segeltuch bespannten Pritsche schlief. Er ließ das Licht ausgeschaltet, beugte sich über seinen Mitarbeiter und rüttelte ihn an der Schulter.

Meyrowitz fuhr wie von der Tarantel gestochen hoch und schlug mit den Fäusten in die Luft.
»Was für ein Glück für mich, daß Sie im Moment keine Dienstwaffe tragen«, brummte Genelli. »Sie hätten eben wahrscheinlich einen Schweizer Käse aus mir gemacht.«
»Wie spät ist es denn?«
»Halb zwölf.«
Meyrowitz schwang die Beine von der Pritsche und setzte sich aufrecht hin. »Großer Gott, Sie haben mich fünf Stunden schlafen lassen!«
»Gleich übernehmen Sie«, erklärte Genelli, »damit ich mich für fünf Stunden hinlegen kann. Wir müssen unsere Köpfe klarhalten.«
Der Assistent leckte sich über die spröden Lippen. »Mannomann, ich fühle mich dreckig wie ein Schwein.«
»Plover ist aus Washington gekommen«, erklärte Genelli. »Er ist bei Ihnen und bei mir vorbeigefahren und hat einiges von unseren Sachen eingepackt. Sie können sich später noch frischmachen. Im Augenblick habe ich hier etwas, was wir zusammen studieren sollten.«
»Machen Sie es nicht so spannend.«
»Wir haben den Bericht über General Powell«, erklärte Genelli. »Als ich den durchgearbeitet habe, sind mir ein paar Fragen in den Sinn gekommen, die ich gern geklärt haben wollte. Ich habe mich an Peterson gewandt, der hat ein paar Fäden gezogen, und dann durfte ich den Vorsitzenden dreißig Minuten lang befragen.«
Meyrowitz erhob sich. »Und? Was ist dabei herausgekommen?«
»Kommen Sie bitte mit in mein Büro, damit wir die Angelegenheit dort besprechen können.«
Sie liefen durch den Gang und kamen an einer Menge Büros vorbei, in denen niedere Chargen des FBI-Apparats in Telefone

brüllten oder emsig Berichte schrieben. Sie passierten auch das Teletype-Center, in dem die Maschinen wie verrückt ratterten. Endlich standen sie vor der verschlossenen Tür zu Genellis Büro.
Innerhalb der grünen Bürowände nahm sich Meyrowitz eine Tasse Kaffee vom Automaten und ließ sich in dem Sessel nieder, den er stets einnahm. Genelli reichte ihm einen Durchschlag der Wiedergabe seines Gesprächs mit Powell, das er selbst getippt hatte. Das Band, auf dem er die Befragung mitgeschnitten hatte, war sicher in der verschließbaren Schublade seines Schreibtischs verstaut.
»Das ist aber lang geworden«, stöhnte Meyrowitz.
»Ich habe Kringel um die wichtigen Stellen gemacht«, erklärte Genelli. »Sehen Sie sich bitte zuerst Seite 3 an.«
Meyrowitz legte die beiden ersten Seiten fort und fing an zu lesen.

GENELLI: Nur damit ich Sie nicht falsch verstanden habe: Wenn Sie für eine längere Frist zu Hause waren, also mindestens einen Tag lang, haben Sie das Code-Buch im Safe Ihres Arbeitszimmers eingeschlossen?
POWELL: Das ist richtig.
GENELLI: Haben Sie nie befürchtet, jemand könnte in Ihr Haus einbrechen und dabei den Safe öffnen?
POWELL: Das Haus wird durch eine Alarmanlage geschützt. Eine zusätzliche Alarmanlage ist an den Safe angeschlossen. Und ich lasse mein Haus von zwei Wachmännern schützen, solange ich dort weile. Ein Einbrecher käme bei mir nicht sehr weit, Mr. Genelli.
GENELLI: Nun ... wer außer Ihnen kennt die Kombination Ihres Safes?
POWELL: Meine Frau.
GENELLI: Und Ihr Sohn?

POWELL: Der kennt sie nicht.

GENELLI: Einer früheren Aussage von Ihnen entnehme ich, daß Sie diesen Safe seit über sechs Jahren im Haus haben. Wäre es da nicht denkbar, daß Ihr Sohn in einer so langen Zeit die Kombination entdeckt haben könnte?

POWELL: Ich kann mir nicht vorstellen, wie ihm das möglich gewesen sein sollte.

GENELLI: Haben Sie sich die Kombination vielleicht auf einem Zettel notiert, den Sie in Ihrer Brieftasche aufbewahren? Möglicherweise hat Ihr Sohn den Zettel einmal entdeckt. Vielleicht hat auch Ihre Gattin ihm die Kombination gezeigt.

POWELL: Meine Frau hat ihm nie etwas von der Kombination erzählt. Und mein Sohn gehört nicht zu den Kerlen, die in der Brieftasche ihres Vaters herumschnüffeln. Davon einmal abgesehen erhält er nie Gelegenheit, in die Nähe meiner Brieftasche zu kommen.

GENELLI: Ihr Haus verfügt über einen Pool. Lassen Sie die Brieftasche im Haus zurück, wenn Sie schwimmen gehen?

POWELL (Pause): Nur meine Frau und ich kennen die Kombination.

Meyrowitz blickte vom Manuskript auf. »Ich habe den Bericht über Powell nicht gelesen. Ich kann mich aber von den Vorermittlungen noch an die Anmerkung erinnern, daß es zwischen Vater und Sohn Powell nicht zum besten stehen soll.«
Genelli nickte.
»Man kann es förmlich spüren«, sagte Meyrowitz und tippte mit dem Zeigefinger auf die Seite 3. »Er möchte sowenig wie möglich, am liebsten gar nicht über seinen Sohn reden.«
Genelli lächelte. »Ist Ihnen sonst noch was aufgefallen?«
Meyrowitz nahm einen Schluck Kaffee. »Trotz der Zurückhal-

tung des Generals wird deutlich, daß er seinem Sohn nicht traut. Er hat ihm niemals die Kombination gegeben und würde das auch in Zukunft nicht tun.«

Genelli nickte zufrieden und erklärte dann: »Weiter auf Seite 5, ungefähr in der Mitte. Dann Seite 6.«

Meyrowitz hatte die markierte Stelle rasch gefunden.

GENELLI: Sir, das mag Ihnen vielleicht wie eine sehr persönliche Frage vorkommen, aber ich bin autorisiert, Sie alles zu fragen, was mir wichtig erscheint. Ich fürchte, ich muß jetzt ein wenig in Ihre Intimsphäre eindringen.

POWELL: Machen Sie sich mal darüber keine Sorgen. Schießen Sie los.

GENELLI: Unsere Ermittlungen über Ihre Familie haben unter anderem ergeben, daß Ihre Gattin in der Öffentlichkeit trinkt ... viel trinkt. Bei einigen gesellschaftlichen Anlässen war sie, aufgrund reichlichen Alkoholkonsums, wenig diskret hinsichtlich Ihrer und des Präsidenten Privatmeinung über verschiedene Reporter, Kongreßabgeordnete und andere Persönlichkeiten in Washington.

POWELL (Schweigen)

GENELLI: Dem Büro ist bekannt, daß aus einer Serie von kleineren Indiskretionen leicht ein größeres Sicherheitsproblem entstehen kann. Nun ... Nur Sie befinden sich in der Lage, Auskunft über die folgende Frage zu geben: Trinkt Ihre Frau nur bei Streß, oder ist sie bereits Alkoholikerin?

POWELL (Schweigen)

GENELLI: Verzeihen Sie bitte, wenn ich insistiere, aber diese Frage ist sehr wichtig.

POWELL (nach einigen Sekunden des Schweigens): Also gut. Seit einiger Zeit trinkt sie auch, wenn sie allein ist.

Sie nimmt nicht mehr ausschließlich in der Öffentlichkeit Alkohol zu sich ... Aber die Vorstellung, daß Loretta auch nur in Erwägung ziehen könnte ... daß sie, wenn auch nur ganz am Rande, etwas mit diesem Diebstahl zu tun haben könnte ... Völliger Unsinn.

GENELLI: Höchstwahrscheinlich haben Sie recht, General.

»Sie sollten möglichst bald eine Lösung für diesen Fall finden«, erklärte Meyrowitz und lächelte kläglich. »Nur ein rascher Erfolg kann Sie noch vor den Folgen dieser Fragen bewahren.«
»Seite 8«, entgegnete Genelli.

POWELL: Welcher Vater kommt in diesen Zeiten schon sehr gut mit seinem Sohn zurecht?

GENELLI: Also ist es zwischen Ihnen beiden zu größeren Spannungen gekommen? Haben sich Vater und Sohn Powell voneinander entfernt?

POWELL: Meilenweit voneinander entfernt. Aber zumindest können wir noch miteinander reden. Und er findet langsam aus dem Stimmungstief heraus, in dem er sich lange Zeit befunden hat. Ich bin guter Hoffnung, daß er bald wieder ganz der alte sein wird.

GENELLI: Wann ist es zum Bruch mit Ihrem Sohn gekommen? Und was hat ihn ausgelöst?

POWELL: Er erwartete von mir, daß ich meine Beziehungen spielen lassen würde, als er eingezogen wurde, und daß ich ihm einen Posten verschaffen würde, wo er eine ruhige Kugel schieben könnte. Aber ich habe das genaue Gegenteil getan. Ich habe sichergestellt, daß er die Abhärtung erhielt, die ihm noch dringend fehlte. Douglas hat ein Jahr in Vietnam verbracht, und ich habe dafür gesorgt, daß er dorthin verschifft wurde. Das hat ihm nicht geschmeckt. Aber ich denke, er kommt langsam zu dem Schluß, daß ihm dieser Einsatz nur gutgetan hat.

GENELLI: Warum denken Sie das?

POWELL: Nun ... Also, ich besitze in meiner Bibliothek eine umfangreiche Militärbüchersammlung. Darunter ist eine Abteilung, die so gut wie alles enthält, was jemals zu Vietnam geschrieben wurde, gleich aus welcher politischen Ecke. In der letzten Zeit hat Douglas viel Zeit in dieser Bibliothek verbracht. Er liest diese Bücher von vorn bis hinten und betreibt private Studien. Und vor einigen Tagen hat er mir noch erklärt, daß er den Krieg allmählich in einem anderen Licht sehen würde.

»Er verbringt viel Zeit im Arbeitszimmer des Generals?« Meyrowitz blickte verblüfft vom Text auf.

Genelli nickte langsam.

»Das Zimmer, in dem sich auch der Safe befindet? Der Safe, zu dem der Junge angeblich die Kombination nicht kennt?«

Genelli ließ die Fingergelenke knacken. »Weiter auf Seite 14.«

GENELLI: Haben Sie jemals mit Ihrer Frau oder Ihrem Sohn über das Codebuch gesprochen?

POWELL: Sie wissen, daß ein solches Buch existiert.

GENELLI: Aber Sie haben sich nie ihnen gegenüber näher darüber ausgelassen oder etwas vom Inhalt erzählt?

POWELL: Ich denke nicht. Aber wissen Sie, ein Mann erzählt in seiner Familie gern über seine Arbeit. Und im Grunde ist es ja auch kein weltbewegendes Geheimnis, daß ein solches Buch existiert.

»Ich schätze, Sie sind da einer Sache auf die Spur gekommen«, sagte Meyrowitz leise.

Genelli suchte nach einem gelben Blatt, fand es und reichte es seinem Mitarbeiter. Es stammte aus dem Bericht über General Powell und die Mitglieder seiner Familie. »Sie kennen nur die Vorermittlungen über die Powells. Dies hier stammt von dem Abschlußbericht. Die Seite enthält die Fächer, die der Sohn auf dem College belegt hat.«

Meyrowitz las die Seite mit höchstem Interesse. Seine Miene hellte sich zusehends auf.

»Interessant, nicht wahr?« lächelte Genelli.

»Er hat sich zweimal bei Computerwissenschaften eingeschrieben«, sagte Meyrowitz. »Einmal sogar am MIT, bevor er eingezogen wurde. Und nach der Entlassung aus dem Militärdienst hat er... am Recard studiert!« Er sah seinen Vorgesetzten eindringlich an. »Worauf warten Sie eigentlich noch?«

»Auf Ihre Meinung.«

»Lassen Sie sofort einen Haftbefehl für Douglas Eugene Powell rausgehen«, erklärte Meyrowitz grimmig.

Genelli freute sich, daß der junge Assistent zu den gleichen Schlüssen gelangt war wie er selbst. Aber auch im gegenteiligen Fall hätte er das getan, was er jetzt für geboten hielt. »Ich habe bereits einen Haftbefehl beantragt. Den habe ich Peterson vorgelegt. Ich warte jetzt nur noch auf sein Okay.« Genelli blätterte weiter in der schriftlichen Fassung seiner Befragung des Generals. »Da wäre noch eine Sache, die Sie sich ansehen sollten. Schlagen Sie bitte Seite 17 auf.«

Meyrowitz blätterte um, bis er die Seite gefunden hatte.

GENELLI: Sir, können Sie sich erinnern, jemals in Gegenwart Ihrer Gattin oder Ihres Sohnes erwähnt zu haben, daß Sie eines der drei einzigen vollständigen Codebücher erhalten, in dem die Codes für alle fünfzig Kategorien aufgeführt sind?

POWELL: Mag sein, daß ich es in irgendeinem Zusammenhang erwähnt habe.

GENELLI: Ich würde das gern genauer erfahren. Erinnern Sie sich bitte.

(Pause von fünf Sekunden)

POWELL: Nun, ich bin nicht anders als andere Menschen, mit allen Fehlern und Schwächen versehen. Ich denke, die meisten Männer würden zu Hause damit angeben, wenn sie zu einem so auserwählten Kreis gehörten. Immerhin ist es ja auch eine gewisse Ehre... eine Art Statussymbol...

GENELLI: Dann haben Sie also gegenüber Ihrer Gattin und/oder Ihrem Sohn über das Besondere Ihres Codebuchs gesprochen?

POWELL: Es kann schon sein, daß ich einmal irgendwas davon erwähnt habe, daß ich zu den drei höchsten Geheimnisträgern des Landes gehöre. Vermutlich habe ich dem auch noch hinzugefügt, wie besonders mein Codebuch ist.

Meyrowitz kratzte sich am Kopf, starrte auf das Papier und sah dann seinen Vorgesetzten an. »Tut mir leid, ist mir zu hoch. Was sollte an dieser Aussage denn so besonders sein?«

Genelli hielt eine Hand hoch und machte das Siegeszeichen. »Gehen wir einmal von zwei Annahmen aus: Erstens, Doug Powell ist unser Mann. Zweitens, Doug Powell wußte, daß sein Vater eins von den drei Codebüchern der höchsten Geheimhaltungsstufe besaß.« Er ließ die Hand wieder sinken. »Als der junge Powell in den Computerraum des Recard-Instituts eingedrungen ist, wußte er ganz genau, daß unsere Nachforschungen sich über kurz oder lang auf drei Personen beschränken würden: Auf den Präsidenten, auf Colonel Ives und auf seinen Vater. Er hat es bewußt darauf angelegt, gefaßt zu werden.«

»Himmel und Hölle!« stöhnte Meyrowitz.

Genelli stand auf. Er war viel zu nervös, um noch länger sitzen zu können: »Wenn Douglas Powell es in Kauf genommen hat, seine eigene Zukunft zu ruinieren, das heißt, zwanzig oder mehr Jahre im Gefängnis zu riskieren, wenn er es wirklich darauf anlegt, gefaßt zu werden – gleich, ob er damit seinen Vater vernichten, sich einen Ruf als großer Revolutionär erwerben oder sonstwas erreichen will –, wäre er dann nicht auch fähig, die Daten an die Chinesen oder Russen weiterzuverkaufen? Wäre er dann nicht zu allem fähig?«

18

2. Januar, 0.30 Uhr

Agent Packer saß hinter dem Steuer der zivilen FBI-Limousine und aß seinen Hamburger. Der Wagen stand gegenüber von Ilja Tsaitzews Haus am Straßenrand. »Haben Sie jemals in allen Ihren Dienstjahren einen solchen Alarm erlebt?« fragte er nach einem Schluck Cola aus dem Plastikbecher seinen Kollegen Ashe.

»Ja, einmal«, antwortete Ashe, während er einen Mundvoll Pommes Frites hinunterschluckte. »Ein Captain der Air Force hatte sich einen Schnellhefter unter den Arm geklemmt, in dem sich streng geheime Unterlagen über einen neuen Kampfflieger befanden. Die CIA hatte ihn bereits im Visier und gab uns dann rechtzeitig Bescheid. Er bemerkte leider die beiden Männer, die ihn verfolgten und observierten. Irgendwie gelang es ihm, sie abzuschütteln, und wir verloren ihn aus den Augen. Das ganze Büro geriet in Panik. Da wir keine Ahnung hatten, wem er die Unterlagen verkaufen wollte, mußten wir die Überwachung jeder ausländischen Botschaft im Großraum New York verstärken.«

»Halten Sie dies hier für einen ähnlichen Fall?« fragte Packer neugierig.
»Klar doch«, brummte Ashe und schob die halbvolle Frittentüte zu dem anderen Styroporabfall. »Ist doch mal wieder alles in Panik geraten. Wahrscheinlich ist es jemandem gelungen, die Einkaufsliste des Pentagon für Toilettenpapier zu entwenden.« Ashe ärgerte sich über den plötzlichen Alarm, der seine Arbeitsroutine so durcheinandergebracht hatte. Er hatte es sich seit einiger Zeit zur Angewohnheit gemacht, sein Mitternachtsmahl in einem Schnellimbiß zu sich zu nehmen, während sein Partner sich solange allein um die Observierung kümmerte. Es widerstrebte ihm sehr, mit jemandem zusammen im Wagen essen zu müssen.
»Na, mal sehen«, sagte Packer, nachdem er das letzte Stück des Hamburgers in den Mund geschoben hatte, »vielleicht ist das ja ganz gut so. Vermutlich gibt es endlich etwas Abwechslung. Wäre doch mal was anderes, endlich Action zu erleben.«
»Auf Action kann ich gern verzichten«, brummte Ashe.

2. Januar, 6.00 Uhr

Als Genelli nach seinem fünfstündigen Schlaf in sein Büro zurückkehrte, saß Meyrowitz hinter dem Schreibtisch. Genelli hatte die Berichte, Notizen und sonstigen Unterlagen in einiger Ordnung zurückgelassen. Dank seines Mitarbeiters waren alle Blätter und Zettel zu einem einzigen Wirrwarr durcheinandergeworfen. Rings um den Schreibtisch bedeckten Seiten den Boden. Und auf dem zweiten Sessel dieses Büros türmte sich ein Papierberg. Ohne das Chaos rings um ihn herum zu bemerken, arbeitete Meyrowitz emsig an einer Personalliste für die weiteren Ermittlungen.
»Sie fühlen sich ja hier schon wie zu Hause«, erklärte Genelli.

»Ich hätte Sie nie für so ambitioniert gehalten, aber jetzt muß ich zu meiner großen Überraschung entdecken, daß Sie den typischen hungrigen Wolfsblick in den Augen haben.«
»Das kommt nur von vier Kannen Kaffee und lediglich einem Schinken-Käse-Sandwich in vierundzwanzig Stunden.« Meyrowitz erhob sich und heftete die neue Liste an die Pinnwand. Dann drehte er sich zu seinem Vorgesetzten um, den sein erster Weg zur Kaffeemaschine geführt hatte, und fragte: »Wie haben Sie denn geschlafen?«
»Wie ein Stein.«
»Fein«, sagte Meyrowitz. »So wie die Dinge anlaufen, wird das Ihr letzter Schlaf in diesem Monat gewesen sein.«
»Was ist denn los?«
Meyrowitz rieb sich die blutunterlaufenen Augen mit dem Handrücken. Dann seufzte er laut: »Vor zwei Stunden kam Peterson hier herein und erklärte, für einen Haftbefehl gegen Doug Powell lägen nicht genug konkrete Beweise vor.«
»Verdammt noch mal!«
»Ich hätte es nicht schöner ausdrücken können«, grinste Meyrowitz matt. »Ich habe ihm deutlich widersprochen und erklärt, natürlich seien die Beweise etwas wacklig und reichten für den Normalfall sicher nicht aus. Aber in einer Lage wie dieser muß man eben etwas riskieren, und Doug Powell sei eindeutig unser Mann. Peterson entgegnete, selbstverständlich sei in dieser Situation ein Haftbefehl auch aufgrund einer so flauen Beweislage richtig ... ein Haftbefehl gegen jeden im Lande, außer gegen den Sohn des Vorsitzenden der Vereinigten Stabschefs.«
»Verfluchte Politik«, knurrte Genelli. Politische Rücksichtnahmen hatten damals beim Zilinski-Ross-Fall nicht im Wege gestanden. Keiner von diesen beiden Psychopathen hatte einen einflußreichen Vater aufbieten können. »Warum haben Sie mich nicht gleich geweckt, nachdem Peterson seine Entscheidung verkündet hatte?«

»Sie haben Ihren Schlaf nötiger gebraucht«, antwortete Meyrowitz, »denn was hätten Sie schon dagegen tun können? Spucken, kratzen, fauchen? Brüllen, die Fäuste ballen und den Kopf gegen die Wand schlagen? Aber jetzt kommt die gute Nachricht. Unter der Decke haben wir Petersons Segen. Er hat uns vierzig Beamte abgestellt, die alles über Doug Powell in Erfahrung bringen werden, was es über den jungen Mann zu wissen gibt. Vor allem werden sie bald herausgefunden haben, wo unser Freund sich aufhält.«
Genelli trat mit der halbvollen Tasse an den Schreibtisch und ließ seinen Blick über die ungeordneten Papierhaufen wandern. »Darüber gibt meine Abschrift von der Befragung des Generals Auskunft. Der Junge wollte die Feiertage in einem Hotel in Miami verbringen.«
»Haben wir schon überprüft.«
»Und natürlich war er nicht dort, oder?«
»Nach Auskunft des Vaters handelte es sich um das Hotel Doral. Sein Sohn hat dort nicht einmal ein Zimmer reservieren lassen.« Meyrowitz schüttelte den Kopf. »Und er hat sich auch in keinem der drei Dutzend anderen Hotels von Miami gemeldet.«
»Vielleicht ist er in keinem der großen Häuser, sondern in irgendeiner Absteige untergekommen.«
»Unwahrscheinlich.«
»Und Peterson weiß davon?«
»Ja.«
Genellis Augen wurden gefährlich klein. »Und selbst das hat ihn nicht umgestimmt? Will er immer noch keinen Haftbefehl veranlassen?«
»Nein.«
»Doppelt verfluchte Scheiße!« rief Genelli. Für einen Moment machte er den Eindruck, als wolle er die halbvolle Tasse gegen die Wand schleudern.

»Ich habe eben die Liste der Agenten zusammengestellt, die hinter dem Jungen her sind«, erklärte Meyrowitz und zeigte auf das DIN-A4-Blatt, das er gerade an die Pinnwand geheftet hatte. »Wenn wir ein klein bißchen Glück haben und immerhin vierzig Männer darauf ansetzen, werden wir über kurz oder lang erfahren, wohin Powell junior sich abgesetzt hat.«
»Werden auch seine Arbeitskollegen, Freunde und Bekannten überprüft?« wollte Genelli wissen.
»Selbstverständlich. Aber der Junge ist eher ein Einzelgänger. Viele Freunde und Bekannte kann er nicht vorweisen.«
»Sind darunter vielleicht einige, die als potentielle Komplizen in Betracht kommen könnten?« fragte Genelli und stellte verblüfft fest, daß er die Schuld von Doug Powell nicht mehr in Frage stellte.
»Nein, zumindest springt einem keiner sofort ins Auge«, antwortete Meyrowitz. »Natürlich überprüfen wir alle, aber bislang scheinen alle seine Freunde nichts weiter als nette, harmlose Durchschnittsbürger zu sein.«
»Bis vor wenigen Stunden galt auch Doug Powell allgemein als netter, harmloser Durchschnittsbürger«, knurrte Genelli.

2. Januar, 7.00 Uhr

Doug Powell saß am Küchentisch und stopfte alte Spültücher, die er von Carrie bekommen hatte, zwischen die Magnetbänder, die er in den Koffer packte. Endlich klappte er den Deckel zu und sperrte mit einem kleinen Schlüssel ab. Er zog den Koffer vom Küchentisch und prüfte dabei sein Gewicht. »Es geht, ich kann ihn tragen.«
Carrie, die ihm gegenüber am Tisch saß, runzelte die Stirn. »Ich kann mir noch immer nicht erklären, warum wir die Dinger aus dieser Wohnung schaffen müssen.«

Powell war immer noch sauer darüber, daß Lee sie mit in diese Unternehmung hineingezogen hatte. Für seinen Geschmack war diese Frau entschieden zu herrisch und schnippisch. Sie entsprach so gar nicht der Art von Frauen, die er bevorzugte und in deren Gesellschaft er sich sogar wohl fühlen konnte. Andererseits war ihm sehr wohl bewußt, daß er irgendwie mit ihr auskommen mußte, wollte er nicht Lees Vertrauen verlieren. Also bemühte er sich darum, ihr eine plausible Antwort auf die Frage zu geben: »Sobald wir das Lösegeld haben und die Bänder ans Pentagon zurückschicken können, wird das die Herren Ermittler sicher verwirren, wenn auf dem Paket als Absender Princeton steht, nicht aber New York.« Das kam Doug selbst ein wenig schwach vor, um als Erklärung auszureichen. Er beschloß daher, ihr einen Teil der Wahrheit zu offenbaren. »Ich habe euch doch schon erzählt, daß ich bestimmt auf die Liste der Verdächtigen geraten werde. Ich habe mir lange darüber Gedanken gemacht, aber es gibt wohl keinen Weg, dem zu entgehen. Das FBI wird also seine Beamten ausschwärmen lassen, um mich und meine Freunde und Bekannten zu überprüfen. Ich wäre kaum überrascht, wenn noch heute ein paar von ihnen hier bei euch auftauchen würden. Wenn sie also kommen und womöglich noch so schlau waren, sich mit einem Durchsuchungsbefehl für diese Wohnung zu wappnen ... Na, es wäre dir doch sicher nicht recht, wenn sie die Bänder bei dir unterm Kopfkissen oder sonstwo aufspüren ...«
Lee lehnte an der Kühlschranktür und trank ein Glas Milch. Er machte eine nachdenkliche Miene und sagte dann: »Das FBI würde doch wohl kaum die Wohnungen von deinen Freunden durchsuchen, wenn man dort nicht verdammt sicher wäre, daß du der Gesuchte bist. Du redest so, als läge die Schlinge bereits um deinen Hals.«
Jetzt heißt es, vorsichtig zu sein, sagte sich Powell. Er hatte Lee, zugegeben gezwungenermaßen, bei dieser Sache schon so oft

und so gründlich belogen, daß er bei jeder weiteren Unwahrheit über die früheren Lügen stolpern konnte. »Ich bin mir zu neunundneunzig Prozent sicher, daß ich unbeschadet aus dieser Sache hinauskomme und dann meine Millionen genießen kann. Und wenn sie tatsächlich auf mich stoßen, kann ich immer noch Douglas Powell sterben lassen und für den Rest meiner Tage als Dan Walters weiterleben. Nicht zu vergessen das Vermögen, das ich bald in Händen halte. Damit sollte es mir ein leichtes sein, dieses Land für immer zu verlassen. Ein lauschiges Plätzchen findet sich überall auf der Welt. Aber ihr beide könnt das nicht. Ihr beide müßt darauf achten, nach außen hin eine blütenweiße Weste zu tragen.«

Doug bemerkte, wie die beiden sich kurz ansahen.

Lee trank sein Glas leer. »Ich denke, du hast recht.«

»Natürlich habe ich das.«

»Aber sei vorsichtig mit den Bändern.«

Powell lachte. Er hob mit der einen Hand den Koffer mit der Beute und mit der anderen den mit seinen Kleidern. »Ich glaube kaum, daß ich diese beiden Stücke verlieren werde.«

»Soll ich dir dabei helfen, sie durchs Treppenhaus hinunterzutragen?« bot Lee sich an.

»Nein, laß nur«, entgegnete Doug. »So schwer sind sie nun auch wieder nicht.« Er atmete tief durch und zwinkerte den beiden Komplizen dann zu. »Viel Glück in der U-Bahn.«

»Wird schon schiefgehen«, lächelte Lee.

»Dann sehen wir uns heute abend in Princeton. Ihr habt doch noch die Karte, die ich euch gezeichnet habe?«

»Selbstverständlich«, antwortete Carrie.

Doug gefiel der kritische Blick gar nicht, mit dem sie sein Gesicht abtastete.

Powell verließ die Wohnung. Unten auf der Twentieth Street lief er zwei Häuserblocks weit zur Sixth Avenue und bestieg dort ein Taxi, um sich in die Innenstadt befördern zu lassen.

Am Port-Authority-Busbahnhof schloß er seine Koffer in zwei Schließfächer ein. Er nahm in einem Schnellimbiß ein rasches Frühstück mit Kaffee, Toast und Rührei zu sich, verließ dann mit den Koffern den Bahnhof und rief ein neues Taxi.

Von diesem ließ er sich zum La-Guardia-Flughafen bringen. Es gehörte zu seinem Plan, die Taxis zu wechseln. Eine Vorsichtsmaßnahme gegen das FBI oder andere Schnüffler, die seinen Weg vom La Guardia bis zur Wohnung von Lee hätten zurückverfolgen können.

Er hatte dem Kriegskameraden ein Versprechen gegeben, und das beabsichtigte er unter allen Umständen einzuhalten. Ob Doug nun gefaßt wurde oder entwischen konnte, Lee Ackridge sollte in keiner Weise mit dem Diebstahl in Zusammenhang gebracht werden.

Am Flughafen zeigte er seinen Dan-Walters-Ausweis vor und mietete einen Leihwagen von Avis. Irgendwann würde das FBI über den Namen Dan Walters stolpern und eins und eins zusammenzählen. Dann würden irgendwelche Beamte auch auf diesen Leihwagenvertrag stoßen. Aber bis dahin würde noch einige Zeit vergehen. Erst mußten sie Pia James festnehmen und verhören. Falls sie überhaupt auf Pia stießen...

Als er den Wagen erhielt, stellte er den Koffer mit den Bändern hinter den Fahrersitz. Den zweiten plazierte er auf dem Beifahrersitz. In diesem befanden sich zwei Colt Diamond .38 Special. Beide Pistolen waren geladen.

Er fuhr in die Stadt zurück, durchquerte die Innenstadt von Manhattan und eilte entgegengesetzt dem Pendlerverkehr durch den Lincoln-Tunnel. Auf der anderen Seite des Hudson gelangte er auf den New Jersey Turnpike und steuerte in südlicher Richtung auf Princeton zu.

In regelmäßigen Abständen warf er einen Blick in den Rückspiegel, obwohl er genau wußte, daß sie noch nicht auf seiner Fährte waren und nach ihm fahndeten. Mittlerweile waren die

FBI-Beamten aber sicher so weit, daß sie aus dem kleinen Kreis der Empfänger des vollständigen Codebuches denjenigen herausgeschält hatten, der für sie am ehesten in Betracht kam. Und das war sein Vater. Sie hatten sicher auch schon das Hotel Doral in Miami überprüft und feststellen müssen, daß Douglas Powell dort nie ein Zimmer gebucht hatte. Da er das Lösegeld in New York City erhalten wollte, würden die FBI-Männer nun sicher in Manhattan jeden Stein umdrehen und alle Ecken und Winkel durchstöbern. Dabei war er doch längst auf dem Weg nach Princeton...

Obwohl sein Vater sich manchmal Wahrheiten versperren konnte, die ihm nicht in den Kram paßten, mußte er mittlerweile zu dem Schluß gekommen sein (vielleicht hatte er es bei einem Verhör sogar zugeben müssen), daß sein eigener Sohn der Datendieb war. Was mochte der alte Bastard wohl in dieser Minute tun? Wie mochte ihm zumute sein? Machte er gerade einen Tobsuchtsanfall durch? Brüllte er Loretta an? Oder hatte er sich in seinem Arbeitszimmer eingeschlossen und schrie gegen die Wände? Und wie erging es der süßen Loretta? Tröstete sie sich gerade mit einer Batterie von Gin Tonics, obwohl es bis zum Mittagessen noch Stunden hin war?

Doug Powell raste durch die eintönige Industrielandschaft im nördlichen New Jersey nach Süden und grinste grimmig.

2. Januar, 10.10 Uhr

Lee hatte die Tür noch nicht ganz geöffnet, da wußte er schon, wer draußen stand. Der eine von beiden war über eins achtzig groß und wog hundertzehn Kilogramm. Obwohl er grob wirkte, war er gepflegt gekleidet und gut frisiert. Seine intelligenten Augen erfaßten mit wenigen Blicken alles. Der andere war nur wenig kleiner und etwa fünfzehn Kilogramm leichter, aber ansonsten hätte er durchaus der Zwillingsbruder des ersten sein können. Sie trugen beide konservative graue Anzüge. Der Große hatte einen schwarzen Mantel an. Der Kleine bevorzugte blau.

»Ja, bitte?« fragte Lee.

»Sind Sie Mr. Ackridge?« fragte der größere. »Mr. Lee Ackridge?«

»Ja, so heiße ich. Was kann ich für Sie tun?«

»FBI, Mr. Ackridge«, erklärte der kleinere. Beide zeigten ihre Dienstmarken und Ausweise vor.

»Um Gottes willen!« rief Lee und fragte sich, ob er so reagierte wie ein unschuldiger und verwirrter normaler Staatsbürger.

»Wir möchten Ihnen gern ein paar Fragen stellen«, fuhr der kleinere Beamte fort. Laut seinem Dienstausweis hieß er Ogilvey.

»Dürfen wir hineinkommen?« fragte der andere. Sein Name war Keyes.

Lee führte sie ins Wohnzimmer und bedeutete ihnen, sich auf der Couch niederzulassen, während er selbst auf dem alten, durchgesessenen Korbschaukelstuhl Platz nahm. »Worum geht es denn bitte?«

Die beiden Agenten ließen ihre Blicke kurz durch den Raum schweifen. Sie sahen Lee an, als handele es sich bei ihm um ein weiteres Teil der Einrichtung. Endlich bequemte sich Keyes zu einer Antwort: »Kennen Sie einen Mann namens Douglas Eugene Powell?«

»Doug? Mensch, natürlich kenne ich den. Wir waren zusammen im Krieg. Wir...« Er hielt inne und setzte eine besorgte Miene auf. Er rutschte auf seinem Sessel nach vorn und fragte: »Was ist denn los? Ist Doug etwas zugestoßen, oder was?«

»Nicht direkt«, entgegnete der größere.

»Wann haben Sie Mr. Powell das letzte Mal gesehen?« wollte Ogilvey wissen.

Lee wirkte nachdenklich. »Hm, das muß so kurz vor Weihnachten gewesen sein.«
»Also vor einer Woche?« bohrte der kleinere nach.
»Was? Nein, nicht dieses Weihnachten, sondern das vom letzten, nein, vom vorletzten Jahr. Also vor über einem Jahr oder so.«
Die beiden Beamten sahen sich an.
Bemerkte Lee da Enttäuschung in ihren Gesichtern? Kauften sie ihm tatsächlich seine Geschichte ab?
»Sie haben mir noch immer nicht gesagt, was mit Doug ist«, beschwerte sich Lee und achtete darauf, besorgt zu klingen.
Keiner der beiden ging auf seine Frage ein.
»Mr. Ackridge, würde es Ihnen etwas ausmachen, wenn wir uns ein wenig in Ihrer Wohnung umsehen?« sagte Keyes. Es klang nicht wie eine Bitte.
Obwohl Lee auf ein solches Ersuchen gefaßt gewesen war, spielte er nach außen weiterhin den Unschuldigen und fragte verwundert: »Warum das denn?«
»Um festzustellen, ob Mr. Powell sich hier verborgen hält.«
»Aber ich habe Ihnen doch gerade erklärt...«
Ogilvey, der schärfer und härter klang als sein Kollege, sagte: »Wir können dieses Haus auch unter Bewachung stellen und eine richterlich genehmigte Hausdurchsuchung erwirken, wenn Sie die Dinge unnötig erschweren wollen.«
»Wir würden es aber sehr zu schätzen wissen«, fügte Keyes hinzu, um die Spannung, die plötzlich aufgekommen war, etwas zu lockern, »wenn Sie uns jetzt die Erlaubnis dazu erteilten.«
»Einen Moment mal«, rief Lee und gab sich mißtrauisch. »Es ist nicht so, wie ich zuerst angenommen habe. Doug ist nichts widerfahren. Im Gegenteil, er hat etwas angestellt, und jetzt sind Sie hinter ihm her!«
Ogilvey verzog keine Miene.

Keyes nickte leicht.
»Was hat er denn verbrochen?« wollte Lee jetzt wissen.
»Beim gegenwärtigen Stand der Ermittlungen dürfen wir Ihnen das nicht mitteilen«, erklärte der Kleinere.
Lee schüttelte verwundert den Kopf. »Bei allem, was recht ist, wissen Sie eigentlich, wen er zum Vater hat... Ach was, natürlich wissen Sie das.« Er erhob sich, offenbar erregt, abrupt aus dem Schaukelstuhl. »Doug und ich sind gemeinsam durch unzählige Höllen gegangen. Aber selbst eine Freundschaft, die aus einer solchen Kameradschaft erwächst, hat ihre Grenzen. Ich würde mich nie zu einem Komplizen bei kriminellen Machenschaften mißbrauchen lassen. Ich studiere nämlich Jura, und da weiß ich, in was für einen Schlamassel man geraten kann. Kommen Sie bitte, ich werde Ihnen selbstverständlich alle Zimmer zeigen.«
Sie kramten in den Schränken und sahen auch unter dem Bett nach. Aber sie beschränkten ihre Suche nicht auf solche Orte, die groß genug waren, um dort einen ausgewachsenen Mann zu verstecken. Nein, sie sahen überall nach, wo sich sechs Magnetbänder hätten unterbringen lassen.
Eine knappe Stunde später kehrten sie ins Wohnzimmer zurück und ließen sich wie vorher auf der Couch nieder.
»Es tut mir leid, daß wir Ihnen solche Umstände bereiten mußten«, erklärte Keyes ohne Bedauern. »Dürfen wir Ihnen noch eine halbe Stunde Ihrer Zeit nehmen? Wir hätten da nämlich ein paar Fragen, auf die wir dringend Antwort suchen.«
»Aber natürlich«, antwortete Lee wichtigtuerisch. »Ich stehe Ihnen zur Verfügung.«

19

2. Januar, 13.00 Uhr

Nur noch vier Stunden bis zur festgesetzten Lösegeldübergabe. Roy Genelli entließ die beiden Agenten Keyes und Ogilvey und lehnte sich müde in seinem Schreibtischsessel zurück, um darüber nachzudenken, was er mit den Informationen anfangen sollte, die die beiden ihm gebracht hatten. Als Gardner Peterson etwas später sein Büro betrat, hatte Genelli die Beine auf den Schreibtisch gelegt und die Augen geschlossen.

»Bei mir endet alles in irgendwelchen Sackgassen«, erklärte der Supervisor. »Sind Sie wenigstens ein Stückchen weitergekommen?«

Obwohl er genauso wenig geschlafen hatte wie seine Untergebenen, wirkte Peterson noch so frisch und munter wie zu Beginn der Ermittlungen. Keine Falten verunzierten seine Kleidung, und er trug den Anzug immerhin seit mindestens vierunddreißig Stunden. Selbst sein weißes Haar war gekämmt und ordentlich. Vielleicht hatte er sich eben geduscht.

»Wir kommen voran«, antwortete Genelli, »aber leider nicht schnell genug.«

David Meyrowitz stand vor der Einsatzliste an der Pinnwand und strich mit einem Filzschreiber die Namen der Beamten durch, die bereits ihre Berichte über die Befragung der Freunde und Bekannten von Doug Powell abgeliefert hatten. Jetzt drehte er sich zu Peterson um und erklärte: »Wenn der Präsident verkünden würde, alle Uhren seien um zwölf Stunden zurückzustellen, hätten wir genug Zeit, diesen Fall abzuschließen.«

Peterson setzte sich auf den freien Stuhl. »Dann scheinen Sie ja tatsächlich auf einer heißen Fährte zu sein.«

»Ich muß mich korrigieren«, erklärte Meyrowitz. »Mit zwölf

Stunden Extrazeit könnten wir wasserdicht darlegen, wer Powells Komplizen waren und wie sie das Ding durchgezogen haben. Aber selbst dann könnten wir sie nicht verhaften.«
»Veranstalten Sie hier ein kleines Ratespielchen, oder was?« schimpfte Peterson.
Genelli schaukelte auf seinem Schreibtischsessel vor und zurück. Er schloß die Augen wieder und versuchte, seine Gedanken zu ordnen. »Wir sind überzeugt, daß Powell junior unser Mann ist. Aber er kann die Sache nicht allein durchgeführt haben. Mindestens ein Komplize war dabei.«
Meyrowitz strich den letzten Namen auf der Liste durch. »Vorausgesetzt, wir haben niemanden aus dem Kreis seiner Freunde und Bekannten übersehen«, erklärte er und tippte mit dem Filzschreiber auf das Pinnbrett, »so kommen für uns nur noch zwei Männer als Kandidaten in Frage.« Er marschierte zu einem Beistelltisch und schnitt sich dort ein Stück von dem abgepackten Käsekuchen ab, den sie sich gegen Mittag aus der Kantine hatten kommen lassen.
»Der erste Kandidat ist ein gewisser Lee Frederick Ackridge«, erklärte Genelli, ohne die Augen zu öffnen. »Er hat angegeben, Silvester mit seiner Freundin bei sich zu Hause gefeiert zu haben. Ackridge war im Vietnamkrieg in Powells Einheit, und die beiden sind dort dicke Freunde geworden. Ein paar Monate vor Ablauf seiner Dienstzeit wurde Ackridge in einem Gefecht schwer verwundet. Man hat ihn in die Staaten zurückgebracht. Fast das ganze Gesicht ist ihm verbrannt. Die plastische Chirurgie hat ein paar kleine Wunder vollbracht, aber einige häßliche Narben sind dennoch zurückgeblieben.«
»Dann hegt er sicher noch einen Groll«, bemerkte Peterson. »Der Herr hätte also ein Motiv für die Tat.«
Meyrowitz schluckte ein Stück Kuchen hinunter und erklärte: »Eine Weile sah es ganz so aus, als wäre er der Gesuchte. Er wohnt hier in New York, und nach allem, was er im Krieg

durchgemacht hat, könnte er sich durchaus gesagt haben, dieses Risiko wolle er gern auf sich nehmen.«

»Ich hae Keyes und Ogilvey zu ihm nach Hause geschickt«, fuhr Genelli fort. »Sie waren seit halb acht heute morgen dort und haben die Nachbarn und so weiter befragt. Diejenigen, die Ackridge und seine Lebensgefährtin, eine gewisse Carrie Hoffman, kennen, halten ihn für einen netten und ehrlichen Mann und sie für einen wahren Engel in Menschengestalt.«

»Die alte Dame, die ihnen gegenüber wohnt«, ergänzte Meyrowitz, »hat einen Riesenaufstand gemacht. Wie es dem FBI wohl einfallen könne, der Hoffman auch nur das kleinste Vergehen anzuhängen.«

»Lee könnte in die Sache verwickelt gewesen sein, ohne seine Flamme etwas davon wissen zu lassen«, bemerkte der Supervisor.

»Darauf sind Ogilvey und Keyes auch gekommen«, erwiderte Genelli. »Sie haben sie nicht angetroffen, weil sie schon längst an ihrer Arbeitsstelle war, als die Agenten alle Nachbarn befragt hatten. Na ja, sie haben sich dann mit Ackridge unterhalten. Und sie haben seine Erlaubnis bekommen, die Wohnung zu durchsuchen. Aber sie haben nichts gefunden. Keine Gummimasken, weder Werkzeuge noch Magnetbänder. Lediglich ... In einem Kleiderschrank sah Keyes einen Mantel, der in etwa der Beschreibung des Wachmanns entspricht. Aber eben nur beinahe.«

»Vielleicht war Rickarts Beschreibung ungenau«, schlug Peterson vor.

»Tja, da wäre nur der Umstand zu bedenken«, brummte Meyrowitz, »daß es in New York mindestens eine Million schwerer, mittellanger marineblauer Herrenmäntel geben muß. Ackridge wäre viel verdächtiger, wenn wir bei ihm keinen gefunden hätten.«

Genelli schob den Sessel nach hinten, erhob sich und marschierte auf und ab. »Er war sehr kooperativ. Keyes fiel auf, daß die eine Gesichtshälfte des Mannes starr war. Es war daher schwierig, die Reaktionen und das Mienenspiel des Betreffenden bei wichtigen Fragen zu beurteilen. Keyes ist allerdings zu der Ansicht gelangt, daß Ackridge über das Auftauchen der Beamten und die Verdächtigung von Doug Powell ehrlich überrascht war.«

»Das ist kein Grund, ihn von der Liste der Verdächtigen zu streichen«, sagte der Supervisor. Er stand auf und lief ebenfalls auf und ab, denn er fühlte sich unbehaglich, wenn ein Untergebener auf ihn hinabsehen konnte.

»Nachdem ich Keyes und Ogilvey zu Ackridge geschickt hatte«, fuhr Genelli fort, »sandte ich zwei Männer zu Ackridges Psychiater, einem gewissen Dr. Leon Slatvik. Seine Praxis befindet sich in der Park Avenue. Ackridge bekommt die Behandlung durch Dr. Slatvik von der Regierung bezahlt. Der Mann leidet an extremen Depressionen und einer psychosomatischen Impotenz.«

Peterson war Genelli ausgewichen und hatte immer mehr Distanz zwischen sich und ihn gebracht. Nach dem letzten Wort blieb er abrupt stehen und drehte auf dem Absatz herum. »Impotenz? Haben Sie nicht eben gesagt, er lebe mit einer Frau zusammen?«

»Anscheinend ist sie so ein wahrer Engel, wie die Nachbarn sie hingestellt haben«, grinste Genelli humorlos.

»Ich bin einigermaßen erstaunt, daß Dr. Slatvik solche persönlichen Dinge weitergibt. Schließlich gibt es nicht nur so etwas wie Datenschutz, sondern auch die ärztliche Schweigepflicht.«

»Diese Information haben wir ja auch nicht von Slatvik«, antwortete Genelli. »Das haben wir in den Akten des Veteranenamtes ausgegraben. Slatvik wollte zunächst auch nicht über Ackridge reden, bis er feststellen mußte, daß wir alles über den seelischen Zustand des Mannes wußten. Danach zeigte er sich bereit, auf einige unserer Fragen Antwort zu geben. Das Dumme daran ist nur, daß ... Nun, Slatvik erklärte, Ackridge könne in seinem gegenwärtigen Zustand niemals eine Initiative entwickeln, wie sie für die Durchführung eines Datendiebstahls wie im vorliegenden Fall nötig sei. Der Psychiater erläuterte, daß Ackridge seinen Minderwertigkeitskomplex nicht so lange verdrängen könne, um eine so gefährliche und komplizierte Unternehmung bis zu ihrem Ende durchzustehen. Die einzige, wenn auch vage Möglichkeit sei die, daß Miß Hoffman ihn zu der Tat gedrängt habe.«

»Aber auch Slatvik hält Carrie Hoffman für einen reinen Engel«, brummte Meyrowitz. »Der Arzt hat sogar mit Nachdruck darauf hingewiesen, daß Ackridge großes Glück mit ihr habe, daß sie seine einzige Hoffnung auf Genesung sei.«

»Hat denn irgendwer diese wunderbare Dame mal näher in Augenschein genommen?« wollte der Supervisor wissen.

»Nachdem Keyes und Ogilvey bei Ackridge fertig waren«, antwortete Genelli, »sind sie zu ihrem Arbeitsplatz gefahren und haben sie dort eine halbe Stunde lang befragt.«

»Ja und?«

Genelli setzte ein häßliches Lächeln auf. »Keyes gab an, sie habe ein Lächeln, das einen Stein erweiche. Und ihre Figur sei mehr, als ein Mann verkraften könne.«

»Und Ogilvey war schon allein von ihren blauen Augen hin und weg«, fügte Meyrowitz hinzu.

»Aber Sie haben deswegen die Observierung der beiden nicht abgebrochen, oder?«

Genelli nickte. »Zwei Männer behalten den Eingang zum Haus im Auge, und zwei weitere die Straße hinter dem Haus. Andere Agenten sind vor ihrer Firma postiert. Weder er noch sie kann irgendwohin, ohne daß wir das erfahren.«

»Also gut. Und wer ist der andere Hauptverdächtige?« fragte Peterson enttäuscht.

Genelli goß sich Kaffee in die Tasse. »Der andere heißt Howard Dunio. Er war Sergeant in Powells Einheit in Vietnam. Als Ackridge wieder in der Heimat war, wurde Dunio Powells bester Freund. Obwohl er nie erwischt wurde und die Beweise gegen ihn lange nicht ausreichen, ist die Army sicher, daß Dunio auf die eine oder andere Weise daran beteiligt war, Kunstwerke aus Südostasien herauszuschmuggeln. Er hat vor zwei Jahren seinen Abschied genommen, und seitdem wird er in Laos und Thailand steckbrieflich gesucht. Beide Staaten sind hinter ihm her, weil sie annehmen, daß er staatlich geschützte Kunstobjekte gestohlen und außer Landes geschafft hat.«

»Außerdem liegen gegen ihn Haftbefehle aus folgenden Staaten vor«, fügte Meyrowitz hinzu: »England, Frankreich, Dänemark, Belgien und Italien. In jedem einzelnen Fall besteht Verdacht auf Handel mit gestohlenen Gemälden.«

Peterson wirkte mit einem Mal noch wacher als zuvor. »Wenn Powell tatsächlich der Täter ist und wir uns die Lösegeldforderung vor Augen halten, wäre Dunio sein idealer Komplize. Dunio scheint mit gestohlenen Kunstwerken zu handeln. Er kann sicher die Bilder zu Geld machen, die als Lösegeld verlangt werden!«

»Aber wenn wir uns auf die beiden konzentrieren – und es liegt wirklich auf der Hand, daß Powell und Dunio Robin Hood sein müssen –, stehen wir vor einem neuen Problem.«

»Was für ein Problem?«

»Wir haben die entsprechenden Akten von Interpol angefordert«, antwortete Genelli und legte die Hände um die Kaffeetasse, um sie daran zu wärmen. »Das dauert seine Zeit, und bis jetzt ist noch nicht allzuviel über ihn gekommen. Doch das, was wir schon erfahren haben, ist alles andere als herzerfrischend. Dunio ist untergetaucht. Niemand scheint zu wissen, wo er sich aufhält.«

Peterson rieb sich mit einer Hand über den Nacken und massierte ihn. »Was soll das heißen?«

»Ein Mann, auf den Dunios Beschreibung zutrifft, hat zwei Jahre lang auf dem internationalen Kunstschmuggelmarkt gearbeitet und dabei neun verschiedene Namen benutzt. Für jede dieser Identitäten muß er einen vollständigen Satz Papiere besitzen, natürlich alles gefälscht, denn Interpol ist es bis heute nicht gelungen, seine Aufenthaltsorte ausfindig zu machen. Er wechselt die Namen und die Staatsangehörigkeit wie ein Chamäleon die Farbe. Vielleicht lebt er irgendwo in Europa, vielleicht aber auch hier in den Vereinigten Staaten. Vermutlich lebt er dort oder hier unter einem falschen Namen, den er ausschließlich für sein Privatleben reserviert hält.«

»Uns steht nicht nur Interpol zur Verfügung«, erklärte Peterson. »Wenn wir mit der CIA zusammenarbeiten, haben wir bestimmt bald eine heiße Spur, und dann...«

»Sir, ich habe da meine Zweifel«, widersprach Ginelli. »Natürlich dürfen wir nichts unversucht lassen, vor allem in einem solchen Fall nicht. Nur ... Wenn ein Mann unter seinem eigenen Namen vom Gesetz gesucht wird und wenn derselbe Mann Zugang zu gefälschten Papieren hat, dann wird er nicht zögern, unterzutauchen und irgendwo anders ein neues Leben zu beginnen. Selbstverständlich bedeutet das für ihn, vollständig mit seiner Vergangenheit zu brechen. Er kann nie wieder seine Verwandten besuchen oder seine alten Freunde treffen. Und er muß allen ihm vertraut gewordenen Orten, allen Lieblingsrestaurants, -kinos und so weiter fernbleiben ... Die meisten Menschen, die untertauchen und ein neues Leben beginnen, scheitern, weil es ihnen nicht gelingt, einen sauberen Schnitt zu ihrer Vergangenheit zu machen. Sentimentalitäten und liebgewordene Angewohnheiten verraten sie meist nach kurzer Zeit. Aber nach allem, was uns von Interpol und an eigenen Akten über Dunio vorliegt, scheint er der Typ Mann zu sein, der sich, ohne länger darüber nachzudenken, sauber und gründlich von seinem bisherigen Leben zu trennen vermag.«

»Sehen Sie, ich habe eben keine Rätsel aufgetischt«, sagte Meyrowitz und hockte sich auf den Beistelltisch. »Wir sind uns ziemlich sicher, wen wir wollen. Aber wir haben nur minimale Hoffnung, ihrer zu diesem Zeitpunkt habhaft zu werden.«
Peterson ballte die Fäuste. »Ich sorge dafür, daß binnen einer Stunde ein Haftbefehl gegen Dunio auf dem Tisch liegt. Wir arrangieren da etwas, erfinden Beamte, die Dunio umgebracht haben soll. Irgendwas wird uns schon einfallen, was wir ihm in die Schuhe schieben können. Nur Landesverrat darf nicht auf dem Haftbefehl stehen, sonst können wir unsere ganze Aktion begraben.«
»Wir nehmen auch alle Verwandten und Freunde von Dunio ins Verhör«, sagte Genelli. »Ich glaube zwar kaum, daß der alte Fuchs sich so leicht aus seinem Bau locken läßt, aber vielleicht treffen wir so ja bei ihm eine verwundbare Stelle.«
»Und wie wäre es mit einem vorläufigen Haftbefehl gegen Powell junior?« fragte Meyrowitz.
Der Supervisor verzog das Gesicht. »Hohe Politik. Möglicherweise bekommen wir den Haftbefehl irgendwann. Aber da muß ich erst unseren Direktor beknien.«
»Und der muß dann den Präsidenten weichklopfen«, brummte Meyrowitz.
Peterson zuckte die Achseln.
»Jede Minute zählt«, drängte Genelli.
»So, wie ich den Direktor kenne, weiß er das«, entgegnete der Supervisor.
»Und wenn alles schiefgeht, können wir immer noch hoffen, sie bei der Lösegeldübergabe zu schnappen«, sagte Genelli leise.
»Um siebzehn Uhr sind dreihundert Beamte über Manhattan verteilt«, verkündete Peterson. »Jeder von ihnen hat Fotos von Dunio und Doug Powell gesehen. Wenn wir unsere Kräfte um den Übergabeort konzentrieren und zusätzlich alle U-Bahn-

ausgänge bewachen, können wir sie einfach nicht verpassen. Dort werden wir sie kriegen, hundertprozentig.« Der Supervisor wußte, daß er Genelli damit nicht beeindrucken konnte. Im Grunde genommen versuchte er nur, sich selbst zu beruhigen.

»Was ist mit den Bildern für das Lösegeld?« fragte Genelli.

»Ich hole sie gegen vierzehn Uhr und bringe sie dann hierher.« Er sah auf seine Uhr und trat zur Tür. »Ich sollte mich wohl besser auf den Weg machen. Bis fünfzehn Uhr bin ich sicher wieder zurück.« Kurz vor dem Hinausgehen drehte er sich noch einmal um. »Gott allein weiß, was wir den Nationalchinesen als Gegenleistung für diese Bilder versprochen haben. Militärische Unterstützung? Handelsvorteile? Ich glaube, ich will es gar nicht wissen.« Alle Farbe wich aus seinem Gesicht, während er darüber nachdachte. »Wir sollten alles in unseren Kräften Stehende tun, diese Burschen nicht entwischen zu lassen. Wenn wir sie nicht in der U-Bahn zu fassen bekommen, stekken wir bis zur Halskrause in der Scheiße.« Er warf noch einen Blick auf seine Armbanduhr und rannte nach draußen.

»Jetzt sehen Sie sicher die Axt, die über unseren Häuptern hängt«, bemerkte Meyrowitz.

20

2. Januar, 15.15 Uhr

Fünf Miniaturen, alle etwa zwanzig mal dreißig Zentimeter messend, lagen sorgfältig verpackt im Schreibtisch von Gardner Petersons Büro. Es waren wunderbare Arbeiten, Wasserfarbe auf Seide. Roy Genelli hielt sie für die atemberaubendsten Kunstwerke, die er je zu Gesicht bekommen hatte. Die bunten, ebenen Flächen bewirkten mehr, als nur das Licht zu

reflektieren. Sie absorbierten das Licht, veränderten es und strahlten es als überirdische Vision zurück. Alle fünf Bilder stellten wunderschöne chinesische Landschaften dar. Und keines Menschen Spur war in den Empfindungen einer ätherischen und zerbrechlichen Natur zu entdecken.
»Die obersten drei stammen von Ku K'ai Tschih aus dem vierten Jahrhundert, zwar nach, aber immer noch unter dem Einfluß der Han-Dynastie. Die beiden anderen Werke stammen von einem Künstler aus dem zehnten Jahrhundert, der vom Mäzenatentum der Sung-Dynastie gefördert wurde. Das war das perikleische Zeitalter der chinesischen Kunst.«
»Ich wußte gar nicht, daß Sie auf diesem Gebiet ein solcher Experte sind«, brummte Meyrowitz.
»Das habe ich vom nationalchinesischen Kurator erfahren«, erklärte der Supervisor. »Man konnte ihm deutlich ansehen, daß es ihm den Magen umgedreht hat, als er sich vorstellte, diese Kostbarkeiten aus der Hand geben zu müssen. Er hat die ganze Zeit über auf mich eingeredet, wohl in der Absicht, die Übergabe zu verzögern.«
Genelli wußte, daß diese fünf Bilder im New Yorker Metropolitan-Museum zu sehen gewesen waren und zu einer Ausstellung von zweiundsechzig chinesischen Kunstwerken gehörten. Es handelte sich dabei um eine Leihgabe von Nationalchina, von Taiwan. Formosa hatte auch einen Kurator mitgeschickt, der ein Auge auf sie halten sollte, solange sich diese wertvollen Stücke im Ausland befanden. Und nun war dieser arme Mann durch eine Order seiner Regierung gezwungen worden, fünf der wertvollsten Stücke der Ausstellung herauszugeben.
»Haben Sie eine Vorstellung, wieviel diese Dinger auf dem schwarzen Kunstmarkt einbringen würden?« fragte Meyrowitz.
»Sie sind unbezahlbar«, antwortete Peterson. »Genauso könnte man die David-Statue von Michelangelo zum Verkauf

anbieten. Was würde die wohl einbringen? Eine Million? Zwei Millionen? Zehn Millionen? Nun denn, diese fernöstlichen Bilder sind das Äquivalent zu der Statue.«
»Was für ein Verbrechen, solche Schätze als Lösegeld zu verlangen«, schimpfte Genelli. »Und was für ein noch größeres Verbrechen, sie in die Hände von einem Typen wie Dunio fallen zu lassen!«
Petersons Antwort war hart und erfolgte wie aus der Pistole geschossen: »Dafür sind Sie ja da. Sie lassen die Bilder eben nicht in die Hände eines anderen fallen. Sie schnappen Dunio – oder wer auch immer dieses Ei ausgebrütet hat –, sobald er in der U-Bahn nach den Bildern greift!«
»Nun wollen wir doch mal hübsch auf dem Teppich bleiben«, meldete sich Meyrowitz zu Wort und tat so, als würde er den finsteren Blick des Supervisors nicht bemerken. »Wir wollen *versuchen*, während der Lösegeldübergabe wenigstens einen von ihnen zu fassen oder ihn zumindest zu verfolgen. Aber unsere Erfolgsaussichten müssen nicht günstig stehen. So raffiniert, wie unsere Freunde bisher vorgegangen sind, haben sie sich sicher etwas Schlaues überlegt, um nicht in eine Falle von uns zu laufen. Aus diesem Grunde kleben wir ja auch Wanzen an die Bilder und an den Kasten, in dem wir sie verpacken. Wenn wir die Herrschaften in der U-Bahn aus den Augen verlieren, bleibt uns somit immer noch die Möglichkeit, sie elektronisch aufzuspüren, sobald sie an die Oberfläche zurückgekehrt sind.«
Peterson starrte ihn an, als wolle er ihn ermorden. Doch Meyrowitz war ganz ruhig und hielt diesem Blick stand. Nach ein paar Sekunden konzentrierte sich der Supervisor auf die Bilder und beruhigte sich dabei allmählich wieder. »Zumindest kann ich mir kaum vorstellen, daß diese Bilder voneinander getrennt und überall auf der Welt verstreut in den Privatsammlungen einiger Reicher verschwinden werden. Die Chancen stehen

tausend zu eins, daß Peking sie erwerben und in ein eigenes Museum schaffen wird. Eine Ironie der Geschichte. Tschiang Kai-scheck hat sie 1949, als die Kuomintang auseinanderfiel, aus Peking mitgenommen.«
»Es ist doch immer wieder herzerfrischend«, lächelte Meyrowitz, »wenn man miterlebt, daß die Gerechtigkeit am Ende doch triumphiert.«
»Ich schätze, zu Witzen besteht im Augenblick kein Anlaß«, schnappte Peterson.

21

2. Januar, 15.30 Uhr

Lee Ackridge kam sich etwas dämlich vor, als er die braune Langhaarperücke aufsetzte, die Carrie ihm letzte Woche gekauft hatte. Er zog und zupfte so lange an dem Teil herum, bis er glaubte, daß sie nahezu perfekt saß. Er betrachtete kritisch sein Konterfei im Badezimmerspiegel. Tatsächlich hatte er sich von einem adretten und ordentlich aussehenden Jurastudenten in einen langhaarigen Hippie verwandelt. Nun nahm er die Theaterschminke und bedeckte damit die auffälligsten Narben an Wange, Hals und Schläfe. Als er sich dann einen Parka anzog und einen langen Schal um seinen Hals schlang, hätte ihn niemand mehr als Lee Ackridge wiedererkannt.
Und genau das war ja auch der Sinn der Sache.
Er schaltete das Licht im Badezimmer aus und begab sich ins Schlafzimmer. Dort aktivierte er den automatischen Timer für das Licht – einen von dreien, die Carrie letzte Woche besorgt hatte – und stellte ihn so ein, daß die Nachttischlampe von vier Uhr bis viertel vor sechs nachmittags brennen würde. In der Küche aktivierte er den zweiten Timer. Hier würde sich die

Lampe um siebzehn Uhr einschalten. Als letztes suchte er das Wohnzimmer auf. Hier würde der Timer das Licht kurz vor siebzehn Uhr aus- und um achtzehn Uhr wieder einschalten. Jeder, der in den nächsten Stunden von der Twentieth Street zu der Wohnung hinaufblickte (oder sie gar observierte), würde das Brennen oder Erlöschen der Lampen bemerken und sich sagen, daß dort jemand zu Hause sei und normalen Beschäftigungen nachgehe.

Und genau das war ja auch der Sinn der Sache.

Lee trat vorsichtig an die Wohnungstür, öffnete sie einen Spalt weit und spähte hinaus. Die Gänge auf der zweiten Etage waren leer. Er trat rasch hinaus, schloß die Tür hinter sich und eilte die Treppen hinunter. Doch er verließ das Gebäude nicht am Hauptausgang, sondern stieg weiter hinab bis in den Keller.

In den dreißiger Jahren hatte eine Baufirma auf diesem Grundstück drei Wohnhäuser errichtet und sie voneinander mit Mauern getrennt. Im Lauf der Jahre war einiges ausgebessert worden und hatte die Immobilie mehrfach den Besitzer gewechselt. Die Zwischenwände im Keller waren herausgebrochen worden. Da die drei Häuser immer nur als Paket verkauft worden waren, war kein neuer Besitzer auf die Idee gekommen, die Wände wieder einzuziehen.

Unten im Keller entdeckte Lee bald die Tür, die unter das zweite Haus führte, durchquerte diesen Keller und gelangte unter das dritte Gebäude.

In diesem Haus lebte der Verwalter für alle drei Gebäude. Doch im Augenblick schien er gerade unterwegs zu sein. Lee stieg behutsam die Stufen hinauf und bewegte sich dann auf Zehenspitzen durch das Parterre.

Noch immer war niemand zu sehen.

Stille lag über dem Haus.

Am Ausgang zögerte Lee nur kurz und trat dann hinaus in den kalten Januarnachmittag. Es wurde bereits dunkel. Er mar-

schierte die Sixth Avenue hinauf und kam an einem dunklen geparkten Wagen vorbei, in dem zwei Männer so taten, als würden sie *nicht* ein anderes Gebäude observieren.
Er erwartete jeden Moment, von jemandem festgehalten zu werden, obwohl er doch bis zur Unkenntlichkeit verkleidet war und den Komplex an einem ganz anderen Ausgang verlassen hatte. Doch niemand rannte ihm nach, und niemand rief ihn an.
Er bog um eine Ecke und lief im gleichen Tempo weiter. Er war ihnen tatsächlich entkommen.

2. Januar, 16.30 – 21.00 Uhr

DIE ÜBERGABE

22

2. Januar, 16.30 Uhr

Ein nicht unbeträchtlicher Teil der Beamten der FBI-Sondereinheit, die in Manhattan zusammengezogen worden war, um bei der Lösegeldübergabe zuzuschlagen, befand sich in Fahrzeugen. Peterson hatte sechsundvierzig unmarkierte FBI-Wagen hierher beordert. In jeder Limousine saßen ein Fahrer und zwei Männer. Jeder von ihnen trug einen Revolver und hatte von seinem Platz aus Zugang zu dem großkalibrigen Gewehr, das an der Rückseite des Beifahrersitzes befestigt war. Alle sechsundvierzig Fahrzeuge befanden sich um sechzehn Uhr dreißig an ihrem Platz, fünfunddreißig Minuten vor dem Übergabetermin.

An der Kreuzung von Fourteenth Street und Seventh Avenue, direkt an der U-Bahn-Station, an der David Meyrowitz mit den verpackten Bildern den Zug besteigen würde, waren drei FBI-Wagen postiert. Der erste stand mit der Front zur Fourteenth, der zweite blickte nach Osten, und der dritte parkte zwischen der Fourteenth und der Thirteenth und hielt die Südseite der Seventh Avenue im Auge.

In allen drei Wagen lief der Motor. Die Funkgeräte in ihnen waren auf einen freien Kanal eingeschaltet, aus dem nur statische Geräusche ertönten.

Die nächste Abteilung Fahrzeuge gruppierte sich um die Penn Station, den ersten Halt des Zugs nach der Fourteenth. Dies war eine der beiden wahrscheinlichsten Stellen, an denen Robin Hood mit der Beute den Zug verlassen und nach oben steigen würde. Ein Wagen parkte zwischen der Thirty-third und der Thirty-fourth und überwachte die Seventh Avenue in südlicher Richtung. Die anderen vier Wagen der Fünferabteilung standen auf der Eigth Avenue, der Thirty-first und der Thirty-fourth. Am Times Square, der zweiten Station, waren sechs Wagen versammelt: auf der Forty-third, dem Broadway, der Forty-second und der Seventh Avenue. Genelli spürte, daß die Hektik am Times Square zur Hauptverkehrszeit für Robin Hood der geeignetste Aussteigeort wäre. Er saß deshalb in einem der Wagen, und zwar in dem, der gegenüber dem Rialto-Theater auf der Forty-second Street stand und nach Osten in Richtung Broadway blickte.

Vier Limousinen waren in den Straßen über der dritten Station des Zuges postiert: an der Seventy-second und dem Broadway. Und vier weitere Wagen hatten Stellung am nächsten Halt zwischen der Ninety-sixth und dem Broadway bezogen.

Insgesamt warteten zweiundzwanzig Wagen an den U-Bahn-Stationen. Im Grunde genommen hatten die Männer von Genelli noch Glück. Robin Hood hätte sich einen anderen Übergabeort ausdenken können, den man nicht so leicht unter Bewachung halten konnte.

Die übrigen vierundzwanzig Limousinen deckten alle möglichen Ausfallstraßen von Manhattan ab: die George-Washington-Brücke, den Lincoln- und den Holland-Tunnel, den Brooklyn-Battery-Tunnel, die Brooklyn-Brücke, die Manhattan- und die Williamsburg-Brücke, den Queens-Midtown-Tunnel und die Queensboro-Brücke. Vier Wagen standen nördlich von Gracie Manson am F. D. R., fahrbereit, um jedes verdächtige Fahrzeug daran zu hindern, über eine der Brücken durch Harlem zu entkommen.

Zusätzlich zu den hundertachtunddreißig Männern in den Li-

mousinen waren hundertfünfundzwanzig Agenten zu Fuß unterwegs. Die meisten patrouillierten auf den U-Bahnhöfen, denn es war ja nicht auszuschließen, daß Robin Hood, statt nach oben zu gehen, in einen anderen Zug umsteigen wollte.
In den FBI-Büros in der Sixty-ninth Street arbeiteten zusätzliche siebenunddreißig Männer. Sie koordinierten die Bewegungen der mobilen Einheiten und verwerteten die hereinkommenden Nachrichten und die anderen Aspekte der Operation.
Vier Männer observierten das Wohnhaus, in dem Ackridge und Hoffman lebten. Vier weitere waren vor den Ausgängen der Firma postiert, bei der Carrie Hoffman arbeitete.
Das FBI hatte insgesamt dreihundertundacht Männer für diese Operation aufgeboten.
Hinzu kamen sechs Regierungsbeamte.
Und ein FBI-District-Supervisor.
Nur eine Handvoll von ihnen wußte um die Umstände hinter dieser Operation. Aber jeder einzelne Mann zählte die Minuten bis zur Übergabe um 17.05 Uhr.

23

2. Januar, 16.35 Uhr

Pia James parkte ihren Mercedes auf der Twenty-fifth Street zwischen Seventh und Eigth Avenue. Sie schloß gemäß den Anweisungen, die sie erhalten hatte, die Wagentür nicht ab. Pia lief zur Seventh Avenue und bog dann nach Süden in die Fourteenth Street ein.
Der Wind blies nicht so wild, wie man das um diese Jahreszeit in New York häufiger erleben konnte. Dennoch wehte eine kräftige Brise, und die Temperatur lag um den Gefrierpunkt. Als sie zwei Blocks hinter sich gebracht hatte, waren ihre Wan-

gen rot, und die Nase fühlte sich wie erfroren an. Nach drei Blocks klingelte es in ihren gefühllosen Ohren. Die Brise kam ihr wie ein kräftiger Wind vor, als sie die Nineteenth Street erreichte. Er schnitt durch ihren Beged-Or-Mantel und schmerzte auf ihren Brüsten.
Wie blöd. Sie holte sich hier noch eine Lungenentzündung! War das fünftausend Dollar wert? Sie durfte gar nicht an den Arbeitsausfall denken.
Doch! Fünftausend Dollar verdiente sie normalerweise in zwei Wochen. Und diese Summe erhielt sie jetzt für ein paar Stunden Arbeit, in denen sich noch nicht einmal jemand über ihren Körper hermachte. Fünftausend Dollar waren es wert, elf Blocks weit zu laufen und auch noch ein bißchen U-Bahn zu fahren. Aber diese Summe war es nicht wert, dafür ins Gefängnis gesperrt zu werden. Pia war immer noch nicht hundertprozentig wohl bei dieser Geschichte.
Auf jeden Fall würde sie die Augen offenhalten. Wenn sie irgendwann oder irgendwo Bullen witterte, würde sie die verdammte Schachtel einfach fallen lassen, und dann mochte Dan Walters, oder wer immer er war, sehen, wo er blieb!
Sie schritt zügiger aus und erreichte die Rolltreppe zur Station an der Fourteenth Street wenige Minuten vor fünf. Als sie die Stufen hinunterstieg (sie mochte keine Rolltreppen), entdeckte sie mit großem Schrecken, daß der Mann, der direkt unten stand, ihre Kontaktperson war. Er trug eine Schachtel mit einem Durchmesser von dreißig Zentimetern unter dem Arm. Die Schachtel war in normales braunes Packpapier eingewikkelt. Darüber war Draht gespannt, der von einer roten Versandmarke zusammengehalten wurde. Auf ein solches Paket sollte sie achten, hatte Walters ihr eingeschärft. Doch der Mann, der die Schachtel trug, entsprach nicht ihren Erwartungen. Nicht übermäßig groß und von schmächtiger Gestalt, dunkles, lockiges Haar und eine tiefbraune Gesichtshaut – Pia

hielt ihn für einen Araber. Aber andererseits wirkte er sanft und überhaupt nicht brutal. Pia fand ihn sogar ganz sexy. Sie hielt deutlichen Abstand zu ihm und sorgte dafür, daß sein Blick nicht auf sie fiel. Doch selbst wenn er sie zufällig entdecken sollte, konnte er ja nicht wissen, daß sie ihm das Paket abnehmen würde. Trotzdem war Vorsicht angebracht. Er mußte sich ja nicht unbedingt ihr Gesicht merken. Es war nicht auszuschließen, daß er selbst in eine Falle geriet und dann verhört wurde. Die Minuten krochen quälend langsam vorbei.

Madelaine Harlow, diesen Namen hatte sie sich gegeben, als sie vor vier Jahren nach New York gekommen war, stieg zwischen Seventh Avenue und Seventeenth Street aus dem Taxi. Sie wartete auf dem Bürgersteig, bis der Mietwagen um eine Ecke gebogen war und der Fahrer sie nicht mehr sehen konnte. Dann lief sie in Richtung Fourteenth Street.

Sie trug ein langes graues Wollkleid und ein schwarzes Jackett mit Fellbesatz – ein Ensemble von Bergdorf-Goodman. Für diese Gegend war sie entschieden zu gut angezogen. Und für diese Gegend war sie ganz entschieden zu hübsch: eine große, langbeinige Blondine mit grünen Augen und einer vorzüglichen Figur. Aber Madelaine machte sich nicht im mindesten Sorgen um die hiesige Straßenkriminalität. Sie hatte ein ganzes Jahr lang auf der Straße gearbeitet, bevor es ihr gelungen war, so viele Stammkunden zusammenzubekommen, daß sie sich eine Arbeitswohnung mieten konnte. Madelaine konnte sehr gut auf sich selbst aufpassen, und Männer machten ihr keine Angst.

Sie war nur über eine Sache etwas verstimmt. Sie mußte nämlich eine Einkaufstasche von Korvettes tragen. Dabei kaufte sie nie bei Korvettes. Und sie kam sich auch albern vor, weil die Tasche zwar von außen so aussah, als wäre sie voller Einkäufe, in Wahrheit aber nichts weiter als zusammengeknülltes Toilet-

tenpapier enthielt. Sie kam sich so blöd dabei vor, mit einer Tasche voller Toilettenpapier mitten durch die City von Manhattan zu laufen und auch noch so zu tun, als würde die Last ihr immer schwerer, obwohl die Tasche doch so gut wie gar nichts wog.
Sie erreichte die Treppe zur U-Bahn-Station an der Fourteenth Street, als die Uhr eine Minute vor siebzehn Uhr anzeigte. Unten auf dem Bahnhof waren auf ihrer Seite nur sechzig oder siebzig Menschen versammelt. Und dreißig davon standen rund um die Säule herum, an der Madelaine warten sollte. Sie marschierte auf die Säule zu und mischte sich unter die Wartenden.
Ein Endzwanziger mit lockigem Haar zog sie mit den Augen aus, bemühte sich aber wenigstens darum, nicht zu offensichtlich zu starren. Sie schenkte ihm ein kühles und verächtliches Zucken der Mundwinkel. Er sah ganz nett aus, aber es war ihm anzusehen, daß er nicht vermögend war. Madelaine mochte nur Männer, die reich waren; höchstens noch solche, die auf dem besten Wege waren, reich zu werden.
In ein oder zwei Jahren, sobald sie mehr Berufserfahrung besaß, in einem besseren Apartment arbeitete und nur noch Kleidung erster Qualität und von den angesehensten Designern trug, würde sie so teuer, gut und erfolgreich sein wie Pia James. Zumindest hatte sie sich das vorgenommen.

2. Januar, 17.00 Uhr

David Meyrowitz betrat die U-Bahn-Station kurz vor siebzehn Uhr. Er postierte sich an der Säule, die in der Lösegeldforderung angegeben worden war. Zweieinhalb Tage waren vergangen, seitdem die Diebe ins Recard-Institut eingebrochen waren und als dreiste Krönung ihrer Tat die Forderung über den Computer geschickt hatten. Die Säule unterschied sich auf den ersten Blick in nichts von den Dutzenden anderen, die die Straße über ihren Köpfen stützten. Dann entdeckte Meyrowitz weiße Buchstaben, die hastig an allen vier Seiten aufgesprüht worden waren: RH, RH, RH, RH.

Nach außen hin müde und gleichgültig ließ er den Blick über die wachsende Menge fahren. Er wagte es jedoch nicht, jemanden zu lange anzusehen. Robin Hood gehörte sicher nicht zu den schüchternen Menschen. Dennoch wäre es ganz und gar nicht ratsam, seinen Kontaktmann durch eine vermeidbare Dummheit abzuschrecken.

Meyrowitz stellte besorgt fest, daß sich weder Dunio noch Powell junior in der Menge befanden. Es war jedoch kaum denkbar, daß einer der beiden schon vorher den Zug bestiegen hatte. Wie konnte er sichergehen, daß sein Waggon genau vor der markierten Säule hielt? Nein, gemäß der Übergabebedingungen würde Robin Hood an dieser Station in den Zug steigen. Und damit blieb nur eine Lösung möglich: Robin Hood arbeitete nicht zu zweit, sondern zu dritt.

Bloß keinen anstarren.

Vermassel es nicht!

Einige Sekunden später kreischte der Zug im dunklen Tunnel, die Bremsen heulten zum Trommelfellbersten, und dann kam der endlose Wurm zum Stehen. Die Türen direkt vor Meyrowitz öffneten sich, aber niemand stieg aus. Die Menschen rings um ihn stürmten auf die offenen Türen zu. Plötzlich bekam Meyrowitz einen großen Schrecken. Wenn er nicht mit den anderen schieben und stoßen würde, käme er nicht mehr in den Waggon hinein und würde Robin Hoods Kontaktmann verpassen.

Alle Sitzplätze waren von den Angestellten der Börse und der Maklerhäuser besetzt, die an der Wall Street und an der William-Station eingestiegen waren. Der Boden rings um die Haltestangen war ebenfalls lückenlos vergeben. Der Waggon war bis zum Bersten gefüllt. Und daran würde sich erst an der Penn-Station etwas ändern, wenn die angehenden Banker und Finanzjongleure in den Penn Central oder auf die Long Island Railroad umstiegen. Also blieb Meyrowitz, wo er war, und kämpfte sich nicht weiter durch. Er stand Schulter an Schulter mit etlichen New Yorkern vor der Schiebetür. Keiner in seiner Nähe sah Dunio oder Powell auch nur entfernt ähnlich.

Meyrowitz hatte auch nicht mitbekommen, daß drei FBI-Männer mit ihm eingestiegen waren. Er wußte, daß er nicht allein war, und sagte sich, daß die Beamten irgendwo im Zug steckten. Vermutlich versuchten sie gerade, jeden Fahrgast gleichzeitig im Auge zu behalten und zu vermeiden, einander ins Gesicht zu sehen.

Gefährlich schwankend wie ein Schiff, das sich durch rauhen Seegang kämpft, rollte die U-Bahn los und eilte nordwärts unter Manhattan hindurch.

Eine leise, nicht unangenehme Stimme rechts von Meyrowitz sagte: »Verzeihen Sie bitte.«

Er drehte den Kopf und entdeckte vor sich eine atemberaubende Blondine. Sie war ihm schon auf dem Bahnhof aufgefallen, und er hatte sie sofort verdächtigt. Aber im Grunde genommen hatte er jeden auf dem Bahnhof gleich verdächtigt.

»Hier haben Sie eine Einkaufstasche«, erklärte sie so leise, daß nur er, aber keiner der Umstehenden es verstehen konnte. »Bitte legen Sie die Schachtel dort hinein und verzichten Sie auf alle Mätzchen.«

Er hielt das Paket unter dem Arm. Er ließ es bis zur Hüfte hinabgleiten, schob seine Finger dann unter den Draht, versenkte es in die Einkaufstasche und ließ es los.

Er betete, daß einer der Sonderagenten das mitbekommen hatte. Aber er hatte nicht viel Hoffnung.

»Vielen Dank«, sagte sie und lächelte ihn an. Ihr Lächeln hatte etwas Aufreizendes und konnte einen Mann um den Verstand bringen.

2. Januar, 17.10 Uhr

Als der Lockenkopf die Schachtel in die Tasche hatte fallen lassen, sah Madelaine Harlow rasch nach, ob das Toilettenpapier erwartungsgemäß zusammengedrückt worden war. Erleichtert registrierte sie, daß das Paket nach unten gerutscht war.

Was nun?

»Bleib einfach ganz ruhig hier stehen und warte«, befahl sie sich.

Doch das war nicht so einfach. Sie hatte sich immer bemüht, so cool und hart und selbstbeherrscht aufzutreten wie Pia James. Aber jetzt mußte sie daran denken, was die Schachtel enthalten mochte. Heroin? Das würde ihr zehn Jahre einbringen, wenn jetzt ein Bulle kam und sie festhielt.

Dennoch blieb sie äußerlich gelassen. Sie brachte es sogar fertig, den Lockenkopf noch einmal anzulächeln und ihm zuzuraunen: »Starren Sie nicht auf die Tasche und ihren Inhalt. Das lenkt nur unnötig die Aufmerksamkeit auf uns.«

Sie bemerkte seinen Blick. Seine Augen waren grimmig und wütend. Was war denn in ihn gefahren? Er war sich doch wohl bewußt gewesen, daß er das Paket jemandem übergeben sollte, oder?

Aus der gedrängten Menge hinter ihr kam eine Hand und berührte Madelaines Finger; die Finger, die die Henkel der Tasche hielten. Madelaine hätte fast einen Satz gemacht, und sie konnte sich nur mit einiger Anstrengung davon abhalten, nach hinten zu sehen. Nach dem ersten Schrecken war ihr klar, daß nur Pia James sie berührt haben konnte.

Als der Zug in die Penn-Station einlief, starrte Madelaine auf die Türen vor ihr und ließ dabei langsam die Tasche los. Sie spürte, wie Pia einen oder zwei Schritte zurückwich. Einen Augenblick später wurden Madelaine die Henkel einer anderen Tasche in die Hand gedrückt. Dieser rasche Austausch konnte

von niemandem bemerkt worden sein. Die Leute standen hier einfach zu dicht, um sich um das kümmern zu können, was sich unterhalb der Bauchebene abspielte. Madelaine hob die neue Tasche vorsichtig ein Stück höher. Sie war ebenso wie die erste mit zusammengeknülltem Toilettenpapier ausgestopft.
Der Zug kam schaukelnd zum Stehen.
Die Türen glitten auf.

Als Robin Hood ausstieg und über die Bahnhofsplattform lief, mußte David Meyrowitz erst ein paar andere Fahrgäste vorlassen, bevor er selbst den Weg nach draußen fand. In einigem Abstand folgte er der jungen Frau und war sich diesmal sicher, daß die drei Agenten hinter ihm waren.

Madelaine Harlow fädelte sich in den langen Strom der Heimkehrer ein, bis sie eine Rolltreppe erreichte. Die Masse der Fahrgäste wählte die Treppenstufen. Madelaine fuhr bis nach oben und war bald mittendrin im Gewühl der Heimkehrer.
Sie kam sich jetzt noch dämlicher vor, mit einer Tasche voller Toilettenpapier herumlaufen zu müssen. Sie beschleunigte ihre Schritte, um möglichst rasch die Absperrung nach draußen zu erreichen. Sie durchquerte die Sperre, kam an einen Pizzaladen, vor dem ein Abfalleimer aufgestellt war. Den füllte sie mit ihrer Korvettes-Tasche, dann marschierte sie auf den Bürgersteig der Seventh Avenue und steuerte auf ein wartendes Taxi zu.
Sie hörte Schreie und Rufe hinter sich. Zuerst achtete sie nicht darauf, weil sie kaum gemeint sein konnte. Wenn man lange genug auf der Straße gewesen war, achtete man nicht mehr auf irgendwelche Streitigkeiten, die ebenso unvermittelt ausbrachen, wie sie sich wieder verzogen. Doch dann bemerkte sie, daß die Passanten, die ihr entgegenkamen, zuerst auf die Quelle des Lärms blickten und dann sie anstarrten.

Bullen?
Bitte, lieber Gott, nicht die Polizei!
Sie warf einen Blick über die Schulter und entdeckte den lokkenköpfigen Mann aus dem Zug. Was war denn in ihn gefahren? Wie kam er dazu, hier einen solchen Aufstand zu verursachen? Warum rannte er hinter ihr her? Wenn er sein Paket wiederhaben wollte, war er ein wenig zu spät dran.
Sie versuchte, auch jetzt noch cool zu bleiben, aber das gelang ihr überhaupt nicht. Im nächsten Moment rannte sie los und lief Slalom zwischen den Menschen hindurch, die zur U-Bahn wollten. Sie blickte nicht zurück, sondern rannte und rannte. Wo wollte sie denn hin? Statt sich ein Taxi zu nehmen, entfernte sie sich von dem Stand. Sie kam einem anderen Ausgang des Bahnhofs immer näher. Als sie die Glastüren erreichte, drehte sie sich noch einmal um.
Lockenkopf war nicht mehr hinter ihr her. Dafür kamen drei andere Typen auf sie zu. Sie waren groß und kräftig, und alles an ihnen roch nach Bulle.
»Großer Gott!« stöhnte sie.
Das war die dreihundert Dollar wirklich nicht wert!
Madelaine sprang in ihrer Panik auf die Rolltreppe. Die Männer folgten ihr, liefen aber über die Treppe. Sie waren kräftig und durchtrainiert. Und sie waren natürlich eher da als Madelaine.
Als sie unten ankam, wurde sie bereits erwartet.

2. Januar, 17.15 Uhr

Kurz überlegte Meyrowitz, ob er den Abfalleimer unter Bewachung stellen sollte, damit man Robin Hood abfangen konnte, sobald er die Einkaufstasche dort abholen wollte. Aber dann kam ihm der Gedanke, daß die Bilder sich möglicherweise nicht mehr in der Tasche befanden, daß sie schon weitergegeben worden waren. Und in dem Fall wäre die Bewachung reine Zeitverschwendung. Meyrowitz blieb nichts anderes übrig, als höchstpersönlich den Aasgeier zu spielen und die Tasche aus dem Eimer zu ziehen.

Eimer war eine glatte Untertreibung. Der Behälter war abgesichert wie ein Schließfach im Pentagon. Er trat dagegen, rang mit dem Stück, und endlich kippte es um. Er trat fest auf den Deckel. Der verbog sich, und mit einiger Kraftanstrengung gelang es Meyrowitz, ihn abzureißen. Eine Lawine von Plastiktellern und Pizzaresten ergoß sich über den Boden.

»He, Freundchen, was für ein beschissenes Spielchen treibst du denn da?« Ein Verkehrspolizist, einen halben Kopf größer und zwanzig Kilogramm schwerer als Meyrowitz, packte ihn am Kragen und hob ihn hoch. Meyrowitz fürchtete schon, seine Füße würden sich vom Boden lösen. Der Polizist zerrte ihn unsanft vom Mülleimer fort.

»FBI«, keuchte Meyrowitz.

Der Polizist zwinkerte, setzte dann aber eine wütende Miene auf. »Natürlich, klar doch!«

»Nein, ich bin wirklich vom FBI«, ächzte Meyrowitz. Der Mantelstoff spannte sich wie ein Seil um seinen Hals.

Einige Passanten blieben stehen und verfolgten die Szene.

Der Polizist lockerte den Griff, und Meyrowitz kam frei. Er fuhr mit einer Hand in seine Manteltasche und zog rasch den Dienstausweis heraus. Der Polizist hatte schon den Schlagstock in der Hand. »FBI, verdammt noch mal!« rief Meyrowitz und hielt dem Bullen den Ausweis unter die Nase. »Wenn Sie mich jetzt nicht augenblicklich meine Ermittlungen am Abfalleimer fortsetzen lassen, sorge ich persönlich dafür, daß Sie bis an Ihr Lebensende nicht mehr froh werden!«

Der Polizist machte eine hilflose Miene. »Zum Teufel mit Ihnen, tun Sie doch, was Sie nicht lassen können.«

Meyrowitz wurde sich erst jetzt dessen bewußt, was er gesagt und getan hatte ... und wie das auf die Passanten wirken mußte. Übergangslos schlug seine Stimmung um, und er fing an, lauthals zu lachen. Er lachte, bis ihm die Tränen die Wangen hinabliefen, und er konnte nicht mehr damit aufhören. Er kramte im Abfall, fand die Einkaufstasche, öffnete sie, kippte sie aus und starrte auf einen ganzen Berg von zusammengerolltem Toilettenpapier. Er blickte für ein paar Sekunden auf das Papier, blickte dann zum Verkehrspolizisten, blickte schließlich auf die mittlerweile hundertköpfige Menge, die dieses Schauspiel mitverfolgte, und brach in ein noch gewaltigeres Lachen aus.

»Darf ich bitte noch einmal den Dienstausweis sehen«, erklärte der Bulle.

Meyrowitz tat ihm den Gefallen und sagte: »Jetzt entschuldigen Sie mich bitte.« Er schob sich durch die Menge und eilte dorthin, wo die junge Frau verschwunden war.

Er fand sie bald zusammen mit den drei Beamten vor einem anderen Bahnhofseingang.

»Sie haben es an jemand anderen weitergegeben, nicht wahr?« fuhr er sie atemlos an.

»Ja«, sagte sie und senkte den Blick. Sie zitterte am ganzen Leib.

»An wen? Und wie haben Sie das gemacht?«

Sie blickte nervös auf die Neugierigen, die stehengeblieben waren. Eine Gruppe Männer erschien gerade auf der Treppe; unverkennbar in der Absicht, nachzusehen, was hier eigentlich los war.

»Hier?« fragte Madelaine nur.

»Nein. Wir suchen uns ein ruhigeres Plätzchen. Das Hauptquartier des FBI.«

»Ja«, sagte sie kläglich. »Diese Herren haben mich schon aufgeklärt.«

In dem unauffälligen Wagen, der vor dem Rialto-Theater am Times Square stand, warf Roy Genelli einen Blick auf seine Armbanduhr und studierte dann wieder den elektronischen Scanner, der zwischen den beiden Vordersitzen auf einer Konsole angebracht war. Der Schirm hatte einen Durchmesser von zwanzig Zentimetern und zeigte auf seinem Gitternetz eine Straßenkarte der City von Manhattan. Auf dem Schirm zeigte sich nichts Ungewöhnliches. Kein Lichtpunkt huschte über die Linien.

»Sind wohl immer noch unter der Erde«, bemerkte Plover.

Agent Marks, der neben Genelli hinten saß, betrachtete ebenfalls intensiv den Scanner und erklärte: »Das heißt, daß Robin Hood den Zug an der Penn-Station nicht verlassen hat.«

Genelli blickte noch einmal auf seine Uhr und verzog das Gesicht. »Wenn wir nicht in den nächsten zwei Minuten das Signal sehen, müssen wir wohl davon ausgehen, daß er auch nicht am Times Square ausgestiegen ist. Oder daß er umgestiegen ist.«

Ein unangenehmes Gefühl machte sich in seinem Magen breit.

»Denk an den Zilinski-Ross-Fall«, hämmerte er sich ein. Damals hatte es auch ein paar Augenblicke gegeben, in denen er ganz verzweifelt war; einige Male hatte er gedacht, jetzt wäre alles zu Ende. Aber zuletzt hatte er bekommen, was er wollte. Und er konnte sich in dem Bewußtsein sonnen, hervorragende Arbeit geleistet zu haben.

Vergiß das nicht.

Kein Lichtpunkt zeigte sich auf dem Bildschirm.

24

2. Januar, 17.35 Uhr

Pia James hatte die Korvettes-Einkaufstasche umgehängt und verließ an der Station Seventy-second/Broadway den Zug. Doch sie begab sich nicht nach oben. Statt dessen lief sie auf den gegenüberliegenden Bahnsteig und mischte sich unter die Fahrgäste, die auf den Zug in die City warteten.

Unmerklich betrachtete sie mehrere Male jeden einzelnen der Wartenden, aber niemand schenkte ihr besondere Aufmerksamkeit. Die fünftausend Dollar hatte sie sich wirklich leicht verdient. Nein, nur viertausendsiebenhundert. Madelaine bekam ja auch noch ihren Anteil.

Einen Moment spielte sie mit dem Gedanken, Dan Walters zu vergessen und den Inhalt des Pakets an sich zu nehmen. Wenn sie schon fünftausend dafür erhielt, den Kurier für diese Ware zu spielen, wieviel mußte die Ware dann selbst wert sein? Das Paket wog anderthalb bis zwei Pfund. Enthielt es Heroin? Wieviel brachten ein oder zwei Pfund Schnee auf dem schwarzen Markt? Vielleicht enthielt das Paket auch Bargeld. Hunderter in mehreren hübschen Bündeln. Oder Diamanten?

Der Zug lief ein, und sie bestieg ihn.

Als die Türen sich geschlossen hatten und der Zug losrollte, kamen ihr andere Gedanken. Nimm deine fünftausend Dollar, stell keine Fragen und mach, daß du fortkommst. Willst du denn mit aller Gewalt Schwierigkeiten bekommen? Für was hältst du Walters denn? Er ist bestimmt kein Dorftrottel! Womöglich hat er sogar mit der Mafia zu tun. Und diese feinen Herren willst du doch wohl nicht auf dich aufmerksam machen, oder?

Sie verließ den Zug an der Station Twenty-third Street/Seventh Avenue, lief nach oben und spazierte zwei Blocks weit zu

ihrem geparkten Mercedes. Jetzt war sie wieder dort, wo für sie alles angefangen hatte.
Als sie die Fahrertür öffnete und einsteigen wollte, entdeckte sie, daß jemand auf dem Beifahrersitz saß. »Was haben Sie in meinem Wagen verloren?« fragte sie die fremde Frau.
»Mr. Walters hat mich gebeten, Sie zu treffen.«
Zögernd ließ sich Pia hinter dem Steuer nieder, legte die Tasche auf ihren Schoß und schloß die Tür. »Ich dachte, Walters wollte selbst kommen.«
»Nein«, sagte die Fremde. »Er hat mich geschickt.«
Die Fremde trug zuviel Make-up, und auf ihrer Nase saß eine dunkle Sonnenbrille, obwohl doch bereits die Winternacht hereingebrochen war. Und ihre Perücke war billig. Sicher, sie war attraktiv, aber sie besaß keine Klasse. Jeder Streifenpolizist hätte sie schon beim ersten Ansehen als Prostituierte festgenommen. Doch Pia ließ sich nichts anmerken und sagte nur: »Mein Geld.«
Die Fremde reichte ihr ein Kuvert.
Pia öffnete es, blätterte durch die Scheine, zählte sie aber nicht.
»Alles okay. Nehmen Sie jetzt die Einkaufstasche, und gehen Sie.«
Die Fremde nickte, öffnete die Tür und griff dann in den Wagen, um die Korvettes-Tasche und ihre eigene, eine Einkaufstasche von Boomingdale's, an sich zu nehmen. Sie marschierte rasch über den Bürgersteig und bog ab in Richtung Seventh Avenue.
Pia James war jetzt doch erleichtert, die Sache hinter sich gebracht zu haben. Sie verschloß die Türen von innen, startete den Mercedes und fuhr davon.

2. Januar, 17.48 Uhr

Roy Genelli war gerade im Begriff, seine Handschuhe zu zerreißen, als endlich aus dem Funkgerät die Stimme von David Meyrowitz ertönte.

»Wagen 202 ruft Wagen 201«, rief der Assistent. »Können Sie mich verstehen?«

»Hier 201!« sagte Genelli und riß das Mikrophon aus der Halterung. »Was, zum Teufel, ist denn los?«

Mittlerweile mußte der Zug die Station Ninety-sixth Street passiert haben, erreichte vermutlich gerade die Station Hundred-tenth Street/Lennox Avenue. Und immer noch hatte sich auf dem Bildschirm kein Lichtpunkt gezeigt.

»Die Frau, die mich angesprochen hat...« begann Meyrowitz.

»Was für eine Frau?« unterbrach ihn Genelli.

»Lassen Sie mich ausreden«, rief der Assistent. Statische Störungen tauchten auf und verebbten wieder. »Wir sind ihr durch die ganze Penn-Station bis nach draußen gefolgt, nur um dann festzustellen, daß sie die Schachtel unterwegs oder vielleicht noch im Zug weitergereicht hatte.«

»Und keinem von euch Volltrotteln ist etwas aufgefallen?« erregte sich Genelli.

»Sie spüren wohl die Axt über Ihrem Haupt«, entgegnete Meyrowitz ungerührt. »Das Ganze war etwas komplizierter, als ich es jetzt darstellen kann. Es muß hier ausreichen, daß unsere Freunde offenbar gerissener sind, als wir uns das vorgestellt haben. Wie dem auch sei, die Frau sagte aus, sie hätte die Tasche an eine zweite Frau weitergegeben.«

»Und wo ist die geblieben?« Genelli konnte sich nur mit Mühe beherrschen. »Wir haben noch kein Signal erhalten. Also ist sie noch irgendwo unter der Erde.«

»Keine Ahnung«, gestand Meyrowitz. »Ich weiß nicht, wo sie hin ist. Aber ich weiß, wer sie ist.«

»Mensch! Spannen Sie mich nicht auf die Folter!«

»Also, wir haben die erste Frau hier im Hauptquartier. Nach ein paar leisen Drohungen zeigte sie sich plötzlich sehr gesprächig. Sie behauptet, von einer gewissen Pia James Geld geboten bekommen zu haben, wenn sie ihr einen kleinen Gefallen erweisen würde. Frau James arbeitet als Callgirl. Die Dame hier bei uns konnte uns sogar die Adresse der James angeben. Ich schätze, sie ist im selben Gewerbe tätig, obwohl sie steif und fest behauptet, sie sei Schauspielerin.«

»Geben Sie mir die Adresse von dieser James«, sagte Genelli. »Wir fahren sofort hin und sehen nach.«

Meyrowitz las ihm die Adresse vor.

»Danke«, sagte Genelli. »Wir machen jetzt, daß...«

Auf dem Bildschirm tauchte ein unruhiger Lichtpunkt auf. Er blinzelte wie ein Stern. Ein helles *Blip-blip-blip* erfüllte das Wageninnere.

»Wir haben sie!« brüllte Genelli ins Mikrophon. Er konzentrierte sich auf den Scanner und runzelte die Stirn, als er entdeckte, daß das Licht keinen exakten Standort angab. Der Punkt leuchtete matter und bedeckte eine Fläche von einem Häuserblock auf beiden Seiten der Straße. »Sie befindet sich irgendwo auf der Twenty-fifth, nicht weit von der Seventh Avenue.«

Seine Worte erreichten alle Einsatzwagen. Die Limousinen starteten und näherten sich der angegebenen Stelle von der Fourteenth Street, von der Eigth Avenue, von der Penn-Station und von der Seventh Avenue.

»Jetzt ist sie auf der Twenty-fourth«, rief Genelli.

Das Licht huschte über die Straßenlinien. Der Piepston ertönte etwas öfter als einmal pro Sekunde.

»Twenty-third«, meldete Genelli. »Sie bewegt sich auf ... auf die Eight Avenue zu ... Moment mal ... jetzt bleibt das Signal stehen...«

»Soll ich hin?« fragte Plover und legte vorsorglich einen Gang ein.
Genelli schüttelte den Kopf.
Krachend ertönte eine Stimme aus dem Funkempfänger. »Wagen 215 nähert sich aus Richtung Penn-Station.«
»Wagen 206 kommt von der Fourteenth«, fiel eine andere Stimme ein. »Aber hier herrscht ein chaotischer Verkehr. Wir müssen die Sirenen einschalten, sonst bleiben wir hier ewig stecken.«
»Nein, keine Sirenen«, befahl Genelli. »Die setzen wir erst ein, wenn es gar nicht mehr anders geht.«

2. Januar, 17.56 Uhr

Kaum eine Minute nachdem sie Pia James verlassen hatte, traf Carrie mit Lee an der Ecke von der Seventh Avenue und der Twenty-fifth Street zusammen. Er wartete dort in einem gemieteten Ford. Powell hatte mit seinen falschen Papieren den Wagen am Nachmittag des 31. Dezembers besorgt und dann in einer Garage in der Nähe des Americana-Hotels geparkt. Dorthin war Lee heute gegen siebzehn Uhr gegangen und hatte ihn geholt. Carrie stieg ein, zog die Tür hinter sich zu und stellte dann die beiden Taschen zwischen ihren Beinen auf den Boden.
»Gab's Schwierigkeiten?« fragte Lee.
»Nein.«
»Dann zurück zum Americana«, sagte Lee. Er fand eine Lücke im Strom der Fahrzeuge, fuhr Richtung Süden und gelangte in eine Seitenstraße, die auf die Avenue of the Americas führte.
»Deine Verkleidung ist perfekt«, lobte er nach einem Seitenblick. »Du wirkst so billig, daß jeder Bulle dich gleich festnehmen würde.«

»Auf dem Weg zum Wagen habe ich zwei unsittliche Anträge erhalten«, antwortete sie.

Ohne jemandem von ihren vertrauteren Kollegen zu begegnen, hatte Carrie um sechzehn Uhr dreißig ihr Büro verlassen. Da sie dem Hausmeister nicht begegnen wollte, war sie an den Fahrstühlen vorbeigelaufen und hatte die Treppen genommen, um nach unten zu gelangen. Unten betrat sie die Damentoilette und schloß sich in einer Kabine ein. Sie öffnete die Tasche von Bloomingdale's und packte all die Gegenstände aus, die sie nun schon fast eine Woche lang in ihrem Büroschreibtisch eingeschlossen hatte: eine lange, schwarze Perücke, eine hautenge Satinhose, billiges, aber grelles Make-up...

Nach fünfzehn Minuten sah sie überhaupt nicht mehr aus wie Carrie Hoffman. Die FBI-Agenten, die das Firmengebäude unter Beobachtung hielten, würden nicht auf sie achten, geschweige denn, sie verfolgen. Gegen siebzehn Uhr dreißig setzte sie sich in den Mercedes von Pia James.

Während Lee sich durch den Verkehr kämpfte, öffnete Carrie die Einkaufstasche, die sie von Pia erhalten hatte. Mit einem Taschenmesser durchschnitt sie den Draht, der das Paket zusammenhielt. Dann trennte sie auch das braune Packpapier auf. Als sie dann den Deckel aufschlug, konnte sie endlich fünf in Samt eingewickelte Kuverts herausnehmen.

»Und?« fragte Lee unruhig.

Carrie riß all das zusammengeknüllte Papier aus dem Paket, das als Unterlage und Stoßschutz für die Bilder gedient hatte. Am Boden des Pakets entdeckte sie dann einen kleinen Sender und zwei Minibatterien. Sie zeigte das Lee, als er vor einer roten Ampel halten mußte.

Er bemerkte ihren ängstlichen Blick und lächelte ihr zu, damit sie sich wieder beruhigte. »In diesem Verkehrsgewühl kann kein Bulle uns herausfinden. Dafür stehen die Wagen hier zu dicht. Vorerst brauchen wir uns keine Sorgen zu machen.« Er

fühlte sich so gut wie nie zuvor in den letzten drei Jahren. »Alles läuft wie Butter in der Sonne.«
Carrie legte das leere Paket mit dem Sender in die Einkaufstasche zurück und verstaute die fünf Bilder vorsichtig in einem Diplomatenkoffer, den Lee mitgebracht hatte. Sie schloß den Koffer ab.
Während der Ford mit der Verkehrsbrandung über die Avenue of the Americas strömte, beobachtete Carrie die Menschen auf den Bürgersteigen. Sie versuchte sehr, sich zu beruhigen, und fragte sich gleichzeitig, wann ihr Herz vor lauter Aufregung platzen würde.

2. Januar, 18.05 Uhr

»Sie müssen sich in einem Straßenfahrzeug befinden, daran kann kein Zweifel mehr bestehen«, sprach Genelli ins Mikrophon. »Vielleicht in einem Taxi ... Sie fahren jetzt auf der Sixth Avenue...«
Auf dem Monitor tanzte ein Lichtfleck auf und ab. Wie eine Libelle, die in einer Sommernacht vorüberfliegt.
»Fortieth Street.«
Blip-blip-blip.
»Wagen 215 von Penn-Station«, meldete sich eine Stimme. »Ich bin über die Sixth gefahren und erreiche jetzt die Thirtyeight... Worauf, zum Teufel, soll ich achten, wenn ich nah genug herangekommen bin? Sind Sie sicher, daß wir nach einem Taxi fahnden?«
»Nein«, antwortete Genelli. »Ich habe keine Ahnung. Halten Sie einfach die Augen offen!«
Blip-blip-blip.
»Hier Wagen 206«, meldete sich eine andere Stimme.
»Was gibt's, 206?«

»Ich bin an der Kreuzung Eight Avenue und Fiftieth Street. Der Verkehr war nicht ganz so schlimm. Ich befinde mich ein Stück vor dem Zielobjekt. Soll ich mich auf der Sixth querstellen und es aufhalten?«
»Nein«, antwortete Genelli. »Robin Hood könnte abbiegen oder sonstwohin fahren. Außerdem wissen Sie ja nicht, wen Sie aufhalten sollen. Bleiben Sie auf der Eight, aber vermindern Sie Ihr Tempo.«
Er betrachtete wieder den Bildschirm und konzentrierte sich auf die Bewegung des Lichtpunkts. Forty-second vorüber... an der Forty-third vorbei ... Der Zielwagen kroch unentwegt die Avenue of the Americas entlang ... Forty-fourth ...
»Sieht nicht so aus, als käme er in unsere Richtung«, brummte Genelli.
»Nein, ganz sicher nicht«, bestätigte Plover.
»Immerhin haben wir ja noch fünf Wagen rings um den Times Square«, bemerkte Marks.
Genelli tippte Plover auf die Schulter: »Versuchen Sie, zur Sixth durchzukommen, damit wir hinter ihnen landen.«
»Alles festhalten, bitte«, brummte Plover.
Obwohl die Ampel gerade umschlug, trat Plover das Gaspedal durch. Die Limousine schoß vom Bürgersteig. Die Reifen quietschten häßlich.
Ein Taxi näherte sich ihnen von der Seventh Avenue. Der Fahrer sah die Limousine kommen, trat fest auf die Bremse und steuerte gegen. Dennoch krachte sein Fahrzeug mit der Schnauze gegen den Beton des Mittelstreifens und verkeilte sich dort. Von allen Seiten ertönte wütendes Hupen.
Plover raste über den Broadway, hatte einen Fastzusammenstoß mit einem grauen Volvo, erschreckte einen Brezelverkäufer zu Tode, der gerade mit seinem Karren die Straße überqueren wollte. An der Ecke Broadway und Forty-second Street hätte er beinahe zwei Hare-Krishna-Jünger ins Nirwana beför-

dert, die gerade, in ihre orangeroten Roben gewandet, singend vom Bürgersteig auf die Straße traten.

»Großer Gott!« stöhnte Marks auf dem Rücksitz.

Plover grinste nur.

Auf halbem Weg vom Broadway zur Sixth Avenue trat ein Streifenpolizist, der ihre waghalsigen Manöver schon aus der Ferne entdeckt hatte, auf die Straße, um die Limousine zu stoppen. Er blies mit roten Wangen in seine Pfeife und ruderte mit beiden Armen durch die Luft.

»Machen Sie ihn nicht platt!« rief Genelli Plover zu.

Plover riß das Steuer hart nach links herum und gab im selben Moment Gas. Sie brausten an dem völlig verdatterten Polizisten vorbei und brachten weiterhin den Verkehr vor ihnen durcheinander.

Plover bekam die letzte Sekunde Grün an der Ampel vor der Sixth Avenue. Dann raste er diese Straße hinunter, als hätte er in den letzten dreißig Jahren ein Taxi durch New York City gesteuert.

25

2. Januar, 18.15 Uhr

Lee hielt den Ford vor dem Hotelausgang zur Fifty-third Street an. »Park ihn irgendwo auf der Twenty-fourth und geh von dort aus zu Fuß weiter«, erinnerte er sie.

Als Lee ausstieg, glitt sie hinter das Steuer. Sie reichte ihm den Diplomatenkoffer und die Korvettes-Tasche nach draußen. »Sei vorsichtig«, sagte sie.

»Du auch.« Er schloß die Wagentür.

Während sie sich wieder in den Verkehr einfädelte, marschierte Lee zu einem Abfallkorb und warf dort die Einkaufstasche und das Paket mit dem Minisender hinein.

Der Wind war in der letzten Stunde spürbar aufgefrischt und heulte durch die Schluchten zwischen den Wolkenkratzern. Eine bitterkalte Nacht. Die Enden der Langhaarperücke schlugen Lee gegen die Wangen, und die Eiseskälte stach wie mit Nadeln in sein Gesicht. Als er durch die Drehtür ins Americana-Hotel gelangte, waren seine Wangen stark gerötet.

Er durcheilte die Eingangshalle, kam an den Treppen vorbei, blieb aber im Parterre. Hinter einer Cafeteria (frisch importierter Kaffee aus Kolumbien lockte hier) bog er ab und erreichte am Ende des langen Flurs die Toiletten.

Er schloß sich in einer Kabine ein, setzte sich auf die Toilette, legte den Koffer auf seine Knie und öffnete ihn. Behutsam wikkelte er die Bilder eines nach dem anderen aus und suchte sie und den Samt nach einem verborgenen Miniatursender ab.

Beim vierten Samttuch hatte er Glück. Ein kaum vorstellbar winziger Sender war dort in den Stoff eingenäht. Die ganze Anlage war kaum größer als ein Viertel vom Nagel des kleinen Fingers und wurde von einer Hamilton-Batterie betrieben, wie man sie in besseren Armbanduhren fand.

Sehr clever vom FBI. Aber nicht clever genug für ihn.

Er legte die fünf Bilder in den Koffer zurück. Dann stand er auf und hob den Toilettendeckel. Lächelnd ließ er den Miniatursender in die Schüssel fallen, sah zu, wie er versank, und zog dann ab.

Jetzt durften sie gern diesem Signal folgen.

Plover folgte dem Zielobjekt über die Fifty-first Street und kam auf eine Nähe von zwei Blocks an das Objekt heran. Doch genau in dem Moment spaltete sich das Signal in zwei *Blip*-Töne, und der Lichtpunkt auf dem Schirm wußte nicht mehr weiter.

»Sie haben das Paket irgendwo zurückgelassen«, sagte Genelli. »Vermutlich haben sie die Bilder herausgenommen und in einem anderen Behältnis verstaut. Die beiden Sender sind nun weit genug voneinander entfernt, daß der größere den kleineren nicht mehr überlagert.«

Blip... blip... blip... bliep...

»Was haben sie mit der Schachtel gemacht?« wollte Marks wissen.

Genelli studierte den Bildschirm. »Sieht so aus, als hätten sie sie ... Auf der Fifty-third, auf halbem Weg zwischen der Sixth und der Seventh Avenue.«

»Und wo sind die Bilder abgeblieben?« Marks war wie Plover über die Art des Lösegelds informiert worden, aber er hatte keine Ahnung von dem Wert der Kunstwerke; und auch nicht davon, was Robin Hood gestohlen hatte.

Genelli ging ganz dicht an den Scanner heran. »Der Sender bei den Bildern ist nicht weit entfernt... bewegt sich auf die Seventh Avenue zu...«

Plover versuchte, in eine Lücke zwischen einem Lieferwagen und einem Cadillac zu stoßen, aber eines der zahllosen gelben Taxis kam ihm zuvor. Plover drückte wütend auf die Hupe.

Der Taxifahrer blickte in den Rückspiegel und zeigte Plover den ausgestreckten Mittelfinger.

»Sauhund!« schimpfte Plover.

Als sie zwei Minuten später die Fifty-third Street erreichten, hörte einer der beiden Sender auf, Signale zu senden. Das mattere der beiden Lichter auf dem Monitor erlosch, und der leisere Ton verebbte.

»Wir haben ihn verloren!« entfuhr es dem fassungslosen Genelli.

Plover steuerte den Wagen an den Bürgersteig und parkte in der zweiten Reihe. Dann drehte er sich nach hinten und starrte ebenso wie die beiden anderen auf den Bildschirm.

»Wie konnten wir ihn denn verlieren?« fragte Marks.

»Vermutlich hat er den Sender entdeckt und zerstört«, antwortete Genelli. »Oder er ist wieder mit der U-Bahn unterwegs.«

Nur ein Lichtpunkt war übriggeblieben, und der rührte sich nicht von der Stelle.
»Und wenn er in ein Haus gegangen ist, würden wir dann das Signal immer noch empfangen können?« wollte Marks wissen.
»Natürlich«, antwortete Genelli. »Es muß nur ein Fenster in dem Raum sein, in dem er sich aufhält.«
»Hier gibt es zwei Hotels«, erklärte Marks. »Das Americana direkt vor uns, und das Hilton direkt hinter uns.«
»Hotels verfügen in der Regel über Fenster«, sagte Genelli. Er war nicht mehr wütend. Er fühlte sich nur noch niedergeschlagen.
»Sicher haben Hotels Fenster«, gab Marks zurück. »Nur Fahrstühle kommen in der Regel ohne aus.«
Genelli hob ruckartig den Kopf. »Himmel noch mal, Sie könnten recht haben.« Er wischte sich mit einer Hand über Stirn und Augen, bevor er sich wieder auf den Scanner konzentrierte. »Wenn der Sender sich momentan in einem Aufzug befindet, dürfte er nur für ein paar Minuten blockiert sein.«
Eine Minute konnte länger währen, als Genelli sich das je vorgestellt hatte.
Blip-blip-blip.
Nur der Sender in der Schachtel meldete sich.
Die zweite Minute verging noch langsamer als die erste.
Das Netzwerk mit den Straßenlinien glühte leise vor sich hin, zeigte aber nichts Ungewöhnliches.
»Nun mach schon!« zischte Genelli.
Eine dritte endlose Minute.
»Scheiße!« preßte Genelli hervor.
Robin Hood war entkommen.

26

2. Januar, 18.35 Uhr

Carrie parkte den Ford in der Twenty-fourth Street auf der Mitte zwischen der Seventh und der Eight Avenue. Sie schaltete den Motor aus und die Scheinwerfer ab.

Sie sah sich um und stellte verblüfft fest, daß sie ganz allein war. Niemand hielt sich auf den Bürgersteigen auf. Wegen der eisigen Kälte blieb jeder im Warmen, der nicht unbedingt nach draußen mußte. Und die armen Teufel, denen keine andere Wahl blieb, eilten mit gesenkten Köpfen so schnell sie konnten voran. Die wenigen Wagen, die hier unterwegs waren, achteten lieber auf die Witterung und den Verkehr auf den Hauptstraßen, statt sich um einen geparkten Wagen zu kümmern, in dem ganz allein eine Frau saß.

In dieser relativen Abgeschiedenheit fand Carrie langsam wieder zu sich. Sie zog die Perücke vom Kopf und kämmte sich die eigenen Haare. Dann holte sie aus ihrer Handtasche eine Dose Nachtcreme und eine Küchenrolle heraus und fing an, das Make-up von ihrem Gesicht zu entfernen. Als sie damit fertig war, stellte sie die Tasche von Bloomingdale's auf den Beifahrersitz. Sie holte aus ihr die schwarze Hose heraus, die sie bei der Arbeit getragen hatte, und zog sie über den hautengen Satin, mit dem sie sich als Prostituierte hatte ausgeben wollen. Dann kämpfte sie sich aus der knappen Jacke mit imitiertem Fellbesatz und streifte sich ihren alten, leicht verschlissenen Regenmantel über. Perücke und Felljacke wanderten kurzerhand in die Einkaufstasche.

Carrie verließ den Wagen mit der Tasche in der Hand. Sie kontrollierte, ob alle Türen verschlossen waren, und marschierte dann durch die Eiseskälte zu ihrer Wohnung in der Twentieth Street.

2. Januar, 18.48 Uhr

Agent Wickstrom, einer der beiden Beamten, die vor dem Wohnhaus von Ackridge/Hoffman postiert waren, trommelte mit den Fingern auf die Knie und fragte sich, was den Verbindungsmann an der Sixty-ninth Street so lange aufhalten mochte.

Endlich meldete er sich.

»Schießen Sie los!« bellte Wickstrom.

»Ich habe mit allen Teams gesprochen, die das Firmengebäude observieren«, erklärte der Verbindungsmann. Seine Stimme kam einige Male nicht gegen die statischen Störungen durch. »Allesamt negativ. Sie hat ihren Arbeitsplatz offenbar noch nicht verlassen.«

»Einfaltspinsel!« gab Wickman unfreundlich zurück. »Wir haben gerade mit eigenen Augen gesehen, wie sie ihr Haus betreten hat. Kann mir mal jemand verraten, warum wir keine Meldung erhalten haben, als sie die Firma verließ? Wer hat denn dort gepennt?«

»Niemand will etwas zugeben«, sagte der Verbindungsmann im Hauptquartier.

»Die Frage ist doch wohl«, gab Wickstrom zurück, »ob die Hoffman es bewußt darauf angelegt hat, unseren Männern zu entwischen, oder ob diese sie ganz einfach übersehen haben.«

»Soll ich Genelli darüber Bescheid geben?«

Wickstrom dachte einen Moment nach. »Ja, tun Sie das. Und fragen Sie ihn, ob wir weiterhin nur observieren sollen oder ob wir nicht besser ins Haus gehen und der Dame ein paar kniffflige Fragen stellen?«

»Wird erledigt«, sagte der Mann im Hauptquartier. »Ich melde mich in Kürze zurück.«

»Beeilen Sie sich«, sagte Wickstrom und hängte das Mikrophon wieder in die Halterung.

»Wahrscheinlich hat das alles nicht viel zu bedeuten«, bemerkte Agent Wagner und rutschte ein Stück hinter dem Steuer zurück.
»Höchstwahrscheinlich sogar«, entgegnete Wickstrom. »Aber im Moment dürfen wir nichts dem Zufall überlassen.«

2. Januar, 19.00 Uhr

Mit klammen Gliedern (von der Frostkälte) kehrte Douglas Powell von seinem einstündigen Marsch durch den Wald zurück und begab sich durch die Hintertür, die er früher am Nachmittag aufgebrochen hatte, ins Haus. Selbst als er schon im Haus war und die Tür hinter sich geschlossen hatte, lief seine Nase und entstanden beim Ausatmen kleine Wölkchen.
Eine so furchtbare Kälte hatte er nicht erwartet, und jetzt wunderte er sich darüber, warum er bei der Planung diesen Faktor nicht bedacht hatte. Er hatte vorher gewußt, daß es in diesem Haus kein elektrisches Licht gab, denn der Strom war abgestellt worden. Darauf hatte sich Doug vorbereitet. Das Haus nebst dem Grundstück von sieben Hektar Waldfläche gehörte guten Freunden des Generals und seiner liebreizenden Loretta. Ernie und Marge Jamison verbrachten regelmäßig die Wintermonate im sonnigen Florida, und während dieser Zeit stand ihr Haus im Wald leer. Doug hatte damit gerechnet, hier nichts vorzufinden und sich entsprechend darauf vorbereitet. Dummerweise hatte er jedoch übersehen, daß der Ölofen von einem elektrischen Zünder in Gang gesetzt wurde. Nun mußte er eben für seine Kurzsichtigkeit büßen.
Er öffnete die Schachtel mit den zwei Dutzend Tafelkerzen, die fünfzehn Stunden brannten. Das erste Dutzend stellte er auf den Küchentisch aus Fichtenholz, die anderen zwölf verteilte er über die Küche: eine neben den Wasserhahn, eine am Ausguß,

eine auf den Kühlschrank, zwei auf dem Herd ... Die vierundzwanzig Feuerzungen tanzten und warfen unheimliche Schatten an die Wände und die dunklen Fenster.

Doug ließ sich am Tisch nieder und warf einen Blick auf seine Armbanduhr. Langes Warten stand ihm bevor.

Mittlerweile mußte in New York City alles gelaufen sein, sagte er sich. Der Plan hatte hervorragend funktioniert, und jetzt hatte er noch mehr Sicherheit, daß alles in seinem Sinne ausgehen würde. Er lächelte und brach dann in Gelächter aus. Etliche Minuten saß er so da und genoß im voraus seinen Triumph. Der Widerschein des Kerzenlichts tanzte über sein Gesicht und verwandelte seine Augen in glühende Kohlen.

Powell fühlte sich so, als hätte er eine Handvoll Aufputschtabletten geschluckt. Er war in Höchstform und bis zum Bersten mit nervöser Energie angefüllt. Er hätte am liebsten laut geschrien. Aber noch lieber hätte er sich ausgetobt: Rennen, Springen und irgend etwas zertrümmern...

Er sprang auf und warf dabei den Stuhl um.

Er mußte raus aus diesem kalten, nahezu lichtlosen Raum. Das große Haus legte sich wie ein furchtbares Gewicht auf seine Brust. Er fürchtete, ersticken zu müssen.

Doug lief hinaus in die Nacht und betrachtete die Straße zu seiner Linken. Dann schweifte sein Blick über den dunklen Wald direkt vor ihm. Die Ruhe der Nacht wirkte besänftigend auf ihn. Nach einer Weile stellte er sich in Gedanken vor, wo er die imaginären Schützen postiert haben wollte, wenn Dunio hier aufkreuzte. Hm, dachte er, vier Scharfschützen dürften ausreichen.

Eigentlich mißtraute er seinem ehemaligen Kameraden nicht. Aber bei dieser Sache stand so viel auf dem Spiel, daß er kein Wagnis eingehen wollte.

2. Januar, 19.20 Uhr

Lee Ackridge betrat das Wohnhaus genau so, wie er aus ihm hinausgelangt war, durch die Keller der angrenzenden Gebäude. Im Keller seines Hauses schob er den Diplomatenkoffer mit dem kostbaren Inhalt hinter einen staubigen alten Schrank. Dann stieg er hinauf in den zweiten Stock, wo Carrie ihn bereits erwartete.

Die beiden umarmten und drückten sich.

»Alles ist gutgegangen«, strahlte er.

»Hatten sie auch an den Bildern eine Wanze angebracht?«

»Ja, aber darum habe ich mich ganz besonders gekümmert. Ich habe den Minisender durchs Klo hinuntergespült.«

»Fein«, sagte sie. »Draußen steht ein Wagen mit zwei Männern. Ich habe immer wieder einen Blick auf die Straße geworfen, ohne mir allerdings anmerken zu lassen, daß ich genau nach ihnen Ausschau hielt.«

»Ich sollte mich jetzt wohl von diesem Clownskostüm befreien«, sagte Lee. »Vermutlich vergehen keine zehn Minuten, bis sie an unsere Wohnungstür hämmern.«

Sie folgte ihm durch die Diele und blieb an der Badezimmertür stehen, während er sich von Schal, Mantel, der Langhaarperücke und dem Make-up befreite.

»Am besten legst du die Perücke zu deinen Sachen«, erklärte er.

Sie kam der Aufforderung nach. Als sie wieder in der Badezimmertür stand, fragte sie: »Wo hast du die Bilder versteckt?«

»Im Keller, in einer staubigen Ecke. Und was ist aus der Einkaufstasche geworden?«

»Das, was der Plan für sie vorgesehen hat«, antwortete sie. »Die Verkleidungsgegenstände habe ich beseitigt. Dann habe ich die Tasche mit den Büchern gefüllt, die ich am Samstag gekauft habe. Wenn sie es unbedingt wissen wollen, dürfen sie gern nachsehen. Sie dürfen in den Büchern blättern und lesen, so lange sie lustig sind.« Carrie grinste. »Alles seichte Frauenromane. Keine Verschwörungen und Thriller. Keine subversive Literatur.«

»Und wenn sie wissen wollen, wie du aus der Firma gelangt bist, ohne daß sie dich bemerkt haben?«

»Woher soll ich denn wissen, daß man mich observiert hat?« gab sie grinsend zurück. »Ich meine, als Feierabend war, bin ich wie die anderen nach Hause gegangen. Rund um siebzehn Uhr ist da eine wahre Völkerwanderung auf den Beinen. Was weiß ich, vermutlich haben sie mich im allgemeinen Gedränge ganz einfach übersehen.«

»Hört sich gut an. Wenn sie aber danach fragen...«

Es läutete an der Tür.

»Da sind sie schon«, flüsterte Lee.

»Ich kümmere mich um sie«, sagte Carrie. »Versuch du jetzt, Gelassenheit zu entwickeln.«

»Natürlich.«

2. Januar, 19.45 Uhr

Pia James' Apartment in der Fifth Avenue, von dem aus man einen wunderbaren Blick auf den Central Park hatte, war mit einem sehr teuren Teppich ausgelegt, mit kostspieligen Möbeln ausgestattet und mit Originalölbildern verschönt. Alle Farben waren aufeinander abgestimmt, und die Winkel, in denen die Möbel standen, harmonierten mit dem Schnitt der Zimmer. Das Ganze rief beim Besucher das Gefühl von angenehm warmer Sinnlichkeit hervor und verstärkte nur noch die Ausstrahlung, die die Inhaberin ohnehin hatte.

Genelli hatte sie jetzt schon eine halbe Stunde in ihrem Wohnzimmer studiert, während sechs Beamte die Wohnung durchsuchten. Aber er war immer noch nicht in der Lage, ihre Erscheinung und ihre Ausstrahlung mit ihrem Gewerbe in Einklang zu bringen. Sie hatte die Figur eines Filmstars, und die grünen, blitzenden Augen brachten jeden Mann um den Verstand. Gar nicht erst zu reden von dem seidigen schwarzen Haar ... Ganz sicher konnte sie für ihren Körper einen außerordentlich hohen Preis verlangen. Andererseits war nichts Verhärtetes, nichts Abgebrühtes an ihr. Sie hatte noch nicht einmal den Blick einer Prostituierten. Nein, sie wirkte ganz einfach wie eine Traumfrau. Sie war vollkommen. Und darüber hinaus machte sie auch den Eindruck, sehr belesen, kultiviert und intelligent zu sein ... Ganz sicher war sie keine Hure mit einem Herzen aus purem Gold, aber sie entsprach auch nicht den Prostituierten, mit denen es Genelli bislang zu tun gehabt hatte.

Sie hatte gleich auf seine erste Frage hin offen von ihrem Gewerbe und ihrer Laufbahn erzählt. Genelli stellte das eigentliche Verhör jedoch noch zurück, bis seine Männer mit der Wohnungsdurchsuchung fertig waren. Darüber hinaus hegte er die leise Hoffnung, daß sie weich werden würde, wenn sie hier eine halbe Stunde untätig herumsitzen mußte, während wildfremde Männer ihre Wohnung auf den Kopf stellten. Doch bislang zeigte sie sich immer noch cool, beherrscht und nicht im mindesten bekümmert.

»Heißen Sie auch mit bürgerlichem Namen Pia James?« fragte Genelli.

»Nur James ist echt. Mein richtiger Vorname lautet Peggy.«

Meyrowitz notierte alles.

»Ich muß Sie darauf hinweisen, Miß James, daß alles, was Sie jetzt sagen, vor Gericht gegen Sie verwendet werden kann. Sie haben das Recht, zu schweigen und einen ...«

»Fassen Sie sich ein Herz und fragen Sie, was Sie wollen«, erklärte sie ganz ruhig. »Ich werde alles sagen, denn ich bin mir in keiner Weise bewußt, etwas Illegales getan zu haben.«

Er fragte sie, was sie zwischen siebzehn und achtzehn Uhr getan habe, und sie antwortete mit erstaunlicher Offenheit.
»Und Sie glauben wirklich nicht, etwas Gesetzwidriges getan zu haben?« wollte Meyrowitz wissen. Er sah von seinen Notizen auf.
»Ich hatte doch keine Ahnung, was sich in dem Paket befunden hat.«
»Das brauchen Sie auch nicht zu wissen«, sagte Meyrowitz.
»Tut mir leid, ich hatte wirklich keine Ahnung«, sagte Pia.
»Ich bezweifle, daß ein Schwurgericht Sie aufgrund dieses Nichtwissens für nicht schuldig erklären würde«, schob Genelli nach.
»Na ja, einen Freispruch kann ich sicher nicht erwarten«, antwortete sie und nahm einen kleinen Schluck aus ihrem Glas.
»Aber im Höchstfall bekomme ich ein paar Monate, muß ein paar Wochen in meinem Beruf pausieren.«
Meyrowitz schüttelte verdutzt den Kopf.
»Sie haben eben einen Mr. Walters erwähnt«, sagte Genelli.
»Ja.«
»Und Sie sind sich ganz sicher, daß der Mann, der Ihnen Geld und Auftrag angetragen hat, nicht vielleicht Powell hieß?«
»Walters war nur der Name, den er bei mir angegeben hat. Eine ganze Reihe meiner Kunden gibt sich andere Namen. Ich frage nie nach ihrem richtigen Namen, und sie sind zufrieden. Tut mir leid, ich weiß nicht, wie Walters in Wahrheit heißt.«
Genelli zog eine Fotografie von Dunio aus seiner Brieftasche und reichte sie ihr.
»Den habe ich noch nie gesehen«, erklärte Pia.
»Sind Sie sich da ganz sicher?«
»Absolut sicher.«
Er steckte das Bild in die Brieftasche zurück und entnahm ihr eine zweite Fotografie. Er beugte sich in seinem Sessel vor, um ihre Antwort zu hören.

»Das ist Dan Walters«, erklärte sie ruhig.
Das Bild zeigte Doug Powell.
Genelli spürte, wie neues Adrenalin durch seine Adern strömte. Nur mit Mühe kämpfte er den Drang nieder, aus dem Sessel zu springen und *irgend etwas* zu tun. Zuerst mußte er Miß James noch ein paar Fragen stellen. »Sie haben erklärt, daß die junge Frau, der Sie das Paket übergeben haben, also die Frau, die in Ihrem Mercedes wartete, auch eine Prostituierte gewesen sei.«
»Ja, aber eine von der unterdurchschnittlichen Sorte.« Pia James wollte sich offensichtlich nicht mit der Fremden vergleichen lassen.
»Beschreiben Sie uns die Frau.«
Sie berichtete alles, was ihr an der Fremden aufgefallen war.
Meyrowitz schrieb alles mit.
»Haben Sie diese Frau je zuvor gesehen?« fragte Genelli weiter.
»Nein, nie.«
»Glauben Sie, Madelaine Harlow könnte sie kennen?«
»Unwahrscheinlich«, antwortete Pia. »Die Frau wirkte noch sehr jung, höchstens achtzehn. Sie ist vermutlich erst vor einem oder zwei Monaten in die Stadt gekommen. Eine Neue eben, wie sie hier unentwegt auftauchen.«
Genelli fragte sie weiter, und Pia antwortete jedes Mal so ausführlich, wie es ihr möglich war.
Schließlich steckte Meyrowitz seinen Notizblock ein und sagte: »Ich hätte noch eine Frage.«
»Ja, bitte.« Sie fischte mit Daumen und Zeigefinger die Kirsche aus ihrem Drink und schob sie delikat in den Mund.
Meyrowitz stand jetzt neben seinem Vorgesetzten und blickte auf sie hinab. »Eine kleine Armee von FBI-Agenten taucht völlig unerwartet bei Ihnen auf, kehrt in Ihrer Wohnung das Unterste zuoberst und befragt Sie seit mittlerweile fünfundvier-

zig Minuten ... Und Sie haben sich nicht einmal danach erkundigt, was eigentlich vorgefallen ist, was dieser Dan Walters verbrochen haben könnte. Warum dieses Desinteresse?«
Sie zerkaute langsam die Kirsche, blickte Meyrowitz stirnrunzelnd an, hielt das Glas zwischen beiden Händen und drückte es an ihre Brust. »Ganz einfach, ich möchte es nicht wissen«, erklärte sie etwas hochmütig. »Ich fürchte, es handelt sich dabei um etwas, was mir endgültig die Laune verderben würde.«

2. Januar, 20.15 Uhr

Agent Wickstrom ließ die Wohnung von Ackridge/Hoffman nicht aus den Augen, während er über das Mikrophon mit dem Verbindungsmann im Hauptquartier sprach. »Sie ist etwas später nach Hause gekommen, weil sie unterwegs noch ein paar Bücher eingekauft hat.«
»Und sonst war nichts in ihrer Einkaufstasche?« fragte der andere ungläubig.
»Nein, nichts«, antwortete Wickstrom. »Sieht ganz so aus, als hätten die Burschen vor ihrem Büro sich zum Narren gemacht.«
»Sie glauben ihr?«
»Ich habe keinen Grund, ihre Aussage in Zweifel zu ziehen. Die beiden waren ehrlich überrascht, als sie erfuhren, daß wir sie schon seit einiger Zeit beschatten. Und sie begreifen einfach nicht, was Powell getan haben könnte, daß sogar seine entfernteren Freunde in Verdacht geraten. Nach meiner Erfahrung haben die beiden nicht geschauspielert.«
»Und Ackridge hat tatsächlich den ganzen langen Tag nicht das Haus verlassen?«
»Richtig. In der Wohnung sind seit dem späten Nachmittag Lichter an- und ausgegangen.«

»Dann *war* er eben unser Mann«, erklärte die Stimme aus dem Hauptquartier. »Wenn Sie den beiden glauben und wenn er tatsächlich den ganzen Tag über zu Hause geblieben ist, müssen wir Lee Ackridge und Carrie Hoffman eben von der Liste streichen.«
»Scheint mir auch das beste zu sein«, antwortete Wickstrom.
»Behalten Sie die Wohnung noch einige Zeit im Auge.«
»Selbstverständlich.« Wickstrom hängte das Mikrophon wieder ein.
Wagner saß hinter dem Steuer und machte ein nachdenkliches Gesicht. »Die beiden waren doch richtig nett, nicht wahr? Ein junges Paar, dem man alles Gute wünschen möchte.«
»Ja, alles Gute«, brummte Wickstrom. »Aber die Kleine hatte wirklich tolle Augen, was?«

2. Januar, 21.00 Uhr bis Mitternacht

PRINCETON

27

2. Januar, 21.00 Uhr

Die beiden hatten sich wieder verkleidet. Lee trug erneut die Langhaarperücke, den dicken Parka und den langen Schal. Er hatte diesmal nur auf die Schminke verzichtet, die vorher seine Narben verborgen hatte. Carrie gab sich wieder als billige Straßenprostituierte, aber auch sie hatte auf das Make-up verzichtet. Wenn die Männer im parkenden Wagen aussteigen und auf die beiden zukommen würden, wäre es um sie geschehen.

»Bist du bereit?« fragte er.

Sie nickte.

Sie verließen die Wohnung, stiegen in den Keller hinab und zogen dort den Diplomatenkoffer hinter dem Schrank hervor. Sie liefen durch die Keller und benutzten eine Taschenlampe, um in der Dunkelheit etwas erkennen zu können. Als sie sich unter dem dritten Haus befanden, erklommen sie vorsichtig die Stufen zum Parterre, huschten durchs Foyer und gelangten nach draußen.

Ein heftiger, eiskalter Wind empfing sie.

Auf der Straße eilten sie von Haus und geparktem Wagen fort und liefen in Richtung Innenstadt.

Niemand trat ihnen entgegen. Niemand rief sie an.

In der Twenty-fourth Street stiegen sie in den Ford. Der Wagen war nicht mehr der jüngste. Er war dem kalten Wind so lange schutzlos ausgesetzt gewesen, daß er nicht anspringen wollte. Lee fürchtete schon, die Batterie hätte den Geist aufgegeben, da erwachte der Motor stotternd zum Leben.

Lee manövrierte den Wagen aus der Parklücke, steuerte nach Osten und blickte nahezu unentwegt in den Rückspiegel.

»Ist jemand hinter uns her?« fragte Carrie besorgt.

»Ich glaube nicht.«

An der Sixth Avenue bogen sie links ab in Richtung Innenstadt. Lee verfolgte immer noch im Rückspiegel, was sich hinter ihnen tat. Doch kein Wagen folgte aus der Twenty-fourth Street. Doch hier auf der Avenue herrschte einiger Verkehr. Lee konnte unmöglich feststellen, ob eines der Fahrzeuge hinter ihnen her war oder nur zufällig in die gleiche Richtung fuhr.

An der Thirty-ninth Street bog er nach Westen ab und geriet in dichteren Verkehr. Die Wagen waren alle zum Lincoln-Tunnel unterwegs. Während sie dem Tunnel immer näher kamen, hatte Lee die schreckliche Vision, dort könnte eine Polizeisperre errichtet sein.

Doch da war nichts dergleichen.

Zwanzig Minuten später, als sie schon ein gutes Stück auf dem New Jersey Turnpike vorangekommen waren, atmete Lee endlich erleichtert auf.

»Und?« fragte Carrie voller Hoffnung.

»Niemand ist uns gefolgt«, erklärte er und grinste jungenhaft.

Carrie entkrampfte sich. »Wir dürften das Waldhaus eine halbe Stunde vor Mitternacht erreichen. Nicht mehr lange, dann haben wir alles hinter uns.«

Er nickte und stellte überrascht fest, daß er so etwas wie Bedauern verspürte.

2. Januar, 22.30 Uhr

»Der Hauptgrund für mich, immer wieder diese dämlichen Diplomatenobservierungen zu machen«, erklärte Agent Ashe seinem Kollegen, Agent Packer, »ist der, daß es bei solchen Jobs nie Überstunden gibt. Bei allen anderen Tätigkeiten verpassen sie einem leicht Überstunden. Selbst als dieser verdammte Air-Force-Captain mit einem Hefter voller Konstruktionszeichnungen auf der Flucht war, gab es bei den Diplomatenobservierungen keine Überstunden. Ich möchte ehrlich wissen, was heute nacht los ist und warum man mir so eine Scheiße zumutet!«
Ashe und Packer mußten eine Zwölf-Stunden-Schicht ableisten. Von zweiundzwanzig Uhr bis um zehn am nächsten Morgen sollten sie Ilja Tsaitzew überwachen. Sie mußten länger Dienst tun, damit andere Agenten für Genellis Einsatzkommando frei wurden.
Natürlich hatte sich niemand die Mühe gemacht, Ashe und Packer zu erklären, warum solche Aufregung herrschte, Packer, der noch neu im Dienst war, glaubte, das sei eben so. Aber Ashe, der schon viel beim FBI erlebt hatte, verstand nicht, was das alles zu bedeuten hatte, und war entsprechend mißgestimmt.
Als dann über Funk bekanntgegeben wurde, daß ein Haftbefehl für Douglas Eugene Powell ergangen sei, hörte Ashe sofort auf, sich zu beschweren. »Das ist aber interessant«, sagte er. »Der Russe steht jeden Morgen früh auf und nimmt dann zwischen sieben und halb acht im Plaza sein Frühstück zu sich. Und wissen Sie was? Mein ehemaliger Partner und ich sind des öfteren Zeuge gewesen, wie dieser Powell dem Russen beim Frühstück Gesellschaft leistete.«
»Oho!«
»Das Büro hat ein bißchen herumgeschnüffelt und herausgefunden, daß Powell und Tsaitzew sich mehrmals auf Parties in

Washington begegnet sind. Sie sind zwar keine dicken Freunde, höchstens lose Bekannte, aber jetzt gehen mir natürlich einige Fragen durch den Kopf...«
Packer unterbrach ihn. »Tsaitzew verläßt gerade das Haus!«
Ashe starrte durch die Windschutzscheibe nach draußen auf die Straße.
Da stand der Russe. Der Türsteher des Gebäudes winkte ihm ein Taxi heran, hielt Tsaitzew die Tür auf und schloß sie hinter ihm. Dann kehrte er rasch ins Haus zurück, um der Kälte zu entgehen.
Das Taxi fuhr nach Norden in Richtung Central Park West und bog dann nach links in die Sixty-eight Street ab.
»Ich wußte doch, daß es heute nacht noch aufregend wird«, freute sich Packer.
Als sie ebenfalls in die Sixty-eight einbogen, befand sich das Taxi nur einen halben Block vor ihnen.
»Gehen Sie vom Gaspedal runter«, sagte Ashe. »Wir wollen es nicht zu auffällig machen.«
Sie folgten dem Taxi in etwas größerem Abstand über die Amsterdam Avenue und dann weiter über die Tenth Avenue. Als sie auf der Höhe der Fiftieth Street waren, sagte Packer: »Es mag sich vielleicht verrückt anhören, aber ich glaube, in dem Taxi befindet sich nur der Fahrer und sonst niemand.«
Noch während Packer seine Vermutung äußerte, fuhr das Taxi an den Straßenrand und nahm einen Fahrgast auf.
»Verflucht noch mal!« rief Ashe. »Blocken Sie ihn ab!«
Packer überholte das Taxi und stellte sich dann quer davor.
Ashe war schon im nächsten Moment aus dem Wagen. Packer folgte ihm auf den Fuß.
»Was, um alles in der Welt...« Der Taxifahrer war kreidebleich.
»FBI«, rief Ashe und hielt ihm seinen Dienstausweis vors Gesicht. »Wo ist der Russe?«

Der Taxifahrer mußte erst schlucken, bevor er sagen konnte: »Was denn für ein Russe?«
»Der Fahrgast, den Sie vor fünf Minuten am Central Park aufgenommen haben!« fuhr Ashe ihn ungeduldig an.
»Großer Gott!« stöhnte der Mann. »Ich hatte ja keine Ahnung, daß das ein Russe war. Ich habe in meinem ganzen Leben noch nie...«
»Wo ist er abgeblieben?« brüllte Ashe.
»Er hat mir zehn Dollar dafür gegeben, daß ich ihn um die nächste Straßenecke bringe«, stotterte der Taxifahrer. »Ich dachte, er wollte vielleicht einem eifersüchtigen Ehemann entkommen, oder was auch immer. Er sagte, er sei...«
Ashe hörte gar nicht mehr zu. Er rannte zu seinem Wagen und rief Packer zu, er solle endlich seinen Arsch in Bewegung setzen.
Atemlos glitt Packer hinter das Steuer und fragte: »Was machen wir denn jetzt?«
»Ich glaube, ich weiß, wohin Tsaitzew unterwegs ist.«
»Wirklich? Woher denn?«
»Ein Wagen von ihm steht in einer Garage in einer der Seitenstraßen an der Fiftieth Street.« Er erklärte Packer, wohin er fahren sollte. »Der Wagen ist unter einem falschen Namen in New Jersey zugelassen.«
»Und lassen wir ihn zu seinem Wagen gelangen?« wollte Packer wissen.
»Natürlich. Er denkt, das geheime Auto sei sein großer Trick. Lassen wir ihn in dem Glauben. Ist doch besser, wir kennen seine Geheimnisse.«
Packer steuerte den Wagen auf die Eight Avenue und überfuhr eine rote Ampel. Auf der Fiftieth wären sie fast an Tsaitzews Wagen vorbeigerauscht. Ashe entdeckte ihn im letzten Moment.
»Das ist er!«

Packer fiel ein gutes Stück zurück, bis der drei Jahre alte Dodge des Russen etwas Vorsprung gewonnen hatte.
»Ich melde mich besser im Hauptquartier«, brummte Ashe. »Wahrscheinlich benötigen wir Verstärkung.«

28

2. Januar, 22.50 Uhr

»Es ist nicht nur einfach so, daß Ihre Karriere auf dem Spiel steht ... oder auch meine. Alles, was recht ist, Genelli, wenn die gestohlenen Daten nicht wiederbeschafft werden, geht das ganze große Land den Bach hinunter!« Gardner Peterson schlug mit der Faust auf den Schreibtisch, um seinen Worten Nachdruck zu verleihen.
Der Supervisor war nicht wiederzuerkennen. Seine sprichwörtliche Ruhe und Selbstbeherrschung waren spurlos verschwunden. Sein Gesicht war stark gerötet, und sein gepflegtes Haar hing in verklebten Strähnen herab. Er hatte die Krawatte gelöst. Die Jacke hatte er schon vor Stunden irgendwo hingehängt, ohne jetzt noch zu wissen, wo das gewesen war. Seine Hose sah aus, als hätte jemand Fußball damit gespielt. Er schwitzte ununterbrochen, obwohl die Raumtemperatur durchaus angenehm war. Peterson litt an der Hitze, die ihn aus Washington traf und unablässig sein verlängertes Rückgrat aufheizte. Kein Zweifel, der Supervisor war verzweifelt.
Genelli erinnerte sich an die mehrfach von Meyrowitz ausgesprochene Warnung und wußte, daß von jetzt an Sündenböcke gesucht wurden. »Ich habe jeden auch noch so entfernten Bekannten von Powell unter Beobachtung gestellt. Zusätzlich klappern Beamte alle Gästebücher der Hotels in der Gegend ab, in der Robin Hood verschwunden ist. Ich habe weiterhin ...«

Peterson unterbrach ihn. »Wenn diese Bänder an irgendwen weitergegeben werden, sei es nun an eine befreundete oder eine feindliche Macht, wird man sie gegen uns verwenden. Auf der ganzen Welt gibt es keinen einzigen Staat, der auch nur einen Moment zögern würde, wenn er die Gelegenheit erhielte, auf Kosten der USA sein Renommee und seine Position zu verbessern. Und wir können noch von großem Glück sprechen, wenn man uns lediglich erpreßt und darauf verzichtet, die Informationen an die große Glocke zu hängen. Wenn Sie Mist machen, Genelli, kommen Sie unweigerlich in die Geschichtsbücher, und Sie können sich sicher ausmalen, wie man Sie dort darstellen wird!«

»Ich habe genug gehört«, sagte Genelli hart. Drohungen trafen ihn nicht so wie andere Menschen. In Krisensituationen verlor er nicht die Selbstbeherrschung, sondern wurde nur noch stärker. Er verzichtete jetzt darauf, genauso gewöhnlich und uninteressant zu erscheinen wie der braune Anzug, den er trug. In diesem Moment ging eine seltsame Kraft von ihm aus. Er wirkte härter und pfiffiger, als man ihn in den letzten Jahren erlebt hatte. Und diese Ausstrahlung erreichte er nur durch die Ereignisse und die Anspannung der vergangenen beiden Tage.

»Ich weiß sehr wohl, wie schwierig unsere Lage ist«, erklärte er Peterson und sah ihm gerade ins Gesicht. »Wir verschwenden nur unsere Zeit, wenn Sie mir Vorträge halten und ich geduldig zuhören muß.«

Peterson lief purpurrot an. »Jetzt hören Sie mal gut zu, Mister!«

»Wenn es nicht so verdammt lange gedauert hätte, bis der Haftbefehl gegen Powell endlich draußen war, hätten wir den Burschen sicher schon längst am Wickel. Zumindest wären wir ihm auf der Spur. Jetzt bleibt uns nichts anderes übrig, als Augen und Ohren aufzusperren und abzuwarten, ob sich irgendwo etwas tut.«

Ein Bote von der Datenauswertungsstelle kam ins Zimmer und wedelte mit einem Zettel durch die Luft. Er hielt jedoch mitten zwischen zwei Schritten inne, als er bemerkte, daß Peterson und Genelli sich anbrüllten. Er warf einen hilflosen Blick auf Meyrowitz. Der lehnte an der Fensterbank und verfolgte den Wortwechsel mit leichtem Amüsement, so als fände er nur zu seiner Unterhaltung statt.
Meyrowitz bemerkte den Blick des Boten, sah ihn an und zuckte die Achseln.
Dann fiel auch Genelli der Neuankömmling auf. Er fuhr zu ihm herum und rief: »Was gibt's?«
Der Mann sah Genelli und Peterson abwechselnd an und wandte sich dann an Genelli. »Um 22.43 Uhr haben wir von einem unserer Beschatter-Teams die Mitteilung erhalten, daß sich ein Sowjetbürger, der bei den Vereinten Nationen arbeitet, auffällig verhalten hat. Wir haben diese Mitteilung ausgewertet, und ich denke, wir haben da einen interessanten Fall vorliegen.«
»Was?« entfuhr es Genelli.
»In den letzten sechs Monaten hat sich Doug Powell fünfmal mit dem Russen getroffen. Er heißt Ilja Tsaitzew und pflegt regelmäßig sein Frühstück im Plaza einzunehmen. Dorthin ist auch Powell gekommen. Das Team hat gemeldet, daß der Russe zu einer Garage gegangen ist, in der unter falscher Zulassung einer seiner Wagen steht. Tsaitzew hat sich in den Wagen gesetzt und verläßt Manhattan.«
Genelli sah Meyrowitz scharf an.
»Das ist es«, sagte sein Assistent.
»Sie glauben, er ist zu einem Treffen mit Powell unterwegs?« fragte Peterson.
»Es ist nur ein Strohhalm, aber an den müssen wir uns klammern«, antwortete Genelli.
Der Supervisor verzog nachdenklich das Gesicht. »Aber der Russe hat doch sicher längst bemerkt, daß er observiert wird.

Warum sollte er es da riskieren, sich mit Powell zusammen in der Öffentlichkeit zu zeigen, warum den Verdacht auf sich lenken, falls er etwas mit dem Diebstahl zu tun hat?«
»Vielleicht hat Tsaitzew nicht bemerkt, daß er jeden Morgen im Plaza beobachtet wurde. Daß unser Agent jeden notiert hat, der ihm beim Frühstück Gesellschaft leistete«, erklärte der Bote.
Genelli nahm den Zettel des Boten und reichte ihn dem Supervisor. »Sie sollten jemanden hinter dem Russen herschikken.«
»Sie natürlich«, sagte Peterson. »Wen denn sonst?«
Genelli schüttelte den Kopf. »Noch vor einer halben Stunde, Sie waren kaum durch die Tür gekommen, haben Sie verkündet, mich von dem Fall abzuziehen. Das können Sie doch nicht schon vergessen haben, oder?«
Peterson war weniger verärgert als vielmehr erschrocken über Genellis Tonfall. »Ich will, daß Sie diesen Tsaitzew festnageln!«
Genelli wußte, daß der Chef ihn schätzte. Er lächelte matt. Natürlich wollte Peterson auch, daß sein Mitarbeiter bis zum bitteren Ende dabei war und nicht vorzeitig seinen Kopf aus der Schlinge ziehen konnte. Wenn Tsaitzew sich als falsche Fährte erwies und wenn es Genelli nicht gelang, den Robin-Hood-Fall doch noch zu lösen, brauchte der Supervisor jemanden, dem er alle Schuld in die Schuhe schieben könnte. Und wer bot sich da eher an als Roy Genelli, der von Anfang an die Ermittlungen geleitet hatte?
In diesem Moment wußte Genelli, daß das sein Ende im Büro war, ganz gleich, ob der Fall zu einem Abschluß finden würde oder nicht. Von nun an würde er nie mehr Spaß an seiner Arbeit finden und erst recht keinen Sinn mehr darin sehen, über den Dienst nach Vorschrift hinaus etwas zu tun.
»Ich bleibe, solange ich alles bekomme, was ich für nötig er-

achte«, erklärte er seinem Vorgesetzten. »Und wenn weitere Haftbefehle ausgestellt werden sollen, wünsche ich keinerlei Verzögerungen mehr!«

»Einverstanden.«

Genelli wandte sich an Meyrowitz und registrierte das mitleidvolle Lächeln auf dem Gesicht des Assistenten. »Ich kann nichts dafür«, erklärte er. »Ich bin und bleibe ein altes Pflugpferd, das unbedingt die Furche zu Ende pflügen muß, bevor es völlig erschöpft umfallen kann.«

Meyrowitz lachte. »Ich fürchte, bei mir verhält es sich ebenso.«

»Holen Sie Plover«, sagte Genelli. »Wir versuchen, den Wagen einzuholen, der jetzt hinter Tsaitzew her ist. Großer Gott, der Russe bekommt eine richtige Parade!«

2. Januar, 23.10 Uhr

Leichter Schneefall ging über dem Waldhaus westlich von Princeton nieder. Ein dünnes Laken bedeckte Land und Bäume. Die dichte Wolkendecke hing tief, und alles ließ darauf schließen, daß aus dem dünnen Laken bald eine dicke Decke werden würde.

Douglas Powell stand am Küchenfenster und sah zu, wie die Schneeflocken an der Scheibe hinabrannen und sich in den Ecken ansammelten.

Dunio! Ein schwarzer Cadillac kam vorsichtig die Straße herauf. Die Scheinwerferkegel schnitten wie Skalpelle durch die Nacht. Zwanzig Meter vor dem Haus hielt der Wagen an.

Nach Dunio stiegen drei Männer aus dem Cadillac. Sie schwärmten gleich aus und deckten sich gegenseitig. Zwei von ihnen hielten Pistolen in den Händen. Der dritte trug eine Thompson-Maschinenpistole, die in Schnee und Dunkelheit wie ein unheimliches Insekt wirkte. Er blieb am Wagen stehen. Von dort hatte er einen guten Blick auf das Haus und den Wald. Einer der beiden Pistolenträger postierte sich an einer Hausecke, wo er zwei Wände im Auge behalten konnte. Der andere marschierte mit Dunio zur Küchentür.

Powell öffnete ihnen.

»Hallo, Doug«, sagte Dunio. Er war knapp einsachtzig groß und besaß außerordentlich breite Schultern und eine Tonnenbrust. Er wirkte wie ein Gorilla, den man in einen Anzug gezwängt hatte.

»Komm herein«, sagte Powell.

»Warum brennen keine Lichter?« fragte Dunio.

»Die Leute, denen dieses Haus gehört, verbringen den Winter in Florida. Sie schalten hier den Strom ab, wenn sie für länger fort sind.«

»Bist du ganz allein im Haus?«

»Ja. Aber Freunde von mir sind im Wald.«

»Macht nichts«, nickte Dunio. »Darauf war ich vorbereitet.«

Er und sein Leibwächter betraten die Küche und brachten eine Woge von Schneeflocken mit.

Der Wächter war schlank und groß und wirkte nicht so beschränkt, wie man das bei solchen Männern erwartet. Wenn dies eine Filmszene wäre, dachte Doug, würde der Leibwächter den jungen Helden spielen, während Dunio der Schurke oder ein brutaler Killer wäre.

Als Powell die Tür geschlossen hatte und sich seinen Gästen zuwandte, standen sie bereits geschickt postiert am Küchentisch und sahen ihn an. Der Leibwächter hatte den Lauf seiner Pistole auf Dougs Brust gerichtet.

»Ich habe da ein kleines Problem«, begann Dunio. »Ich weiß nicht, was du angestellt hast, um an diese Bilder zu gelangen. Ich würde aber zu gern erfahren, wie um alles in der Welt mein Name in diese Geschichte geraten ist?«

Powell war ehrlich überrascht.
»Wir haben es im Radio gehört, in den Nachrichten«, fuhr Dunio fort. »Du und ich werden steckbrieflich gesucht.«
»Unter welcher Anklage?«
»Das ist es ja, was ich nicht verstehe«, antwortete Dunio. »Wir sollen in New York zwei FBI-Agenten ermordet haben.«
Powell konnte sich nur mit Mühe ein Grinsen verkneifen. Das FBI hielt also Dunio für seinen Komplizen beim Datenraub. Damit dürfte Lee Ackridge aus dem Schneider sein; außer er würde über seinem neuen Reichtum den Verstand verlieren und das Geld mit vollen Händen zum Fenster hinauswerfen.
»Ich kann dir versichern, daß keine FBI-Männer ermordet worden sind. Das FBI hat das auf den Haftbefehl geschrieben, weil es unter allen Umständen eine landesweite Panik vermeiden wollte. Ich habe nämlich das nationale Sicherheitssystem ganz schön durcheinandergewirbelt.« Dunio zuckte zusammen. »Ist sicher besser, wenn du nicht erfährst, was ich genau getan habe. Am besten vergißt du alles über unsere kleine Vereinbarung. Sie sind hinter dir her, weil sie sich über mich kundig gemacht haben. Da haben sie wohl entdeckt, daß ich in Südostasien mit einem Mann befreundet gewesen bin, der Kunstwerke verschoben hat. Da brauchten sie nur noch eins und eins zusammenzuzählen, um dich auf die Liste der Verdächtigen zu setzen.« Er zuckte die Achseln. »Was ist denn überhaupt los mit dir? Du bist gar nicht mehr der alte Harold Dunio. Außerdem ist Dunio tot. Dieser Name wird für das FBI zu überhaupt nichts führen.«
»Hast ja recht«, sagte Dunio. »Nur es wurmt mich halt, wenn ich wegen einer so dämlichen Geschichte im Radio genannt werde. Ich komme mir irgendwie benutzt, mißbraucht vor.«
»Was meinst du damit?«
»Ich weiß nicht, ob du mich da reingerissen hast, ich weiß es wirklich nicht, und das beunruhigt mich eben.«

»Du solltest dich möglichst schnell wieder beruhigen«, sagte Doug.
»Vielleicht hast du recht«, erklärte Dunio. »In diesem Land bin ich noch nie steckbrieflich gesucht worden. Aber bei dem zu erwartenden Profit muß ich das wohl in Kauf nehmen.«
Der Leibwächter senkte die Pistole. Der Lauf zeigte jetzt auf den Boden.
Sie ließen sich auf den Hockern am Tisch nieder und steckten die Köpfe zusammen. Von außen wirkten sie wie Okkultisten, die einen Geist beschworen.
»Hast du an meine Papiere gedacht?« fragte Doug.
»Selbstverständlich.« Dunio zog die Brieftasche aus dem Mantel und entnahm ihr ein dickes weißes Kuvert, das er Powell reichte. »Alles da: Geburtsurkunde, Paß, Versicherungsnummer, Führerschein, Trauschein nebst späterer Scheidungsurkunde und ein halbes Dutzend anderer Belege. Du heißt jetzt Philip Cawley und bist kanadischer Staatsbürger. Altersmäßig kommt ihr beide euch gleich. Du wurdest in einem Vorort von Montreal geboren... ach, sieh es dir doch selber an, ist ja alles da.«
Doug betrachtete im trüben Kerzenlicht alles, was Dunio in das Kuvert gesteckt hatte. Der alte Kamerad schien an alles gedacht zu haben.
»Warum bist du denn nicht bei Daniel Walters geblieben?« fragte Dunio.
»Dieser Name ist zu stark mit meiner Tat verbunden«, erklärte Doug. »Und von Powell läßt sich allzu leicht eine Spur zu Walters ziehen.«
»Dann kommen dir die Cawley-Papiere ja wie gerufen. Und ich dachte schon, es sei nur eine weitere Vorsichtsmaßnahme von dir.«
»Ganz recht«, sagte Powell nur.
Von nun an würde er unter dem Namen Cawley leben, wenn

man ihn nicht beim Grenzübertritt verhaften würde. Mit dem Beuteanteil konnte er überall auf der Welt ein neues Leben beginnen. Er würde das Land verlassen und von draußen zusehen, wie hier alles in Panik geriet. Das würde ein Spaß werden, von weit, weit weg mitzuerleben, wie der General und Loretta unvermittelt vor dem Scherbenhaufen ihrer Existenz standen. Zumindest wollte er es so versuchen. Und wenn er von der Polizei verhaftet würde, bevor er sich in Sicherheit gebracht hatte, wäre das auch nicht so schlimm. Er fürchtete sich nicht vor der Zelle und auch nicht vor dem Gerichtsverfahren ... Während der letzten Tage war es ihm immer gleichgültiger geworden, ob seine Flucht gelingen würde oder nicht. Wenn er es nur dem General heimzahlen konnte ... Dieses Ziel war jeden Preis wert.

»Wo sind die Bilder?« fragte Dunio.

»Auf dem Weg hierher«, antwortete Doug. Er betrachtete Dunios Brieftasche und kam zu dem Schluß, daß sie zu dünn war, um eine halbe Million Dollar zu enthalten. »Wo ist das Geld?«

»Draußen im Wagen«, antwortete Dunio.

Powell lächelte und lehnte sich zurück. Das Kuvert lag auf seinem Schoß. »Die Bilder dürften in einer halben Stunde hier sein. Bis dahin werden wir wohl warten müssen. Aber das ist ja nicht schlimm. So haben wir Gelegenheit, über die alten Zeiten zu plaudern.«

»Ganz genau«, sagte Dunio.

Doch keiner der beiden sagte in den nächsten zwanzig Minuten auch nur ein Wort.

29

2. Januar, 23.40 Uhr

Der Wind heulte um das Haus wie ein wütendes Raubtier, das im Innern Beute wittert. Die dickeren Schneeflocken platschten gegen die Fensterläden. Etliche eiskalte Luftzüge fanden ihren Weg in die Küche und brachten die Kerzenflammen zum Flackern, bis die Schatten der fünf Menschen in dem Raum hüpften und tanzten wie eine Gruppe Eingeborener, die ein Feuerfest begeht.

»Sehr schön«, sagte Dunio, während er das erste der fünf Gemälde betrachtete, die vor ihm auf dem Tisch lagen.

Der Taschenlampenstrahl fuhr über das zweite Bild und blieb an einer Szene hängen, die Terrassen an einem Hügelhang zeigte. Überall standen verkrüppelte Bäume, deren Kronen vollständig von Schnee bedeckt waren. Dank dem ungewöhnlichen Talent des Künstlers wirkten diese Bäume echter und lebensnaher als die Bäume draußen, die langsam vom Schnee eingehüllt wurden.

»Sind sie echt?« fragte Doug nervös.

»Einen Augenblick noch«, murmelte Dunio.

Lee hatte Powell nicht aus den Augen gelassen, seit er und Carrie vor knapp zehn Minuten eingetroffen waren. Und das meiste von dem, was er sah, gefiel ihm nicht. Doug war viel zu nervös, viel zu angespannt und machte ganz den Eindruck, als würde er im nächsten Moment in tausend Teile zerspringen.

»Wenn diese verdammten Arschlöcher es gewagt haben sollten, uns billige Fälschungen anzudrehen«, schimpfte Doug, »dann werde ich...«

»Ein solches Risiko würden sie nicht eingehen«, erklärte Lee. »Nicht bei einer solchen Sache, wo so viel für sie auf dem Spiel steht. Und selbst, wenn ihnen diese Idee gekommen wäre, hät-

ten sie bei weitem nicht genug Zeit gehabt, Fälschungen von solchen Meisterwerken herzustellen, die nicht auf den ersten Blick als nachgemacht zu erkennen sind.«
Dunio wischte sich gründlich die Finger an einem Taschentuch ab, bis er sicher sein konnte, daß keine Farb- oder Schweißreste mehr auf seiner Haut waren. Dann streckte er vorsichtig zwei Finger aus und fuhr mit ihnen sanft über die Oberflächen der Bilder, um sich von deren Alter und Fragilität zu überzeugen.
»Exquisit«, murmelte er.
»Sind sie echt?« drängte Powell.
Dunio untersuchte jetzt das dritte Bild mit einer Vorsicht, Ruhe und Ausdauer, die Lee Bewunderung abnötigten. »Alle drei sind echt. Alle drei sind originale Werke von Ku K'ai-Tschih.«
»Bist du dir auch ganz sicher!« wollte Powell wissen.
Dunio nickte. »Mein Spezialgebiet ist ostasiatische Kunst, mit dem Schwerpunkt auf China. Davon abgesehen hat der Käufer mir ein paar narrensichere Methoden verraten, mit denen man zweifelsfrei einen echten Ku K'ai-Tschih von einem nachgemachten unterscheiden kann.«
»Wer ist denn der Käufer?« fragte Carrie.
Dunio lächelte, als er antwortete: »So wie es besser für mich ist, nicht zu wissen, wie Sie an diese Bilder geraten sind, ist es besser für Sie, nicht zu erfahren, wohin diese Kunstwerke gehen.«
»Was ist mit dem vierten und fünften Bild?« fragte Doug, um Dunios Aufmerksamkeit wieder auf das Geschäftliche zu lenken.
Dunios Augen tränten und zwinkerten, als er sich im trüben Kerzenschein an die Prüfung der beiden letzten Bilder machte.
Lee sah zu, wie der Lichtkegel des Scheinwerfers in einem geheimnisvollen Muster über die Bilder huschte. Das Heulen des

Windes bewirkte bei ihm zusätzlich einen tranceähnlichen Effekt. Mit einem Ruck riß er sich in die Wirklichkeit zurück und betrachtete wieder seinen alten Kriegskameraden. Doug schwitzte trotz der beißenden Kälte in der Küche.
»Ja«, sagte Dunio schließlich, und alle sahen ihn erwartungsvoll an. »Nördliche Sung-Dynastie. Kein Zweifel, der Künstler war Ho Kung-yi.«
Lee sah Carrie an.
Carrie grinste breit.
Lee fühlte sich, als würde ihm die ganze Welt gehören. Er war nicht länger minderwertig, nein, er fühlte sich jetzt außerordentlich mächtig.
Doug stieß einen Seufzer der Erleichterung aus und wischte sich mit der Hand den Schweiß von der Stirn. »Dann können wir das Geschäft ja abschließen«, sagte er.
»Das ist auch meine Meinung«, erklärte Dunio und nickte mehrmals. »Ehrlich gesagt, das ist der größte Deal, den ich je gemacht habe.« Er wandte sich an seinen Leibwächter. »Hol den Koffer aus dem Wagen.«
Der schlanke, große Mann lief zu dem Cadillac und kehrte mit einem braunen Samsonite-Koffer zurück. Er legte ihn auf den Tisch, von dem Dunio vorher vorsichtig die fünf Gemälde eingesammelt hatte.
Dunio zog einen kleinen Schlüssel aus der Tasche, schloß den Koffer auf, ließ die Laschen aufspringen, öffnete den Deckel und entnahm dem Koffer dann Bündel um Bündel mit Banknoten.
Lee zählte in Gedanken mit. Die meisten Bündel enthielten Hunderter. Am Rand lagen ein paar mit Zwanzigern, und jetzt kam einer mit Fünfzigern.
Eine halbe Million Dollar! hämmerte es in seinem Kopf. Und das war erst der Anfang, lediglich ein kleiner Bruchteil dessen, was sie zu erwarten hatten. Die Summe würde sich in zwei

Wochen verzehnfacht haben. Viereinhalb Millionen würden noch kommen!

»Wunderschön!« sagte Carrie.

»Nicht wahr?« grinste Dunio. »Fast so wunderschön wie die Bilder.« Er lächelte Doug und Lee an. »Wollen wir nachzählen und überprüfen, ob sie so echt sind wie die Bilder?«

Sie zählten nicht penibel nach, sondern blätterten lediglich durch die Bündel, um festzustellen, ob zum Beispiel die Hunderterpacks auch durchgängig Hundertdollarnoten enthielten. Während sie zählten, teilten sie das Geld gleichzeitig in zwei gleich große Haufen auf; einer war für Lee, der andere für Doug.

Ein paar Minuten später fragte Dunio: »Na, alles in Ordnung?«

»Sieht sehr gut aus«, antwortete Powell.

»Damit dürftet ihr zwei Wochen über Wasser bleiben«, erklärte Dunio, »insofern ihr nicht alles für Zeugs ausgebt, das ihr nicht braucht. Und wo wir gerade beim Thema sind: Was haltet ihr davon, wenn wir uns am sechzehnten in Toronto treffen, um dort das Geschäft zu Ende zu bringen?«

»Toronto?« fragte Carrie verblüfft.

»Ich habe neue Papiere«, erklärte Powell. »Sie weisen mich als kanadischen Staatsbürger aus. Ich schätze, ich kann es zwei Wochen oder so in Toronto aushalten, bevor ich mich nach Europa absetze.«

»Also gut, dann Toronto«, sagte Lee.

Dunio nannte ihnen den Namen eines guten Hotels in der Innenstadt von Toronto. Dort wollte er ihnen das restliche Geld aushändigen. Als sie zustimmten, dort auf ihn zu warten, erklärte er: »Dort läßt es sich sicher angenehmer leben als hier. Zumindest verfügt das Hotel über Licht und Heizung.« Er sah Powell an und bibberte. »Doug, warum um alles in der Welt hast du dich darauf versteift, daß wir uns hier treffen?«

Die Frage war Powell sichtlich unangenehm. Er warf einen Blick auf Lee und starrte dann auf den Boden. »Na ja ... ich dachte, hier wären wir wirklich unter uns...«

»Auf einem Friedhof wären wir auch ganz unter uns gewesen«, brummte Dunio. »Aber es würde mir nie einfallen, an einem solchen Ort ein Geschäft abzuwickeln.«

Lee runzelte die Stirn und fragte dann Dunio: »Ich war der Ansicht, Sie seien derjenige gewesen, der dieses abgelegene Haus als Treffpunkt ausgesucht hätte?«

»Ich?« entfuhr es Dunio. »Bei allem, was recht ist, niemals hätte ich...«

»Lee, ich erkläre es dir später«, sagte Doug rasch. Er erhob sich, legte Dunio einen Arm um die Schulter und drängte ihn so zur Tür hinaus.

Der Leibwächter folgte den beiden hinaus in den Schnee zum Cadillac.

Lee starrte ihnen durch die offene Tür nach. »Ich frage mich, was das alles zu bedeuten hat?«

»Er hat uns angelogen«, sagte Carrie. Sie legte Lee von hinten die Arme um den Bauch. »Er macht mir angst.«

»Angst? Warum das denn?«

»Hast du sein Gesicht gesehen, während Dunio die Bilder begutachtet hat? Es war wie damals, in jener Nacht in Langhorn. Seine Miene wechselt von einem Moment auf den anderen und ohne ersichtlichen Grund. Fast kommt es mir so vor, als seien seine Gedanken ein einziges unzusammenhängendes Chaos.«

»Ja, er hat sich ein paarmal recht eigenartig aufgeführt«, bestätigte Lee. »Aber daran ist nichts, was uns angst machen müßte.«

Der Motor des Cadillac wurde angelassen. Der Wagen wendete, fuhr auf die Straße und verschwand hinter dem Hügelkamm.

Als Doug in die Küche zurückkehrte, hielt er einen seiner Colts in der Hand. Er richtete den Lauf auf die Stelle zwischen Carrie und Lee, damit er sie beide in Schach halten konnte. »Setzt euch«, sagte er heiser. »Ich erkläre euch jetzt, wie die Lage ist.«

Ilja Tsaitzew fuhr auf der Route 571 in westlicher Richtung nach Princeton. Die Agenten Ashe und Packer folgten ihm im Abstand von einer viertel Meile. Gelegentlich fielen sie sogar noch weiter zurück.

Genelli, Meyrowitz und Plover befanden sich zwanzig Meter hinter ihren Kollegen.

Die Straße war zentimeterdick mit Schnee bedeckt, und alle drei Wagen gerieten immer wieder ins Rutschen oder Schlingern und landeten mehr als einmal auf der Gegenfahrbahn oder auf dem Seitenstreifen.

Nachdem wieder einmal das Heck des Wagens weggerutscht war und sich dabei Meyrowitz' Magen umzudrehen drohte, fragte er: »Wo haben Sie eigentlich fahren gelernt, Plover? In Saudi-Arabien?«

»Wollen Sie lieber ans Steuer?« gab Plover zurück.

»Wenn er in den letzten beiden Tagen so wenig Schlaf bekommen hat wie wir«, sagte Genelli, »ist seine Fahrweise absolut verständlich.«

Meyrowitz drehte sich zu Genelli um. »Fühlen Sie sich denn wirklich *so* schlecht?«

Genelli fühlte sich so, als wäre er in eine davonstürmende Büffelherde geraten, und das sagte er auch.

Meyrowitz suchte in seiner Manteltasche, fand die Aspirindose, öffnete sie und reichte Genelli eine Tablette, die ganz bestimmt kein Aspirin war.

»Was ist denn das?«

»Speed«, sagte Meyrowitz. »Kein wirklicher Hammer, aber es vertreibt Ihnen für eine Weile die Müdigkeit und Erschöpfung.«

Genelli sah seinen Assistenten mit großen Augen an. »Haben Sie auch eine solche Tablette genommen?«
Meyrowitz nickte.
»Nehmen Sie so etwas häufiger zu sich?«
»Nur wenn ich Überstunden machen muß und keinen Schlaf bekomme. Man darf mit diesem Zeugs nicht spaßen. Eine regelmäßige Einnahme zieht schwere gesundheitliche Schäden nach sich. Aber in Notfällen eingenommen ist eine solche Tablette unschlagbar.«
»Sie wissen doch wohl, daß diese Pillen illegal sind?« Genelli hielt die Tablette zwischen Daumen und Zeigefinger.
»Jetzt hören Sie sich an wie Peterson«, erwidete Meyrowitz.
»Tatsächlich?«
»Als wären Sie sein Geist.«
Genelli sammelte in seinem Mund Speichel, legte die Tablette auf die Zunge und schluckte sie ohne Wasser. Nach ein paar Minuten strahlte er: »Mensch, ist es denn möglich, daß sie so schnell wirkt?«
Meyrowitz und Plover lachten. Offenbar waren auch dem Fahrer solche Wundermittel nicht fremd. Meyrowitz sagte: »Football- und Baseballspieler stopfen sich damit geradezu voll, um während des Spiels eine Spitzenleistung zu erbringen.«
Die nächsten Minuten vergingen in Schweigen, während sie weiterhin Ashe und Packer auf den Fersen blieben, die ihrerseits den Russen verfolgten.
Als sie sich Princeton näherten, fragte Genelli: »Hat dieses Zeugs eigentlich psychische Auswirkungen auf einen? Ich meine, wird man davon paranoid oder so?«
»Nein«, antwortete Meyrowitz.
»Dann ist die Idee, die mir gerade durch den Kopf geschossen ist, nicht auf die Tablette zurückzuführen.« Er zeigte auf das Großkalibergewehr. »Ich denke, wir brauchen gleich mehr als nur unsere Revolver. Sie sollten jetzt das Gewehr laden.«

Meyrowitz nickte. »Mit einem Burschen wie Dunio und einem Verwirrten wie Douglas Powell als Gegner ist es ganz sicher nicht paranoid, sich gründlich vorzubereiten.« Er öffnete die Ladekammer und schob die großen Patronen hinein.

3. Januar

DIE ENTSCHEIDUNGEN

30

3. Januar, 0.10 Uhr

Lee hörte mit morbider Faszination zu, während sein alter Kumpel erzählte, was er mit den Bändern vorhatte und warum er das tun wollte. Eine eigenartige, unangenehme Erfahrung für Lee, Doug so reden zu hören. Er betrachtete den Freund, der sich in den letzten Tagen so verändert hatte, daß er nur noch äußerlich vertraut wirkte. Lee mußte an alte Science-fiction-Filme denken, in denen ein Außerirdischer einen Menschen übernimmt, dessen Persönlichkeit verdrängt oder zerstört und von da an in diesem menschlichen Körper wohnt. Doug Powell wurde ganz sicher von etwas Fremdartigem und Kaltem bewohnt. Das Fremde zeigte sich in den dunklen Ringen unter seinen Augen, in der angespannten Stimme und natürlich in den wahnsinnigen Erläuterungen, die er von sich gab.

»Ihr versteht jetzt sicher, warum wir hier hinaus kommen mußten«, sagte Powell gerade. »Ich mußte gestern aus New York City verschwinden, weil mir klar war, daß mir das FBI mittlerweile auf die Spur gekommen sein würde. Deshalb benötigte ich einen Partner, jemanden, der in New York bleiben und die Bilder aufbewahren würde. Ich wußte auch, daß bereits gestern ein Haftbefehl gegen mich erlassen werden würde. Und so ist es ja auch alles gekommen. Wenn ihr auf der Fahrt hierher Radio gehört hättet, wäre euch die Suchmeldung sicher nicht entgangen. Ich bin jetzt berühmt ... mein Gesicht wird von allen Fernsehstationen gezeigt. Ich kann es mir also im Augenblick nicht erlauben, mich irgendwo blicken zu lassen. Daher ist dieses abgelegene Haus hier ideal für mich.«

»Aber wie willst du denn jemals wieder fort von hier?« fragte Carrie. Das du, das Powell ihr kürzlich angeboten hatte, ging ihr noch immer schwer über die Lippen. »Dein Gesicht wird auch morgen noch gezeigt, vermutlich sogar auch übermorgen.«

»Ich zersäge ein paar Hölzer, mache mir in einem offenen Kamin ein Feuer und warte hier zehn Tage oder die ganzen zwei Wochen ab«, erklärte Doug. Er sprach abgehackt und keuchte. »Hier wird niemand nach mir suchen. Warum sollte man auch? In zwei Wochen kann ich mir einen leichten Bart wachsen lassen. Ich könnte mir auch den Kopf kahlscheren. Es dürfte kein Problem werden, mein Äußeres so zu verändern, daß ich in zwei Wochen ungehindert die Grenze nach Kanada überqueren kann. In zwei Wochen vergeht viel Zeit. Die Grenzer werden dann nicht mehr ganz so genau hinsehen. Wahrscheinlich wird das FBI dann davon ausgehen, daß ich schon längst außer Landes bin.«

»Wir haben aber gleich zu Beginn dieser Unternehmung ausgemacht«, sagte Lee vorwurfsvoll, »daß diese Bänder nie in die Hände einer fremden Macht gelangen sollen.«

»Da war ich wohl nicht ganz aufrichtig«, antwortete Doug. Er lächelte, als wäre er stolz auf seine Lügen. Dann erlebte er plötzlich wieder eine seiner übergangslosen Stimmungswandlungen und brach in hysterisches Gelächter aus.

Der Revolver in seiner Hand zitterte. Aber er legte die Waffe nicht beiseite, und der Lauf zielte weiterhin zwischen Lee und Carrie.

»Hör doch«, sagte Lee, »wenn du die Bänder wie besprochen ans Pentagon zurückschickst, wird die Aufregung sich merklich dämpfen. Dann ist sicher auch bald Gras über die Sache gewachsen, und du hättest auch eine größere Chance, mit den falschen Papieren, die Dunio dir besorgt hat, irgendwo ein neues Leben zu beginnen. Aber wenn du die Bänder wirklich den Russen überläßt, wird die US-Regierung niemals aufhören, dich mit allem, was ihr zur Verfügung steht, zu verfolgen. Und eines Tages finden sie dich, gleich, wo du dich verkrochen hast und gleich, welchen Namen du angenommen hast!«

»Macht mir nicht viel aus«, antwortete Powell.

In diesem Moment erkannte Lee, daß sein Freund nicht nur wahnsinnig, sondern auch voller Fanatismus war. Mit einem solchen Mann konnte man nicht mehr diskutieren. Er war allen Argumenten unzugänglich, die ihm nicht in den Kram paßten. Es würde ihm mit keinem Mittel gelingen, Powell von seinem Vorhaben abzubringen.

»Doug, dein Vater mag dir noch soviel Schlimmes angetan haben«, versuchte es Carrie. »Aber du kannst doch nicht das ganze Land...«

»Mein Vater hat die schlimmsten Strafen und noch mehr verdient«, zischte Doug, und sein Gesicht verzerrte sich zu einer satanischen Fratze. »Ihm habe ich es zu verdanken, daß ich ein Jahr in der Hölle verbringen durfte. Wegen ihm und seinem dummen Drang, den Freunden in der Armee zu beweisen, was für ein famoser Patriot er doch ist, durfte ich zwölf Monate damit zubringen, stündlich um mein Leben zu fürchten. Zwölf Monate habe ich in verdreckten Baracken gehaust, und in denen ging es noch paradiesisch zu im Vergleich zu den Schützengräben und Dschungelpatrouillen. Wegen einer blöden Laune meines Vaters mußte ich hilflos mit ansehen, wie meine Freunde qualvoll gestorben sind. Und ich mußte Menschen umbringen, auch wenn ich, Gott sei mein Zeuge, niemanden jemals töten wollte. Denn in der Hölle von Vietnam mußte man töten, wenn man nicht selbst getötet werden wollte. Er hat mich an diesen stinkenden, verrotteten und todesverseuchten Ort geschickt, und dafür wird er mir bezahlen.«

»Niemandem hat es in Nam gefallen«, sagte Lee. »Mir ganz bestimmt nicht. Ich habe es dort genauso schrecklich gefunden wie du. Aber es gibt Grenzen, wie weit du mit deiner Rache gehen kannst, Doug.«
»Für meine Rache gibt es keine Grenzen«, gab Powell wütend zurück. Seine Augen traten immer weiter aus den Höhlen.
Lee erkannte, daß Dougs furchtbarer Haß auf seinen Vater nicht nur von den Erlebnissen in Vietnam herrührte. Die Wurzeln dieses Hasses saßen tiefer. Lee brauchte nicht lange zu rätseln. Die Gedanken seines Freundes schweiften zurück.
»Als ich zwölf war«, sagte Powell leise, »haßte ich den alten Schweinehund so sehr, daß ich versucht habe, ihn zu töten. Er nahm mich damals häufiger mit auf die Jagd. Er drückte mir ein Kleinkalibergewehr in die Hand, damit ich mich im Schießen üben sollte. Ich schoß ihm in die Brust und tat so, als sei es ein Unfall gewesen. Der alte Bastard war überhaupt nicht schwer verwundet, und eine Weile habe ich mich geschämt.« Er zitterte am ganzen Leib, schien das aber nicht zu bemerken. »Als ich älter wurde, begriff ich, daß es viel zu einfach wäre, ihn nur umzubringen. Die beste Rache würde eine sein, unter der er lange leiden mußte ... oh, ja.«
Wenn die Wurzeln seines Hasses tief hinabreichten, so mußten auch die Samen seines Wahnsinns schon sehr lange in ihm sein. Zum ersten Mal wurde Lee klar, daß die Tollkühnheit, die Doug in der Schlacht an den Tag gelegt hatte, nicht Mut war, sondern die manische Risikobereitschaft eines instabilen Mannes.
»Du verlangst von buchstäblich jedem in diesem Land«, bemerkte Carrie, »daß er einen sehr hohen Preis für deine Rache an deinem alten Herrn bezahlen muß. Ist dir das eigentlich bewußt?«
»Ist mir doch egal, wenn gleich das ganze Schiff untergeht«, entgegnete Powell. »Hauptsache, der General ist an Bord.«
Von da an wütete Doug nur noch vor sich hin. Seine Sätze wur-

den zusammenhanglos und verworren. Seine Augen waren entsetzlich weit aufgerissen, und er sprach wie ein Betrunkener. Er fuchtelte mit der Waffe herum, um seinen irrsinnigen Ausführungen Nachdruck zu verleihen.
Lee versuchte eine neue Taktik. Er wollte ihn in noch mehr Erregung versetzen und ihn vom Thema ablenken. »Hast du dir eigentlich schon überlegt, Doug, daß das FBI bereits dahintergekommen sein dürfte, daß du mit Ilja Tsaitzew bekannt bist? Vermutlich sind schon ein paar Beamte hinter dem Russen her. Wenn er heute nacht hier auftaucht, stehen die FBI-Agenten eine Minute später ebenfalls in der Tür.«
»Unmöglich«, knurrte Powell. »Ich habe ihn in den letzten Jahren doch nur wenige Male gesehen. Und jedes Mal haben wir uns in einem Restaurant auf eher zufällige Weise getroffen. Wir sind getrennt gekommen und getrennt gegangen. Tsaitzew ist nicht dumm. Er weiß genau, was er tun muß. Seit nunmehr zwei Jahren beschafft er Informationen und übermittelt sie in seine Heimat.«
Die Hand mit dem Revolver ging ruckartig hoch.
Der Pistolenlauf zielte jetzt auf die Decke.
Lee sprang hoch, warf seinen Stuhl um und überquerte mit einem Sprung die knapp zwei Meter, die ihn von Doug trennten.
Ein Schuß krachte.
Die Kugel streifte Lees Schulter. Er spürte keinen Schmerz, wurde aber zur Seite geworfen. Dennoch gelang es ihm, gegen Powell zu stoßen. Die beiden Männer landeten auf dem Boden. Es gelang Lee, Doug die Waffe zu entwinden. Er stieß sie fort, und sie glitt klappernd über den Boden, um mit einem Knall vor der Kühlschranktür liegenzubleiben.
Powell brüllte, fluchte und kreischte.
Lee begriff, daß er in einem regellosen Kampf für den viel größeren und schwereren Mann kein Gegner war. Er rollte sich

fort von Doug und krabbelte verzweifelt auf Händen und Knien durch die Küche. Er mußte den geladenen Revolver erreichen, bevor der andere auf seinen Rücken sprang oder ihm einen heftigen Hieb versetzen konnte.

Lee zweifelte nicht daran, daß Powell ihn töten würde, wenn er das für notwendig erachten sollte. Dieser Mann war nicht mehr der Doug Powell, den er im Krieg gekannt hatte. Etwas unsagbar Fremdes war in Doug Powells Körper eingedrungen. Etwas Tödliches, dessen Aktionen man nicht vorhersehen konnte.

Carrie schrie.

Lees Fingerspitzen spürten den Colt. Er bekam den Griff zu fassen, zog den Colt zu sich heran, drehte sich rasch auf den Rükken und zielte auf Powell, den er drohend über sich erwartete.

Doch statt dessen verschwand Doug gerade durch die Küchentür und riß dabei den Koffer mit, der die Magnetbänder enthielt.

»Lee, bitte, laß ihn doch gehen!« rief Carrie mit gellender Stimme. Sie saß immer noch auf dem Stuhl am Küchentisch und war vor Entsetzen wie gelähmt. Carrie war normalerweise eine bemerkenswert starke Frau, sowohl in emotionaler wie auch in intellektueller Hinsicht. Aber sie hatte nie Gewalt erlebt, wie Doug und Lee sie in Vietnam tagtäglich gesehen hatten. Die Konfrontation mit dem Zweikampf der beiden Männer raubte ihr fast den Verstand.

Lee konnte ihr den Wunsch nicht erfüllen. Er durfte Doug die Flucht nicht erlauben. Wenn dieser Wahnsinnige jetzt entkam, würde er nicht nur die Existenz des Generals und seine eigene aufs Spiel setzen, sondern auch das Leben von Carrie und Lee bedrohen.

Lee kam rasch hoch, rannte durch die Tür und trat hinaus in den Schnee. Feine Wölkchen flogen bei jedem seiner Schritte hoch.

Vierzig Meter voraus, halb verdeckt vom Schneefall und der

Dunkelheit der Nacht, stürmte Powell auf den Wald zu, der das Haus an allen Seiten umgab. Selbst jetzt noch ging etwas Eigenartiges von ihm aus. Doug rannte nicht wie ein normaler Mensch, sondern stapfte wie ein Frankenstein-Monster durch den Schnee. Dann erkannte Lee, daß der schwere Koffer ihm ein anderes Fortkommen nicht ermöglichte.

Sollte er ihn einfach abknallen?

Lee hob den Colt, zögerte aber einen Moment zu lange. Bevor er abdrücken konnte, war Powell bereits zwischen den Stämmen verschwunden, duckte sich unter tiefhängenden Ästen und war kurz darauf nicht mehr zu erkennen. Vorbei ... diese Chance war vertan ... Lee versuchte sich mit der Erklärung zu beruhigen, daß der Colt auf eine solche Entfernung ohnehin nicht treffsicher gewesen wäre.

31

3. Januar, 0.45 Uhr

»Du bist verwundet!«

»Ach, es ist nichts.«

»Du blutest aber«, beharrte Carrie. »Du kannst nicht hierbleiben, sonst verblutest du noch!«

Der linke Arm schmerzte ihn von der Schulter abwärts bis zum Ellbogen, daß ihm ganz schummrig wurde, doch zu Carries großer Beruhigung hatte er eine ganz normale Gesichtsfarbe. »Die Kugel ist nur durchs Fleisch gefahren«, sagte er. »Sie hat weder lebenswichtige Blutgefäße durchtrennt noch den Knochen getroffen. Ein Streifschuß. Nichts weiter als ein Kratzer.«

»Aber soviel Blut kommt aus der Wunde...«

»Sieht viel schlimmer aus, als es ist«, entgegnete er. »Du bist es nicht gewohnt, viel Blut zu sehen. Die Hitze der Kugel hat den

Großteil der Wunde ausgebrannt und verschlossen. Mach dir mal keine Sorgen, der Kratzer ist nicht weiter schlimm.«

Sie befanden sich in der kalten Küche im flackernden Schein der zwei Dutzend Kerzen. Lee hatte den Mantel ausgezogen, damit Carrie sich die Wunde ansehen konnte. Er gelangte jetzt zu der Ansicht, daß sie genug gesehen hatte, und zog den Mantel wieder an. Der linke Arm war ziemlich steif, und es bereitete ihm große Mühe, ihn in den Ärmel zu zwängen. Er hoffte, sie hatte nicht bemerkt, wie schwer ihm das gefallen war. Die Wunde war wirklich nicht schlimm, und er wollte sich keineswegs von ihr aufhalten lassen

»Was willst du denn hier noch ausrichten?«

»Ich will ihn finden.«

»Der ist doch längst über alle Berge.«

»Nein«, widersprach Lee heftig. »Er hockt irgendwo dort im Wald und wartet darauf, daß wir fortfahren.«

»Woher willst du das wissen?«

»Das ist doch nicht schwer zu erraten. Er will sich mit Ilja Tsaitzew treffen und muß deshalb warten, bis der Russe hier ankommt. Carrie, denk doch nach, er sitzt dort draußen mit den Magnetbändern!«

»Ach, Mist, was geht mich die Rettung dieses Landes an!« schimpfte sie. Ihre blauen Augen blitzten. »Ich will doch nur, daß du heil und gesund und bei mir bist.«

»Mir geht es wirklich nicht darum, der Retter des Vaterlands zu werden«, brummte Lee. »Zumindest bewegt mich das Schicksal der USA nicht übermäßig. Aber ich weiß, Carrie, daß das FBI dem Russen auf den Fersen ist. Und selbst, wenn sie noch nicht so weit sein sollten ... früher oder später bekommen sie Doug zu fassen. Und in seinem momentanen Zustand dürfte es ihnen nicht schwerfallen, seinen Widerstand zu brechen und ihn zum Reden zu bringen. Ganz gleich, was er uns alles versprochen hat von wegen, er hielte uns aus der Sache raus, er wird ihnen alles sagen. Alles, verstehst du, Carrie? Er ist viel zu instabil, als daß man ihm noch trauen dürfte.«

»Und jetzt willst du hinaus in den Wald, um ihn zu kurieren«, bemerkte sie sarkastisch. »Oder willst du auf ihn einreden, bis er seinen Wahn erkennt und von ihm abläßt?«

»Nein«, erklärte er hart, »ich werde ihn töten!«

Sie starrte ihn an, als hätte er in einer fremden Sprache gesprochen, die ihm gerade in den Sinn gekommen war.

»Du kannst es mir glauben, die Vorstellung schockiert mich genauso wie dich«, sagte er.

»Du willst ihn umbringen?«

»Es ist mir erst in dem Moment klargeworden, als ich es ausgesprochen habe.« Lee war über sich selbst verwundert. Sein Magen zog sich schmerzlich zusammen, als die Erkenntnis dessen, was er gesagt hatte, in sein Bewußtsein einsickerte. »Doug ist nicht länger mein Freund. Doug erinnert nicht mehr entfernt an den Mann, den ich kannte ... oder zu kennen glaubte. Er ist gefährlich wie ein hungriges Raubtier ... Aber schlimmer noch ist, daß er jetzt genauso wie damals die Regierung einfach nicht einsehen will, daß ich wie jedes andere Individuum das Recht habe, mein Leben so zu gestalten, wie ich das möchte. Er ist nur ein weiteres Glied in der Kette der Personen, die glauben, sie könnten meine Zukunft formen und darüber auch bedenkenlos mein Glück zerstören. Mir reicht es endgültig. Ich habe genug von solcher Fremdbestimmung. Im Lauf der vergangenen Ereignisse habe ich etwas von meinem Selbstrespekt zurückgewonnen. Und den lasse ich mir jetzt von keinem mehr nehmen.«

»Meinst du denn, du verlierst deine Selbstachtung, wenn du ihn nicht tötest?« fragte sie leise, aber grimmig.

»Nein. Es mag sich jetzt vielleicht gräßlich anhören, aber ich bin an das Töten gewöhnt. In Vietnam mußte ich tagtäglich töten. Das Umbringen macht mir nichts mehr aus.«

»Aber dort unten hast du dich verteidigen, hast um dein Leben kämpfen müssen«, wandte sie ein.
»Hier ist es genauso!«
»Lee...«
Er knöpfte sich den Mantel zu und trat an den Tisch, auf dem noch die halbe Million Dollar lag. »Hilf mir bitte, das in den Koffer zurückzupacken«, sagte er und zeigte auf den braunen Samsonite-Koffer, den Dunio ihnen dagelassen hatte. »Du nimmst ihn mit.«
»Warum kann ich denn nicht hierbleiben, bis du ... bis du ihn erledigt hast?«
»Du mußt unseren Wagen von hier fortschaffen, bevor der Russe kommt ... und in seinem Gefolge die FBI-Männer.«
»Aber wie willst du denn von hier fort?«
»Ich laufe. Wir befinden uns hier nicht auf einer abgelegenen Insel. Princeton liegt praktisch hinter dem Hügel.« Er warf die ersten Geldbündel in den Koffer. »Selbst wenn das FBI mit einer kleinen Armee hier auftaucht und eine Absperrkette um das Anwesen bildet, komme ich immer noch durch. Die Armee hat mich mehr gelehrt, als nur strammzustehen und mit einem Gewehr zu schießen. Ich habe gelernt, wie man sich auf gegnerischem Gebiet bewegt, ohne entdeckt zu werden. Die Dunkelheit und der Schnee sind meine besten Verbündeten.«
»Man wird dich wegen Mordes verfolgen«, sagte sie, stellte sich aber neben ihn an den Tisch und legte das Geld in den Koffer.
»Nein«, erwiderte er. »Du hast doch mitbekommen, was Doug von den Haftbefehlen gehört hat. Sie halten Dunio für seinen Komplizen. Und daher werden sie glauben, Dunio habe seinen Partner ermordet.« War das wirklich er, der hier so kaltblütig redete? Oder befand er sich in einem Traum? »Und einen Burschen wie Dunio erwischen sie nie. Daher besteht auch keinerlei Gefahr, daß sie über ihn auf uns aufmerksam werden.«

Sie warf die letzten Bündel in den Koffer.
Er klappte den Deckel zu und schloß ihn ab. Er hob den Koffer mit der Rechten vom Tisch, um Carrie nicht auf die Lähmung des linken Armes aufmerksam zu machen. Lee marschierte zur Tür.
Nach einem Moment des Zögerns folgte sie ihm zum Leihwagen.
Er warf den Koffer auf den Rücksitz und sah zu, daß Carrie sich hinter das Steuer setzte. Er beugte sich ins Wageninnere und achtete nicht auf den Schnee, der ihn einhüllen wollte. »Glaubst du, du kannst bei diesem Sauwetter vorankommen?«
Die Flocken fielen fast waagerecht, und ein wilder Wind trieb sie unbarmherzig voran. Man konnte kaum dreißig Meter weit sehen.
»Ich bin schon bei schlimmerem Wetter gefahren«, erklärte sie grimmig, weil sie in dieser Stunde genauso entschlossen wirken wollte wie er. Sie wußte jedoch, daß der Highway eine einzige Eisbahn sein würde. »Sobald ich den Hügel hinter mir habe, ist es nur noch halb so schwer.«
Er küßte sie.
Als sie den Wagen angelassen und den Gang eingelegt hatte, sah sie zu ihm hoch und sagte: »Lee, er ist so viel größer als du!«
»Na, so viel größer nun auch wieder nicht!«
»Auf jeden Fall ist er größer und breitschultriger als du!«
»Aber jetzt habe ich die Pistole und er nicht«, entgegnete Lee.
»Ich glaube, ich werde umkommen vor Sorge.«
Er küßte sie noch einmal. »Fahr zu unserer Wohnung und benimm dich ganz normal. Und morgen früh gehst du wie gewöhnlich zur Arbeit. Ich versuche, noch in dieser Nacht wieder bei dir zu sein. Aber man kann nie wissen, ob man nicht irgendwo aufgehalten wird.«

»Lee...«

»Nun mach endlich, daß du von hier fortkommst, bevor die halbe Polizei des Staates hier herauffährt!« Er warf die Tür zu und winkte ihr nach, bis er sie nicht mehr sehen konnte.

Bald waren die Rücklichter nur noch ein winziges, mattes Glühen in der Dunkelheit, das der heftige Schneefall immer wieder unsichtbar machte.

Lee stapfte durch den Schnee in die Küche zurück. Er entdeckte dort auch den zweiten Revolver und lud ihn. Dann ersetzte er die Kugel, die Doug auf ihn verschossen hatte.

Er berührte vorsichtig seine linke Schulter. Die Wunde machte einen guten Eindruck, aber der Arm fühlte sich immer noch wie gelähmt an. Er konnte jetzt nur hoffen, daß Powell ihm nicht irgendwo dort draußen auflauerte, um ihn hinterrücks anzuspringen.

Er überließ die tropfenden Kerzen in der Küche ihrem Schicksal, schloß hinter sich die Tür und machte sich auf den Weg zu der Stelle am Waldrand, an der Powell verschwunden war. Der Schneefall war so dicht, daß keine Fußspuren mehr zu erkennen waren.

32

3. Januar, 1.00 Uhr

Er machte sich im Schnee flach und behielt das Stück Weg im Auge, das zweieinhalb Meter unter ihm lag. Hier würde also die Entscheidung fallen. Er konnte sich die Stelle für den Angriff aussuchen, und dieser Ort gefiel ihm sehr gut.

Er wußte genau, daß Lee ihn früher oder später suchen würde.

Als sie beide in der Küche auf dem Boden gelegen hatten, hatte Doug blitzschnell erkannt, daß er keine Chance hatte, vor Lee den Colt zu erreichen. Ihm blieb nichts anderes übrig, als die Bänder an sich zu reißen und davonzurennen, bevor Lee die Waffe auf ihn richten konnte. Es war ihm gelungen, in den Wald zu entkommen. Lee konnte jetzt gar nicht mehr anders, als ihn zu suchen. Aber bis dahin hatte Doug den Vorteil, sich auf den Kampf vorzubereiten. Wenn Lee in den Wald kam, würde er Dougs Territorium betreten. Powell war schon früher auf diesem Gelände gewesen und hatte es mehrfach erkundet. Wenn Lee hier vorbeikäme, würde er ihn anspringen, den ehemaligen Freund zu Boden werfen, ihm die Pistole abnehmen und sie auf ihn abfeuern.

Wie schrecklich sich die Dinge zwischen ihnen entwickelt hatten... Dabei hatte Doug ihm doch versprochen, ihn aus allen Folgen herauszuhalten und dafür zu sorgen, daß niemand auf seine Spur kommen würde. Und jetzt war tatsächlich der Moment gekommen, an dem er sein Versprechen brechen mußte. Natürlich war das nicht seine Schuld, denn Lee hatte ihn dazu gezwungen. Warum nur hatte Lee sich gegen ihn stellen müssen? Warum hatte Lee ihm den Rücken zugekehrt und sich auf die Seite der anderen gestellt? Auf die Seite des Generals! Was hätten sie beide alles noch gemeinsam tun können! Man brauchte sich doch nur einmal vor Augen zu halten, wie hervorragend der Einbruch und der Diebstahl funktioniert hatten!

Aber Lee konnte oder wollte das alles nicht verstehen...

Der Gerechtigkeit mußte Genüge getan werden. Der General mußte leiden, mußte büßen ... Und die entzückende Loretta sollte ebenfalls leiden, weil sie eine Trinkerin war und sich freiwillig zur Sklavin des Generals gemacht hatte. Und eigentlich sollte doch die ganze verdammte und häßliche Welt vor die Hunde gehen, sollte auseinanderfallen, damit aus den Trümmern etwas Neues, etwas Besseres entstehen könnte ... Der Staat sollte gepeinigt werden, weil er Doug gezwungen hatte,

Menschen umzubringen, weil er ihm tausend Techniken beigebracht hatte, wie man Menschen möglichst effektiv umbringt, weil er ihm in Vietnam tausend Alpträume beschert hatte, weil er ihn gezwungen hatte, kleinen gelben Männern das Gehirn aus dem Kopf zu schießen ... Nein, mit der Entgegennahme des Lösegeldes war es noch lange nicht getan. Von wegen, jetzt schön brav die Bänder zurückschicken. Nein, er mußte dem Land tief ins Fleisch stoßen und vor allem den General und seine Loretta zerfetzen. Seine gerechte Rache wollte gestillt werden. So lange wartete die Rache schon, grämte sich heute noch, daß Doug damals im Alter von zwölf Jahren nicht das zu Ende geführt hatte, was er begonnen hatte. Warum hatte er damals nicht noch ein oder mehrere Male auf den alten Schweinehund geschossen, bis sein Lebenslicht endlich erloschen wäre...

Weil Lee Ackridge diese fundamentale Wahrheit nicht begreifen konnte oder wollte, mußte er sterben. Und da durfte es keine Rolle mehr spielen, wie nahe sie sich in der Vergangenheit gestanden hatten. Ackridge war selbst schuld, wenn er sich zwischen Doug und seine gerechte Rache stellte.

Ackridge muß sterben!

Ja, genau so war es, keine Alternative war mehr möglich. Powells Verstand war noch wach genug, zu erkennen, daß Lee es genauso sehen würde. Warum hatte er nicht länger nachgedacht. Es hätte ihm doch klar sein müssen, daß Lee sich am Ende gegen ihn stellen würde ... Und jetzt war Lee bestimmt auf dem Weg hierher, um seinen ehemaligen Freund zu töten. Schließlich hatten beide Männer dieselbe Tötungsschule besucht. Sie hatten die gleichen Techniken und Tötungsmotivationen gepaukt und auswendig gelernt.

Ein gewisses Risiko war dabei. Wenn Doug Lees Verhalten voraussagen konnte, könnte dann nicht auch Lee das seine voraussagen? Egal, er mußte es darauf ankommen lassen. Immerhin hatte er noch den Überraschungsvorteil. Und diese Chance wollte er nutzen. Im Grunde war es nicht weiter schlimm, wenn Ackridge draufging. Viel wichtiger war es, daß der General niedergemacht wurde. Alles andere erschien daneben zweitrangig. Und das Risiko, das jetzt bestand, war das Salz in der Suppe.

Alles reduzierte sich jetzt auf die Frage, wer den anderen zuerst ausmanövrieren konnte. Und Powell hatte da gute Chancen, denn er lauerte im Hinterhalt.

Er zitterte. Der Schnee schmolz unter ihm, durchnäßte seine Kleidung und ließ seine Haut schaudern. Doch diese Unbehaglichkeit nahm Doug nur noch am Rande wahr. Er lächelte in Erwartung seines Triumphs.

3. Januar, 1.10 Uhr

Lee brauchte nicht lange zu suchen, bis er im Wald Dougs Fußspuren ausgemacht hatte. Die Schneeflocken fielen nicht so dicht durch die Zweige, und so waren die Fußspuren trotz des wenigen Lichts noch gut zu erkennen.

Nach ein paar Schritten blieb Lee stehen, zog sich die schneedurchtränkte Perücke vom Kopf und stopfte sie in seine Manteltasche. Dann marschierte er weiter.

Nach dreißig Metern im Wald stieg der Boden an, und Lee kam auf dem glatten, festen Schnee nur schlecht voran. Hier standen die Bäume auch nicht mehr ganz dicht, so daß der Schnee hier schon so tief war wie auf dem freien Platz vor dem Haus. Weiße, pulvrige Flocken tanzten wie Talkumpuder vor ihm durch die Nacht.

Lee wurde vorsichtiger und schlich sich weiter. Die Wälder von New Jersey im Winter waren etwas ganz anderes als die feuchten Dschungel Südostasiens. Dennoch gab es gewisse Fertigkeiten, die er gelernt hatte und die sich auch hier anwenden ließen. Vor jedem Schritt überprüfte er, wohin ihn der bringen würde. Dank seiner Ausbildung bewegte er sich nahezu unhörbar.

Eine irrationale Furcht hatte ihn ergriffen. Die Vorstellung plagte ihn, daß Powell mittlerweile hinter ihm sein könnte. Daß Doug die ganze Zeit über, seit er in den Wald gelangt war, in seiner nächsten Nähe gewesen war. Daß Powell ein böses Spiel mit ihm trieb, Katz und Maus mit ihm spielte ... Einige Male wurde diese Vision so real, daß er sich blitzartig umdrehte und zurück auf den Weg sah, den er gekommen war. Aber stets war er allein.

Der Wind heulte durch die nackten Äste und wechselte ständig die Richtung, so daß Lee nie sein Gesicht vor ihm schützen konnte. Es klang wie die Schreie von verdammten Seelen. Ihr Gesang erfüllte die Nacht.

Schneekristalle setzten sich an seinen Haarspitzen fest und zerrannen ihm auf den Lippen und an den Nasenlöchern. Irgendwie fanden sie auch ihren Weg unter den Mantel.

Das Land fiel jetzt wieder ab, während sich zur Rechten ein steiler kleiner Hang erhob, der Lee wenigstens für den Augenblick vor dem wütenden Wind schützte.

Zunächst war Lee sehr dankbar für diese Stelle. Doch dann entdeckte er, daß in dem Schnee vor ihm keine Fußspuren mehr zu sehen waren. Das konnte nur eines bedeuten. Hier irgendwo würde Doug auf ihn lauern.

Wo?

Er wirbelte herum.

In dem Moment, in dem Lee sich bewegte, erhob sich Powell aus dem Schnee. Wie eine Gestalt aus einem Alptraum wuchs er aus dem Boden. Ein einziger kleiner Schritt brachte ihn an den Rand des Steilhangs. Er warf sich auf Lee.

Lee riß den Revolver hoch und feuerte.

Powell prallte mit solcher Wucht auf ihn, daß ihm der Colt aus der Hand flog und er selbst in den Schnee krachte. Aller Atem wurde aus Lees Lungen gepreßt.
Ineinander verkrallt rollten die beiden Männer über den Schneeboden. Zweige schnellten zurück und droschen auf sie ein. Lee fühlte sich plötzlich gefangen. Er hing in einem Brombeerstrauch, der ihn nicht mehr freigeben wollte.
Der Schmerz in seiner linken Schulter flammte wieder auf und schickte Feuernadeln durch den Arm. Die Wunde brach wieder auf, und er spürte das warme Blut, das ihm über die Haut und in den Mantel lief. Der Schmerz war jetzt so intensiv, daß Lee sich nicht mehr regen konnte. Er wollte einfach nur noch liegenbleiben und darauf warten, daß die Schmerzen nachließen.
Aber damit wäre Powell im Vorteil und könnte ... Wo war Doug?
Lee stellte verwundert fest, daß der ehemalige Freund ihn in seinem Zustand leicht hätte erwürgen können, ohne mit Gegenwehr rechnen zu müssen. Aber noch lebte er. Niemand würgte ihn, niemand hieb auf ihn ein. Wie war das möglich?
Er rappelte sich so weit auf, bis er saß. Dann entdeckte er Powell. Der Mann beugte sich fünf Meter entfernt über die Stelle, an der der Colt im Schnee gelandet war.
Powell lachte triumphierend.
Lee wären fast die Sinne geschwunden, als er sich in eine kniende Position brachte und den zweiten Revolver aus der Tasche zog. Er hielt die Waffe mit beiden Händen. »Doug!« rief er schwach, denn seine Stimme war kraftlos.
Doch der andere hatte ihn gehört. Er wirbelte herum und gab einen Schuß ab. Die Kugel verfehlte Lee um mehrere Meter.
Lee schoß und traf Powell in den Unterleib. Die zweite Kugel traf ihn im Magen, die dritte in der Brust und die vierte in den Hals. Die beiden letzten Kugeln fuhren in den Schnee.

In den letzten Sekunden seines Lebens, während er von den Kugeln zurückgeworfen wurde, machte Doug ein unglaublich blödes Gesicht. Er schien nicht begreifen zu können, daß Lee beide Revolver mitgebracht hatte. Doch die Miene hielt sich nur kurz. Im gespenstischen Schein des Schnees, der nur matt Powells Gesicht erhellte, wurden Dougs Züge schlaff. Er plumpste wie ein Sack in den Schnee, fiel in sich zusammen und war tot.

Die beiden zivilen FBI-Wagen waren an der Abbiegung stehengeblieben, die Ilja Tsaitzew gewählt hatte. Sie warteten im dichten Schneetreiben, um dem Russen ausreichend Zeit und Vorsprung zu lassen, das Haus auf dem Hügel zu erreichen und sich mit Powell zu treffen. Vorausgesetzt natürlich, Powell war wirklich hierhergekommen, um mit Tsaitzew ein Geschäft abzuwickeln.

Als ein paar Minuten verstrichen waren, nahm Genelli das Mikrophon aus der Halterung und sagte: »Meine Herren, greifen wir sie uns!«

»In Ordnung«, meldete sich Ashe aus dem ersten Wagen. »Packer meint, Sie sollten den Abstand beibehalten. Der Weg hinauf ist lang und steil. Und bei dem Schneefall in den letzten Stunden hat er sich bestimmt in eine Rutschbahn verwandelt. Wir müssen sehr vorsichtig fahren, um nicht irgendwo vom Weg abzukommen oder steckenzubleiben.«

»Ich wünsche eine angenehme Schlittenfahrt«, sagte Genelli.

Agent Packer startete den Wagen und fuhr an einem Briefkasten vorbei, der in großen Buchstaben die Aufschrift JAMISON trug. Er fuhr den steilen Weg hinauf, an dem zu beiden Seiten nackte Ulmen mit ihren eisverkrusteten Ästen ein baldachinartiges Skelett bildeten. Die Räder drehten auf der spiegelglatten Straße mehrmals durch und drohten auszubrechen. Die Motoren der beiden Wagen leisteten Schwerstarbeit, heul-

ten laut auf und schafften es dennoch, die Limousinen Zentimeter für Zentimeter voranzubringen.
Als sie endlich auf dem Hügelkamm ankamen und vor dem großen weißen Haus anhielten, entdeckten sie gleich Ilja Tsaitzew, der wartend neben seinem Wagen stand. Er winkte ihnen gutgelaunt zu, als wären sie Freunde, die er hier treffen wollte.
»Ist das Gewehr klar?« fragte Genelli Meyrowitz.
»Wartet nur auf Ihren Befehl.«
Sie stiegen gleichzeitig aus den beiden Wagen und umzingelten den Russen. Der ließ die winkende Hand rasch sinken, und das frohe Lächeln auf seinen Lippen gefror. »Oh, nein!« stöhnte er.
»FBI!« fuhr Genelli ihn an und hielt Tsaitzew seinen Dienstausweis unter die Nase.
Der Russe war wie gelähmt. Er war ein großer, massiger Mann mit einem breiten Gesicht und schweren Wangenknochen. Seine hübschen Augen zeigten jetzt nur noch Furcht.
»Wo sind die anderen?« fragte Genelli streng.
»Außer mir ist hier keiner«, antwortete Tsaitzew.
Genelli stieß ihn mit dem Bauch gegen den Wagen und klopfte ihn nach Waffen ab. Der Hut flog ihm dabei vom Kopf und wurde vom böigen Wind davongetragen. »Wo sind die anderen?« fragte er noch einmal, diesmal härter. »Vor allem, wo steckt Powell?«
Der Russe seufzte, als er erkannte, daß diese Männer anscheinend alles wußten. »Ich habe die Wahrheit gesagt. Ich bin vor ein paar Minuten hier eingetroffen und ins Haus gegangen. Aber das ist leer, da hält sich niemand auf. Und bitte, schubsen Sie mich nicht mehr so herum. Ich darf Sie wohl auf meinen Diplomatenstatus und die damit verbundene Immunität hinweisen.«
Genelli hätte ihn am liebsten noch einmal und wesentlich hefti-

ger gegen den Wagen geworfen, als kaum hundert Meter entfernt aus dem Wald Schüsse ertönten, mindestens ein halbes Dutzend.
»Plover, übernehmen Sie unseren Freund hier!« rief Genelli.
»Jawohl, Sir.«
»Packer, Sie sehen sich im Haus um. Ashe und Meyrowitz, Sie kommen mit mir!«
Er rannte schon auf die Bäume zu, stürmte in die Richtung, aus der das Geräusch der Schüsse gekommen war.

Lee Ackridge schleppte mit einiger Mühe den Koffer, der die Magnetbänder enthielt, zur Leiche seines ehemaligen Freundes. Er ließ den Koffer neben ihm in den Schnee fallen.
Lee litt an Hunger und Kälte und fühlte sich ein wenig benommen. Aber in seinem Innern herrschte große Befriedigung, die ihn alles andere ertragen ließ. So zufrieden hatte er sich schon lange nicht mehr gefühlt.
Er war gerade wieder zu Atem gekommen, als er vom Waldrand Männerstimmen hörte.
»Powell! Dunio! Bleiben Sie, wo Sie sind!«
Lee blickte in die Richtung, in der das Haus stehen mußte, entdeckte aber niemanden.
»Hier spricht das FBI!« schrie die erste Stimme. »Wir wissen, was Sie getan haben und wie Sie es getan haben! Sie sind umzingelt, und es gibt für Sie keine Möglichkeit, uns zu entwischen! Geben Sie auf! Tun Sie jetzt nichts Dummes, sondern geben Sie auf! Kommen Sie mit erhobenen Händen heraus! Stellen Sie sich einem unserer Beamten!«
Lee schüttelte lächelnd den Kopf. Er war mit einem Mal ganz ruhig. Er öffnete den Koffer und kippte die Bänder über Dougs Leiche. Die FBI-Männer schrien und riefen immer noch, aber es kam ihm jetzt so vor, als bewegten sie sich von ihm fort. Lee warf noch einen Blick auf den alten Kameraden und lief dann

los. Den Steilhügel auf der anderen Seite hinunter. Dann durch eine enge Schlucht. Hier stieß er auf einen Bach, der kaum zwei Meter breit und etwa einen halben Meter tief war. Das Wasser war größtenteils gefroren, aber in der Mitte zeigte sich eine Rinne, in der dunkles Wasser plätscherte. Lee trat in die Rinne und sah sich nach allen Seiten um. Dann wandte er sich nach Süden. Das Wasser war so kalt, daß er augenblicklich alles Gefühl in Füßen und Waden verlor.

Er watete hundert Meter weit, blieb dann stehen, sagte sich, daß das weit genug sei, und stieg ans Ufer. Dann machte er Riesenschritte und blieb nach jedem stehen, um die Spur im Schnee zu verwischen und zu glätten.

Lee erreichte einen Koppelzaun, der das Jamison-Grundstück vom angrenzenden trennte. Er kletterte darüber und fiel auf der anderen Seite in den Schnee. Fast wäre es ihm nicht mehr gelungen, wieder hochzukommen. Er hatte sich wirklich zuviel zugemutet.

Aber er konnte es sich jetzt erlauben, ein paar Momente auszuruhen.

Die Stimmen klangen nun sehr weit entfernt. Lee konnte schon nicht mehr verstehen, was gerufen wurde.

Der Wind flaute ab, dafür fiel der Schnee heftiger als zuvor. Fast zehn Zentimeter war die Schicht jetzt dick, die den Boden bedeckte. Wenn der Schnee weiter so dicht fiel, würde die Decke bis zum Morgen doppelt so dick geworden sein.

Lee wußte, daß er weitermußte. Hier draußen konnte er leicht erfrieren.

Er mußte vor allem erst einmal Princeton erreichen, um aus diesem Wetter hinauszugelangen. Und er konnte nicht wissen, wie viele Männer das FBI in dieser Gegend zusammengezogen hatte. Hinter jeder Wegbiegung konnte er auf Beamte stoßen.

Leicht schwankend stapfte er durch ein weiteres Waldstück, bis er auf eine Zufahrt zu einer Villa gelangte, die noch viel beeindruckender war als das Haus der Jamisons. Er stellte sich hinter einen Baum und betrachtete die Villa. Alle Fenster waren dunkel, und nirgendwo bewegten sich Vorhänge, die auf einen Schlaflosen hindeuteten, der vielleicht Ruhe beim eintönigen Fall der Schneeflocken suchte.

Er überquerte die freie Fläche bis zum Haus, lief geduckt an der Außenwand entlang und stieß schließlich auf eine Vorortstraße. Die Häuser, die hier standen, waren zwar keine Villen, gehörten aber bestimmt Menschen aus dem gehobenen Mittelstand.

An beiden Straßenseiten waren in weiten Abständen Autos geparkt. Lee stand im Schatten eines Hauses und sah sich gründlich um. Endlich war er davon überzeugt, daß sich hier niemand im Freien aufhielt. Er spürte jetzt noch stärker seine Erschöpfung und die eisige Kälte der Nacht.

Lee gab sich einen Ruck, huschte über den Bürgersteig und fand endlich einen Wagen, der nicht verschlossen war. Er murmelte einige Dankgebete an den Schöpfer und den nachlässigen Wagenhalter vor sich hin, als er hinter das Steuer glitt und die Tür schloß.

Zwei oder drei Minuten später, als sich sein Herzschlag endlich wieder beruhigte, griff Lee unter das Armaturenbrett und zog ein paar Drähte hervor. Mit beiden Händen gelang es ihm, wenn auch nur mit Mühe, die beiden zu finden, die den Motor starteten.

Dann befiel ihn ein Schwindel, und er versank bis auf den Grund einer anscheinend endlosen Dunkelheit.

33

3. Januar, 1.50 Uhr

Genelli stand vor Doug Powells Leiche. Meyrowitz kniete daneben und sammelte die Magnetbänder ein, um sie dann wieder in den Koffer zu legen. »Sind alle noch da?« fragte Genelli.
»Sechs Stück«, antwortete Meyrowitz. Dann blickte er auf und machte eine nachdenkliche Miene. »Ob Dunio ihn erschossen hat? Aber warum hat er dann die gestohlenen Daten hier zurückgelassen?«
Diese Frage hatte sich auch Genelli schon gestellt. »Nach allem, was wir über Dunio wissen, scheint er mir ein gerissener und pragmatischer Materialist zu sein. Er sorgt sich allein um seine Brieftasche. Aber er besitzt auch sonst einen gesunden Menschenverstand. Wahrscheinlich ist ihm erst heute klargeworden, daß Powell – im Gegensatz zu ihm ein idealistischer Fanatiker – die Magnetbänder an die Russen oder eine andere Macht weitergeben wollte, ganz gleich, ob wir nun das Lösegeld bezahlen würden oder nicht. Der praktische Verstand von Dunio hat sofort erkannt, daß eine solche Tat nur großes Unheil heraufbeschwören würde. Vermutlich ist es darüber zwischen den beiden Männern zum Streit gekommen. Und Powell zeigte sich wohl keinen Argumenten zugänglich, so daß Dunio im Endeffekt keinen anderen Ausweg sah, als seinen Partner zu erschießen. Um sich weitere Umstände zu ersparen, hat er die Bänder einfach hier liegenlassen, weil er sich ausrechnen konnte, daß wir über kurz oder lang hier auftauchen würden. Und so ist es ja auch gekommen.«
Meyrowitz stand auf. »Und was machen wir jetzt?«
»Jetzt leiten wir eine Großfahndung nach Dunio ein«, erklärte Genelli. Er starrte in das Dunkel des Waldes. »Ashe, rufen Sie

die Staatspolizei von New Jersey über Funk. Und benachrichtigen Sie das nächste FBI-Büro. Wir riegeln großräumig die ganze Gegend ab.« Als der Agent losrannte, wandte sich Genelli an seinen Assistenten. »Kommen Sie, Meyrowitz, wir beide machen den Anfang. Jetzt können Sie beweisen, was Sie in den Beinen haben.«
Beide Männer hielten ihre Dienstwaffen schußbereit in der Hand, als sie den Fußspuren folgten, die noch deutlich im Schnee zu erkennen waren.
»Immer noch das alte Pflugpferd, was?« sagte Meyrowitz.
»Ich kann halt nicht aus meiner Haut«, antwortete Genelli.

Als Lee wieder zu sich kam, wußte er nicht, wie lange er ohne Bewußtsein gewesen war. Es war ihm nur klar, daß er wertvolle Minuten verloren hatte und sich jetzt sputen mußte. Er fühlte sich elend, und ihm war todschlecht. Er hätte jetzt nichts lieber getan, als sich irgendwo hinzulegen und lange zu schlafen. Es kostete ihn wirklich einige Überwindung, sich auf das Wegkommen zu konzentrieren. Seine Finger arbeiteten wie selbständige Lebewesen, als sie erneut die richtigen Drähte aneinanderhielten und so den Motor anspringen ließen.
Der Wagen, ein zwei Jahre alter Pontiac, erwachte hustend zum Leben.
Lee hielt die Drähte immer noch aneinander und trat das Gaspedal bis zum Boden durch.
Der Motor brüllte auf.
Lee schloß für eine Sekunde die Augen und riß sie erschrocken wieder auf, als er spürte, wie er in einen tiefen Schlaf abzugleiten drohte.
Lee schüttelte den Kopf und stieg aus. Er schöpfte mit der gesunden Hand Schnee und rieb sich damit das Gesicht ab. Er schöpfte eine zweite Handvoll, ließ sie schmelzen und trank und saugte das Schmelzwasser.

Als er wieder im Pontiac saß, wußte er, daß er es mit einiger Anstrengung bis nach New York City schaffen könnte. Und die Aussicht, wieder zu Hause zu sein, würde ihn mit der nötigen Energie versorgen, um den Wagen irgendwo abzustellen und in die heimische Wohnung zu gelangen. Er mußte nur noch einen Weg finden, den Wagen mit nur einer Hand durch den heftigen Schneesturm zu steuern. Und er mußte über Seiten- und Landstraßen fahren. Auf allen Highways waren sicher längst Straßensperren errichtet worden. Aber dann dachte er daran, was er in den letzten Jahren alles durchgemacht hatte, und nickte grimmig. Kein Problem. Er würde auch die Heimfahrt bewältigen.

Genelli und Meyrowitz standen am Ufer des Baches. Die Fußspuren hörten hier wie abgeschnitten auf.
»Richten Sie die Taschenlampe aufs andere Ufer«, sagte Genelli.
Meyrowitz beleuchtete die andere Seite ein paar Meter nach links und ein paar Meter nach rechts.
Nichts Außergewöhnliches zeigte sich im Taschenlampenlicht.
»Er muß durchs Wasser gelaufen sein«, murmelte Genelli. »Nur in welche Richtung ... Und ich fürchte noch etwas ...«
»Was denn?« fragte Meyrowitz. Er richtete die Taschenlampe mal hierhin und mal dorthin, obwohl ihm klar war, daß er so nichts entdecken konnte.
»Ich fürchte, wir finden nie die Stelle, an der er das Wasser wieder verlassen hat.«
»Und warum nicht?«
»Weil er weiß, wie er vorgehen muß. Immerhin hat er in Vietnam gekämpft. Und seine dortigen Erfahrungen setzt er jetzt ein.«
»Sollen wir dann die ganze Aktion abblasen?« fragte der Assistent.

»Das geht leider nicht«, erwiderte Genelli. »Wir sind morgen nacht noch hier und kämmen die Gegend ab. Peterson läßt uns hier nicht fort, bis wir herausgefunden haben, wohin unser Freund verschwunden ist.«

Meyrowitz seufzte. Er hielt die Taschenlampe wie ein Schwert vor sich und lief ein paar Schritte am eisbedeckten Ufer entlang.

»Warten Sie«, rief Genelli ihm hinterher.

Der Assistent blieb stehen und drehte sich um.

»Wenn wir das hier hinter uns haben«, erklärte Genelli, »werde ich nie wieder Pornographieschmuggler oder arme Quäker, die sich an der Friedensbewegung beteiligen, verfolgen. Nicht, solange die Mordrate von Jahr zu Jahr weiter ansteigt wie mein Blutdruck ... Wissen Sie was, Meyrowitz, sobald wir das hier hinter uns haben, steigen wir aus! Sie wissen sehr gut, wenn Sie nur ein bißchen ehrlich zu sich selbst sind, daß dies auf Jahre der letzte wirklich interessante Fall gewesen sein wird. Danach erwartet Sie nur Papierkrieg, Routinekram und Herumschnüffeln bei irgendwelchen ungehorsamen Bürgern ... Und dieser Fall hat mir alles andere als Befriedigung beschert. Was man mit uns anstellt, ist himmelschreiend, aber niemanden bekümmert das in irgendeiner Weise...« Er betrachtete die Eisfläche, die von der Taschenlampe bestrahlt wurde. Sie glitzerte wie ein phantastisches Feuerwerk. »Selbst die Schurken sind nicht mehr das, was sie einmal waren. Keine Klasse mehr. Nur Verwirrte und Desorientierte, Menschen mit großen Problemen. Nehmen Sie nur Powell ... was für ein Fall für die Nervenheilanstalt...« Er verzog das Gesicht und schüttelte den Kopf. »Tja, mein Bester, Sie müssen ganz einfach zusammen mit mir aus dieser Tretmühle hinaus.«

»Und was soll ich statt dessen tun?« fragte der Assistent.

»Vielleicht können wir zusammen ein Büro aufmachen«, schlug Genelli vor.

»Was denn für ein Büro?«
»Na, unser eigenes kleines Detektivbüro.«
Meyrowitz fand das witzig. »Klar, Mann, Sam Spadowitz und Mike Hammerelli, oder?«
»Wäre gar nicht mal die schlechteste Idee«, sagte Genelli. Er marschierte aufs Eis hinaus und trat in das eisige Wasser, das ihm bis zu den Knien reichte. Er begann sofort, am ganzen Leib zu zittern. Er wunderte sich selbst darüber, daß er entgegen seiner Gewohnheit nicht mehr darüber nachdachte, wie die verbliebenen losen Fäden in diesem Fall zusammengebunden werden mußten. Statt dessen dachte er an den Traum, den er gehabt hatte, als Peterson anrief und ihn mit diesem Fall beauftragte. Eine Familienfeier. Die Vision von einem großen Treffen...
»Und wo wollen wir unsere Agentur eröffnen?« fragte Meyrowitz, als er hinter Genelli ins Bachwasser stieg.
»Irgendwo. Ist mir gleich«, antwortete Genelli. Er dachte immer noch an das Familienpicknick. Eigentlich war es ja schon reichlich spät für ihn, eine Familie zu gründen. Zu spät? Nein, er konnte immer noch eine Lebenspartnerin finden. Vermutlich war er den Frauen, mit denen er eine Nacht, selten mehr verbracht hatte, deswegen nie wirklich nahe gewesen, weil er sich nie bemüht hatte, sie zu verstehen, sie kennenzulernen, sie zu lieben. Es war für ihn nun wirklich an der Zeit, das einmal ernsthaft zu versuchen. Zwanzig Jahre seines Lebens hatte er gebraucht, um zu der Erkenntnis zu gelangen, daß es nicht so sehr darauf ankam, was man mit seinem Leben anfing, sondern wie glücklich man jemanden machen konnte, der mit einem zusammen war.
»Wenn wir zum Beispiel unser Büro in Washington eröffnen würden«, dachte Meyrowitz laut nach, »kämen wir sicher mit ein paar wichtigen Leuten zusammen. Aber würde das ausreichen, um unseren Lebensunterhalt zu sichern?«

»Na ja, am Anfang würden wir sicher nicht soviel verdienen wie jetzt beim FBI. Aber ich will die Detektei nicht gründen, um möglichst schnell sehr reich zu werden. Ganz gleich, wieviel auf unser Konto gelangt, wir wären unsere eigenen Herren und würden unter viel besseren Bedingungen arbeiten als jetzt.«

»Dann lassen Sie uns die Sache doch einmal gründlich überschlafen«, schlug Meyrowitz vor.

»Klar, wäre das beste«, sagte Genelli.

Meyrowitz lief in südlicher Richtung durch den Bach.

Genelli stapfte in nördlicher Richtung los.

EPILOG

Harold Dunio und einer seiner Leibwächter warteten am verabredeten Ecktisch in der Hotelbar in Toronto. Dunio trank einen Scotch pur, während vor dem anderen eine Coke mit reichlich Eis stand. Es war fünfzehn Uhr, und die beiden waren die einzigen Gäste in der Bar.

Lee kam, ließ sich Dunio gegenüber in einem der Ledersessel nieder, bestellte einen Bourbon und wartete, bis dieser gebracht wurde. Als der Kellner wieder gegangen war, sagte er: »Ich hätte nicht gedacht, daß ich Sie noch einmal sehen würde.«

»Ich pflege stets, meine Verpflichtungen einzuhalten«, antwortete Dunio und klang leicht indigniert.

»Sie wissen, was mit Doug geschehen ist?«

»Natürlich«, sagte Dunio. »Der kleine Extraverdienst ist ihm also nicht vergönnt gewesen.« Er grinste, steckte sich die Zigarre in den Mundwinkel und paffte weiter. »Seinen Anteil habe ich zu Hause gelassen. Aber den Ihren habe ich mitgebracht.«

Der schlanke, aber eiskalt wirkende Leibwächter zog ein Kuvert aus seinem Mantel und reichte es Lee.

»Ich dachte mir, Bargeld hätten Sie wohl nicht so dringend nötig«, erklärte Dunio. »Immerhin haben Sie ja vor zwei Wochen ein hübsches Sümmchen von mir erhalten.«

Lees Finger zitterten leicht, als er das Kuvert öffnete. Zweiundzwanzig Schecks steckten darin, die auf jeweils hunderttausend Dollar ausgestellt waren. Und ein dreiundzwanzigster Scheck trug die Zahl 50000. Lee schloß das Kuvert wieder und steckte es ein.

»Seien Sie etwas vorsichtig mit dem Ausgeben«, mahnte Dunio.

»Während der nächsten Jahre werde ich kaum mehr als drei- oder viertausend abheben«, antwortete Lee. »Als eine Art Taschengeld oder so, als eine kleine Ergänzung des Haushaltsgelds. Danach ist mir sicher etwas eingefallen, wie ich den Rest investieren kann, ohne daß es auffällt.«

»Im Kuvert finden Sie auch eine Telefonnummer«, sagte Dunio. »Wenn Sie jemals einen Kunsthändler benötigen sollten, rufen Sie die Nummer an. Sie erreichen damit einen Freund von mir, der Sie mit mir zusammenbringt.«

»Ich wüßte nicht, was mich daran hindern sollte«, antwortete Lee.

Sie tranken ihre Gläser aus, ohne noch ein Wort miteinander zu wechseln. Dann erhob sich jeder der drei Männer, und einzeln verließen sie die Bar. In der Eingangshalle gab Lee Dunio kurz die Hand und sah dann zu, wie die beiden Männer aus dem Hotel gingen, in ihren draußen geparkten Cadillac stiegen und davonfuhren. Als sie nicht mehr zu sehen waren, klopfte Lee auf das Kuvert in seiner Jacke und lächelte.

Er pfiff leise vor sich hin, als er die Treppe hinaufstieg und endlich das Zimmer betrat, in dem Carrie auf ihn wartete.

Er schlief mit ihr, und heute hatte er einen wirklich guten Tag.

Knaur
Michael
Molsner
Die Eroberung der Villa Hammerschmidt
Thriller

Knaur
Michael
Molsner
Die verbrannte Quelle
Thriller

Knaur
Michael
Molsner
Der trojanische Maulwurf
Thriller

Knaur
Michael
Molsner
Der Schrei des toten Kämpfers
Thriller

Knaur
Michael
Molsner
Polit-Thriller
Die Option des Schläfers

Knaur

Romane von Dean R. Koontz

Weitere Romane von Dean R. Koontz bei Knaur:

Unter Beschattung (1775)

Codewort: Pentagon (1776)

Mike Tucker (1699)

(1777)

(1779)

(1780)

(1781)

(1784)